KB144588

네 번째 지혜

네 번째 지혜

초판 1쇄 발행   2023년 4월 28일

지은이   모기룡
펴낸곳   (주)행성비

펴낸이   임태주

편집총괄   이윤희
책임편집   김지영
디자인   아르케 디자인
마케팅   한경화

출판등록번호   제2010-000208호
주소   경기도 김포시 김포한강10로133번길 107 710호
대표전화   031-8071-5913
팩스   0505-115-5917
이메일   hangseongb@naver.com
홈페이지   www.planetb.co.kr

ISBN 979-11-6471-219-9 (03810)

행성B는 독자 여러분의 참신한 기획 아이디어와 독창적인 원고를 기다리고 있습니다.
hangseongb@naver.com으로 보내주시면 소중하게 검토하겠습니다.

네 번째 지혜

모 기 룡
장편소설

행성B

"새는 힘겹게 투쟁하여 알에서 나온다. 알은 세계다.
태어나려는 자는 한 세계를 깨뜨려야 한다."

—헤르만 헤세,《데미안》중에서

다만 언제나 내부의 힘만으로 깨뜨리는 것은 아니다.
가끔 외부에서 알 깨기를 도와주기도 한다.

프롤로그

네 살 전의 일은 하나도 기억나지 않았다. 다만 스냅사진처럼 떠오르는 장면이 있다. 그때는 내가 걷기도 전, 말도 전혀 하지 못할 때였을 것이다. 천장은 너무나 높아서 흐릿하고 컴컴하게 보였고 벽에는 햇빛이 통과하는 창이 보였다. 일반적인 햇빛이 아니었다. 스테인드글라스를 투과한 햇빛은 파란색, 보라색, 노란색, 붉은색으로 바뀌어 어두운 실내를 일직선으로 비추었다. 나는 그 아름다운 빛깔을 한참 바라보았다. 나는 누군가의 품에 안겨 있었다. 한 여인의 따뜻한 품이었던 것 같은데, 아마도 엄마의 무릎 위였을 것이다. 그것이 가장 오래된 기억의 파편이다.

내가 초등학교에 입학하기 전이었을 것이다. 나는 드넓은 성당 안을 이곳저곳 기웃거리며 돌아다니다가 아름답게 반짝이는 스테인드글라스를 올려다보았다. 그중에서 오래된 기억과 일치하는 듯 보이는 것을 발견했다. 사실 그걸 보고서야 그 기억이 새삼 떠올랐다. 이제 보니 창 중앙에 눈 코 입은 없지만 머리가 긴 여성의 형상이 보였고, 한 아기를 팔로 안고 있는 것처럼 보였다.

"엄마, 이건 누구예요?"

"성모마리아님이란다. 안고 있는 아기는 예수님이지."

"아, 그렇구나. 그런데 이건 제가 아기였을 때 봤던 기억이 나요. 그때는 사람인지도 몰랐어요. 그냥 예쁜 유리창처럼 보였어요."

"아기 때 봤다고? 몇 살 때쯤?"

"모르겠어요. 저는 누구한테 안겨 있던 것 같고. 아마 엄마였던 것 같아요. 정말로 아기 때였을 거예요."

"음… 그랬구나. 아기 때 기억이 남아 있었구나. 신기하네. 그럼 혹시 또 기억나는 일은 없니?"

"그게 제일 어렸을 때 기억일 거예요. 다음에는… 더 커서, 걸어 다닐 때 기억밖에 없어요."

"그래… 그럼 다른 유리창을 보러 갈까?"

엄마는 내 손을 잡고 옆에 있는 창가로 가서 십자가에 달린 예수님이며, 등에 날개가 달린 천사들이며, 예수님의 탄생을 축하하러 온 동방박사에 대해 설명해줬다. 독특하게도 어떤 창문에는 한복을 입은 남자 형상도 있었는데, 엄마는 그가 오래전 한국에 천주교를 처음 전파한 분이라고 했다.

엄마는 긴 치마의 회색 수녀복에 머리카락이 보이지 않게 회색 베일을 뒤에 단 흰색 두건을 쓰고 있었다. 엄마는 이 성당의 원장 수녀였고, 사람들은 원장 수녀님 또는 베로니카 수녀님이라 불렀다. 나도 사람들이 있는 곳에서는 그렇게 불렀다. 엄마는 과거에 몇 번 사람들이 있는 곳에서는 엄마라고 부르지 말라고 말한 적이 있다. 내가 깜빡하고 사람들이 듣는 곳에서 엄마라고 했는데, 원장 수녀님은 약간 당황한 듯한 표정을 지었다. 그런데 지금은 포기했는지 몰라도 내가 가끔 사람들이 있는 곳에서 엄마라고 불러도 야단치거나 특별히 단속하지 않는다. 나는 그것을 그녀가 싫어하는 점이 딱히 이상하다고 생각하지 않았다. 모두에게 그녀는 원장 수녀님이나 베로니카 수녀님이었고, 나는 그게 자연스럽다고 생각했다.

몇 달 뒤, 나에게 여동생이 생겼다. 나보다 두 살이 어리고 까무잡잡한 아이는 말이 없었다. 나는 처음에는 그 아이가 며칠이나 길어야 몇 달간 여기서 지내다가 떠날 줄 알았다. 어쩌면 연지도 그렇게 생각했을지 모른다. 엄마는 나에게 연지랑 사이좋게 지내고 오빠로서 잘 보살펴주라고 말했다. 나는 그렇게 하려고 노력했다. 불안하고 우울해 보이는 모습이 불쌍해서 나는 소중한 장난감을 내주었고, 색연필로 연지의 얼굴을 정성껏 그려주었다. 낮에는 같이 성당을 나와 가까운 개울가와 들판을 돌아다니면서 땅에 떨어진 열매를 줍기도 하고 기분을 풀어주려고 했다. 연지는 기분이 좋을 때면 잠깐 웃는 표정을 보이기도 했지만 금방 말이 없고 풀이 죽은 얼굴로 돌아왔다. 연지는 처음 한 달간, 거의 이틀에 한 번꼴로 잠자리에서 큰 소리로 울어댔다. 원장 수녀님은 안쓰러운 얼굴로 연지를 쓰다듬으며 달래주었고, 나는 한밤중에 자다가 울음소리에 깨기도 했다. 그것이 계기가 되어 장난감을 두는 방으로 옮겨 나는 혼자 자게 되었다.

우리는 항상 밥을 먹기 전에 하느님께 기도를 드렸다. 보통 '먹을 것을 주셔서 감사합니다'라고 속으로 생각했지만, 나는 하느님께 열심히 기도하면 무슨 소원이든 들어주실 것이라고 생각했다. 어느 날 우리 셋이 밥을 먹기 직전에 연지에게 하느님은 소원을 들어주실 것이라고 말하고, 소원이 무엇인지 물어봤다. 연지는 잠깐 생각하다가, 엄마가 보고 싶다고 말했다. 나는 그러면 연지 엄마가 빨리 오게 해달라고 같이 기도하자고 말했다. 나는 두 손을 모으고 큰 소리로 연지 엄마가 빨리 오게 해달라고 말했다. 그러나 원장 수녀님은 아무 말도 하지 않았다.

몇 달이 지나도록 연지의 엄마나 아빠는 오지 않았다. 그리고 밤에 연지가 우는 횟수는 점차 줄어들었다. 그즈음 원장 수녀님은 성당 안에 작은 유치원을 개설했다. 나는 우리 유치원에서 나이가 제일 많았고, 내년에 초등학교 입학을 앞두고 있었다. 연지는 친구들이 생겨 표정이 밝아졌고 점점 여기에 적응해가고 있었다.

'나는 연지와 달라. 연지는 엄마가 데리러 오지 않지만, 내 엄마는 여기 있어.'

나는 우리 가족이 다른 가정과 좀 다르다고 느꼈지만, 평화를 유지하고 싶었고 어리광을 부리며 포근한 엄마의 품에 파고들었다. 그즈음 경기도 어느 마을 상공에서 UFO가 찍힌 사진이 텔레비전과 신문에 나오고 잠깐 떠들썩한 일이 있었다.

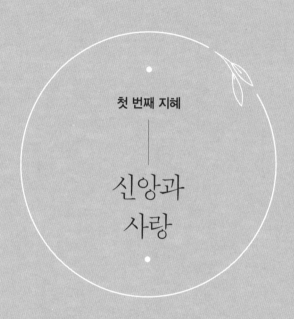

첫 번째 지혜

신앙과
사랑

신도시 아이들

맑은 공기에 울려 퍼지는 물소리와 새소리만 가득하던 성당 주변까지 점차 건설 현장의 소음과 먼지가 흘러들었다. 읍내에서 오 층이 넘는 건물을 실제로 한 번도 본 적이 없고 전형적인 시골이라고 생각하던 풍경에 이제 이십 층에 가까운 아파트가 세워지기 시작했다. 이 주변이 신도시가 되어가고 있었다. 외지에서 이사 온 사람이 늘어나면서 우리 성당의 미사에 오는 사람도 많아졌다. 젊은 수녀님과 신부님이 새로 부임하셨고, 나는 미사 때마다 흰 가운을 입고 신부님을 돕는 복사 역할을 맡았다.

1994년, 초등학교 육 학년도 이제 절반을 지나 며칠 전 이 학기가 시작되었다. 아마도 오늘은 이 학기 반장 선거를 할 것 같은 예감이 들었다. 될 대로 되라지… 나는 이번에 반장이나 부반장을 맡고 싶은 의욕이 별로 없다. 이제까지 사학년 일 학기에 반장 한 번, 언제인가 부반장을 두 번 해봤다. 수업 시작 때 반장이, 끝마칠 때 부반장이 일어나서 "선생님께 경례"를 외치는 것 외에 딱히 다른 아이들과 차이를 느끼지 못했다. 다만 선생님에게 더 관심을 받는다는 느낌은 있었는데, 나는 얼마 전부터 반항기가 생겨서인지 그런 것은 전혀 필요치 않았다.

게다가 지난 학기에도 그랬지만, 집이 잘살고 엄마가 어머니회 활동에서 두각을 나타내는 아이들이 주로 반장과 부반장을 한다는 느낌이 들었다. 어쩌면 뒤에서 어떤 압력이 작용했는지도 모르겠다. 아이들도 부잣집 아이를 좋아하고 반장으로 뽑고 싶어 할까? 생각해보니 그런 것 같다. 생일파티를 할 때도 아이들은 좋은 아파트, 넓은 집에 초대 받는 것을 좋아했고, 더 오래 머물고 싶어 했다. 오래된 시골집이나 초라한 아파트에 초대 받으면 잠깐 머물다가 학원에 가야한다며 금방 떠나버리는 일이 잦았다. 하긴 게임기의 수준차이일 수도 있겠다. 대체로 부잣집 아이일수록 컴퓨터와 게임기가 고성능이고 게임팩도 많은 법이다.

이런저런 생각을 하면서 논밭 사이에 아스콘 포장 공사하는 길을 십오 분 정도 걷자, 학교에 도착했다. 나는 등굣길과

하굣길에 걷기를 좋아했다. 이 학년 때까지만 해도 내가 다니던 학교는 반대편으로 걸어서 삼십 분 거리에 있었다. 학년마다 한두 반밖에 없는 이 층짜리 작은 학교였다. 그런데 새로운 학교가 생기면서 삼 학년부터 더 가까이에 있는 커다란 신축 학교로 옮기게 되었다. 나는 그전 학교까지 다니는 시골길이 오히려 재미있고 학교에 정들어 약간 아쉬웠지만, 원장 수녀님이 정한 일이었다.

반 아이들은 여름을 지나며 피부가 거무스름해져 있었다. 베로니카 수녀님보다 훨씬 젊어 보이는 담임 선생님이 교실로 들어오자 시끌벅적하던 반 분위기가 조용해졌다.

"지난 학기에 반장과 부반장은 수고가 많았어요. 오늘은 이 학기 반장 부반장 선거를 할 거예요. 입후보하고 싶은 사람이나 친구를 추천하고 싶은 사람은 손 들어보세요."

역시 예상대로네. 하지만 나는 손을 들지 않았다. 옆 분단에서 나와 친한 경진이 입 모양으로 추천해줄까 신호를 보냈는데, 나는 고개를 저으며 하지 말라고 입 모양을 보냈다.

투표가 끝나고 윤지영이 반장이 되었다. 지영은 우리 성당에 다니는 아이라서 그럭저럭 알고 지내는 편이었다. 작년에 성당 여름 캠프에도 같이 갔다. 전에 그 애가 복사단에 들어오고 싶다고 말한 적이 있는데, 나는 그건 남자만 할 수 있는 일이라고 단호하게 말했다. 복사단에 여자아이도 들어올 수 있게 된 건 그보다 몇 년 뒤의 일이다.

부반장 후보를 정하는 시점에서 나는 별로 상관없다는 듯 딴생각에 잠겨 있었는데, 갑자기 맨 앞줄에 앉은 여자아이 입에서 내 이름이 나왔다.

"이정민을 부반장으로 추천합니다."

갑자기 나를? 그것도 김지수가? 지수는 공부 잘하고 동그란 안경을 쓴 조용한 아이인데, 나랑 많이 대화해보지 않았다. 나는 당황스러워서 어떻게 해야 하나 고민했다. 지수와 친하지는 않았지만 착하고 괜찮은 애라고 생각하고 있었고, 내가 거절 의사를 밝힌다면 지수에게 상처가 될 수도 있을 것 같았다. 그래서 뽑힐 것 같지 않아도 후보를 받아들이기로 했는데, 신기하게 내가 부반장이 되었다.

'지수가 왜 나를 추천했을까?'

그날 밤, 나는 불을 끈 방에서 침대에 누워 이불을 뒤집어쓰고 곰곰이 생각에 잠겼다. 이제까지 지수에 대해 이렇게 많이 생각해본 적은 없었다. 그 애는 반에서 눈에 띄지 않았고, 책 읽기를 좋아하는 것 같고 내성적이고 주로 공부하는 아이처럼 보였다. 선생님이 교과서 읽기를 시키면 먼 자리에서는 목소리가 잘 들리지 않을 정도였다. 그런데 그 애의 모습에 대한 기억을 찬찬히 떠올리니, 숨어 있던 매력이 점점 커졌다. 약간 마르고 작은 체구에 새하얀 피부, 입술은 딸기처럼 붉었다. 유난히 새까맣게 느껴지는 윤기 흐르는 단발머리는 또래보다 어린애 같아 보였고, 가슴의 이차성징도 티가 거의 안 났다. 하지만 안경에 비친 그녀의 눈을 떠올리니 우수에 젖은 듯했고, 마치 순정 만화의 주인공처럼 빛났다.

'그 애가 혹시 나를 좋아하는 걸까?'

나는 그때 깨달았다. 내가 지수를 좋아하고 있다는 것을. 그날 이후로 나는 거의 밤마다 지수를 생각하다가 잠이 들었다. 내 인생에 처음 찾아온 사랑이었다. 내 또래 많은 아이는 몇 년 전부터 좋아하는 여자애가 있고 몇몇은 사귀기도 했는데, 나는 이상하게 여자애에게 관심이 생기지 않았다. 지금 생각해보니 내가 성당에서 자란 독실한 가톨릭 신자이고(내 세례명은 미카엘이다) 장래 희망이 신부가 되는 것이기 때문인지도 모른다. 나에게 축구를 가르쳐준 인자하고 멋있는 젊은 신부님의 영향이었을 수도 있다. 신부가 결혼하지 못한다는 것을 알고 있다. 하지만 그 젊은 신부님도 복사단 아이들의 장난기 어린 질문에 못 이겨 과거에 연애를 해봤다고 고백하는 것으로 봐선. 나도 그렇게 할 수 있지 않을까 생각했다. 지수는 종교가 뭐지? 그건 아직 알 수 없었다. 이런저런 생각을 하다가 잠에 빠져들었다.

그런데 대체 어떻게 해야 하는가? 나는 정말로 숙맥이었다. 지수도 숙맥이긴 마찬가지일 것이다. 내가 보기에도 나는 순수했는데, 지수는 더하다. 나는 한동안 멀리서 바라볼 뿐 아무런 접근도 하지 못했다. 맨 앞줄에 앉은 그녀의 뒷모습에서 눈에 안 보이는 어떤 방어막 같은 것이 느껴졌다. 갑자기 친근하게 접근하기엔 나도 어색하고 이상해 보일지 몰라, '그러면 장난을 좀 걸어보자' 싶었다. 그녀는 순수하고 진지한 성격이라 역효과가 날지도 모른다는 걱정은 있었지만, 그날 이후로 오히려 더 어색해진 것 같은 관계를 어떻게든 풀어보고 싶었다. 나는 지수에게 다가가 말했다.

"김지수, 나 어제 영화를 봤는데, 거기에 너랑 똑같이 생긴 사람이 나오더라."

"어? 누… 누구?"

지수가 깜짝 놀라며 말했다.

"〈스타워즈〉에서 우주선을 조종하는 외계인 중에 금붕어를 닮은 사람이 있던데…."

"야, 이 씨…."

지수의 얼굴이 빨개졌다. 우리 반 어떤 남자아이가 지수가 금붕어를 닮았다고 말하는 것을 들은 적이 있었다. 지수가 받아쳤다.

"지는 입술만 두꺼워 가지고…."

내 느낌상 지수는 정말로 화가 난 것 같지 않았다. 마지막에 웃으면서 말했기 때문이다. 싫지 않은 표정 같았다. 그렇게 해서 나와 지수는 장난칠 수 있는 사이가 되었다. 하지만 지정석인 교실에서 그녀의 책상과 내 책상은 거리가 멀었고, 아이들 시선에 눈치도 보여서 자주 다가가 말을 걸지 못했다. 그녀가 나에게 먼저 접근하지도 않았다. '그 애 옆자리에 앉는다면 얼마나 좋을까….' 여전히 그런 상태 이상의 특별한 진전이 일어나지 않았다.

노을이 서쪽 하늘을 물들이는 시간에 나는 수학 학원을 마치고 경진이와 같이 걸어갔다. 나는 수학을 좋아하는 편이고 수학에 재능이 있었다. 도내 수학 경시대회에서 상을 타기도 했다. 우리는 일 층에 있는 분식집으로 들어가서 떡볶이를 시켰다. 달콤한 떡볶이를 맛있게 먹다가 경진이가 갑자기 진지한 투로 말했다.

"야, 너 좋아하는 애 있지?"

"나? 아, 아니야… 갑자기 왜 물어?"

"솔직히 말해라. 나는 알 거 같은데?"

"으음…."

"너 김지수 좋아하지? 너 요즘 좀 이상해졌더라. 수업 시간에 지수를 멍하니 바라보더니, 갑자기 가서 장난을 치던데? 솔직히 말해. 너 좋아하지?"

"응, 맞아… 그런데 다른 애들한테 말하면 안 된다."

"어휴… 근데 작전을 잘 짜야 할 것 같아. 지수가 남자 친구를 사귄다는 건 좀 상상이 안 간다."

"그건 그렇지… 그래서 고민이야."

"내가 보기에, 이렇게 비밀로 해서는 답이 없어. 차라리 알리는 게 어떠냐?"

"나보고 고백하라고?"

"그게 어려우면 그냥 소문을 내는 거지. 그래서 공식 커플처럼 자연스럽게 분위기를 만드는 거야. 어때?"

"음…."

"두현이한테 말하면 아마 소문이 쫙 날걸. 그리고 어쩌면 네가 지수랑 짝이 될 수 있을지도 몰라."

"정말이야? 하지만 내가 그걸 바란다는 말은 하지 마라. 나는 모르는 일이다."

두현이는 집이 매우 잘사는 편이었고, 일 학기에 부반장이었다. 어머니회 활동을 하는 그의 엄마를 학교에서 본 적이 있는데, 파리에서 막 귀국한 귀부인처럼 세련되고 부티

나는 패션이 강하게 인상에 남았다. 두현이는 성격이 활달하고 반의 분위기를 주도하는 인물 중 하나다. 단점은 잘사는 집 아이들과 친하게 지내면서 꾀죄죄한 옷을 입는 아이들과는 가까이하지 않고 무시하는 듯한 행동을 보인다는 점이었다. 나는 그와 딱히 친하지 않았다.

어쩌면 경진이 말처럼 만천하에 공개되는 게 유리할지도 모를 일이다. 누군가에 대한 사랑이 죄악은 아니겠지. 숨기고 거짓말하는 것이 죄일지도 모른다.

다음 날부터 나를 대하는 반 아이들 분위기가 조금 달라진 것이 느껴졌다. 쉬는 시간에 반장 지영이 다가와 말했다.

"너, 정말로 김지수 좋아하냐? 그런 소문이 돌던데."

나는 어떻게 말해야 하나 고민하면서 머뭇거렸다. 우물우물 명확한 답을 하지 못했다. 지영은 그런 나를 빤히 바라보다가 "말하기 싫은가 보구나. 행동 잘해라"라고 말하고 자리로 돌아갔다. 그런데 무슨 행동을 잘하라는 말일까? 부반장은 연애하면 안 된다는 말일까? 아니면 장차 신부가 될 거니 연애도 하면 안 된다는 말일까? 이해할 수 없다.

다음 쉬는 시간에 나갔다가 교실에 와보니 칠판에 나와 김지수 이름 가운데 하트가 그려져 있었다. 나는 화가 난 것처럼 씩씩대며 칠판지우개로 지웠다. 아이들은 깔깔대며 좋아했다.

　다음 날, 두현이 나에게 와서 지수 옆자리에 앉으라고 말했다. "그러면 원래 지수 옆에 있던 진우는?" 두현은 진우가 동의했다면서 가도 된다고 말했다. "그러면 선생님은?" 두현은 선생님도 괜찮다고 할 거라고 말했다. 생각해보니 그것도 불가능한 일은 아니었다. 문제는 내가 쑥스럽다는 점이었다. 모두가 주목하는 와중에 지수 옆자리로 가는 건 너무 뻔뻔해 보이고 창피스럽기도 했다. 하지만 못 이긴 척 가방과 교과서를 들고 맨 앞줄 지수 옆으로 갔다. 내가 봤을 때 지수는 싫은 표정은 아니었고, 책에 눈을 고정한 채 가만히 있었다. 내가 자리에 앉자 몇몇 아이들의 환호성이 터졌다. 선생님이 들어와서 내가 자리를 옮긴 것을 보았을 텐데 아무 말도 하지 않았다. 그렇게 한 교시가 흘러가고 쉬는 시간이 되었을 때, 지영이 와서 화난 표정으로 말했다.

　"야, 누가 마음대로 자리 옮기래?"

　"아니 나는 그냥… 여기가 칠판도 잘 보이고…."

　"장난 그만하고 네 자리로 돌아가! 너는 키 때문에 뒤에 앉아야 한다고!"

　나는 별다른 변명을 하지 못한 채 다시 짐을 챙겨 원래 자리로 돌아갔다. 지영의 방해로 그렇게 잠시 해프닝으로 끝나고, 그 후 지수와 가까워지기 더 어려워진 것 같았다. 소문이 퍼진 것이 역효과였을까, 모두의 주목이 부담스러웠고, 지수도 그런 부담을 안고 있는 것이 느껴졌다.

　나는 잠들기 전에 눈을 감고 생각에 잠겼다. 억지로 그 자리에 눌러앉았다면 어땠을까… 아마 매일매일 즐거운 학교생활을 보낼 것이다. 그런데 지영은 왜 나를 방해했을까? 정말로 내 키가 맨 앞자리에 안 맞아서 그럴까? 아니면 내가 일방적으로 옆자리에 오는 것을 지수가 싫어할지 모른다고 생각했나? 지영은 의리가 있는 성격이고, 지수를 집단 활동에 항상 끼워주며 잘 챙겨주고 전부터 친했다. 그래서 지수를 보호하려고? 아닌데… 내가 보기에 지수도 나를 은근히 좋아하는 느낌이 드는데… 왜 알지도 못하면서….

　나는 처음 겪는 이 사랑 같은 감정에 서툴렀고, 컨트롤하지 못하고 있었다. 나는 지수와 입 맞추는 상상을 했다. 그게 당시 내가 최종적으로 바라는 일이었다. 나는 주기도문을 외울 수 있다. 잠들기 전에 그 소망이 이루어지길 빌면서 마음속으로 주기도문을 크게 외쳤다.

나의 뿌리는 어디인가

찬 바람이 불자 제 할 일을 모두 끝낸 나뭇잎이 하나둘 바닥으로 떨어졌다. 육 학년 이 반 교실, 하루의 수업을 마치는 종이 울렸고, 나는 일어서서 부반장의 임무인 "선생님께 경례!"를 외쳤다. 가방에 책과 공책을 넣는데 반장이 와서 공책 하나를 내밀었다. 겉표지에는 '앙케트'라고 쓰여 있었다.

"이정민, 이거 앙케트야, 내일까지 써 올 수 있어?"

"앙케트? 아… 이거 전에 한 번 해봤는데, 너는 했어?"

"응, 나 다음이 너고, 너 다음에는 유성은이야. 내일까지 하기 어려우면 모레까지 해도 돼."

앙케트란 주어진 다양한 질문에 답을 적고 자신을 소개하는 공책이었다. 이것을 통해서 친구들의 성향과 자세한 프로필, 속마음까지 어느 정도 알 수 있게 된다. 보통 앙케트의 백미는 좋아하는 이성이 있는가, 그게 누구인가이다. 상대가 정확히 누구인지는 간접적인 신호로 쓰는 경우가 많아서 매우 흥미진진했다. 혹시 김지수도 써놨을까?

성당 바로 옆 건물인 우리 집에 도착하자마자 펼쳐서 찾아보니, 내 기대가 들어맞았다. 김지수가 쓴 페이지가 있었다. 나는 두근거리며 윗부분은 건너뛰고 먼저 '우리 반에서 좋아하는 이성(남자/여자)은 누구?'라는 항목의 답을 찾았다. 거기에는 'L. J.'라고 적혀 있었다. 엘 제이? 가만있자… 엘은 성 같은데? 이름에 약자가 엘인 아이는 없었다. 그러면 제이는 내 이름 정민의 제이잖아? 이럴 수가… 나는 이제까지 느낌만으로 그녀의 마음을 추측했지만, 드디어 확인되는 순간이었다. 나는 환호성을 지르며 방 안을 뛰어다녔다.

다른 아이들이 쓴 페이지까지 읽고 나니 마지막에 윤지영이 있었다. 그런데 좋아하는 아이를 묻는 항목에서 시선이 멈추며 나는 한동안 멍한 기분이었다. 거기에는 'J. M.'이라고 쓰여 있었다. 처음에 나는 설마 하면서 이게 누굴까 곰곰이 생각해보았지만, 결국 내 이름의 약자라는 해석을 할 수밖에 없었다. 뭐지 이 애는… 대담하네. 하지만 크게 신경 쓰이는 일은 아니었다. 몇 년 전부터 성당에서 많이 봐왔으니 친구로서 좋아한다거나 정이 들었을 수 있을 거라고 생각했다. 그게 아니라 깊이 좋아하는 거라면… 조금 미안한 감정이 들었다.

그즈음 나는 장래 희망에 대해 다시 생각해보고 있었다. 나는 지수와 결혼하고 아이를 낳아 화목한 가정을 꾸리는 상상도 했다. 그러기 위해서는 신부가 되기를 포기해야 했다. 점차 내 마음은 굳어갔다. 나는 장래 희망에 과학자라고 썼다. 그리고 괄호 안에 '신부가 되기를 포기함'을 추가로 적었다. 친구들을 성당에 있는 우리 집에 초대한 적도 있고, 아마도 내가 독실한 가톨릭 신자라는 걸 많은 아이가 알고 있을 것이다. 내 장래 희망이 신부라는 것도 오래전부터 선생님께 적어 내고 밝힌 적이 많기 때문에 어느 정도 알려졌을 수 있다. 오 학년 때는 내가 성당을 물려받을 아이라는 소문이 나기도 했다. 너무 종교적 티를 내고 싶지 않은 상황일 때 장래 희망이 과학자라고 말한 적도 한 번 있다. 나는 과학자가 정확히 어떤 일을 하는 사람인지 잘 몰랐지만, 곤충이나 생물 관찰하기를 좋아해서 그랬다.

다음 날 학교에 오자마자 지영이 성은에게 가져다준다면서 앙케트를 받아 갔다. 그날 학교 지하에 있는 급식실에서 점심을 먹고 계단을 올라가는데 뒤에서 지영이 나를 불렀다. 나는 지영을 따라 학교 건물 뒤 자동차가 몇 대 세워진 공터로 갔다. 단둘이 하고 싶은 이야기가 있는 모양이다. 설마 이상한 고백이라도 하려는 건가? 그러면 굉장히 난감해질 것 같아 걱정하고 있을 때, 지영이 따지는 듯한 말투로 말했다.

"너, 장래 희망이 바뀌었더라? 전에는 계속 신부님이 되겠다고 했잖아. 그런데 왜 포기한 거야?"

"음… 그냥 생각해보니까 별로 흥미가 없어졌어. 장래 희망은 바뀔 수도 있는 거잖아. 나는 전부터 과학자도 되고 싶었어. 근데 그게 왜 궁금해?"

지영은 잠시 뜸을 들이다가 다시 입을 열었다.

"너 혹시, 결혼하고 싶어서 그런 거 아니야? 신부님이 결혼을 못 한다는 걸 알고 있었지?"

"그건 알고 있었는데, 꼭 그것 때문은 아니야. 여러 가지 복잡한 이유가 있어. 근데 너 혹시, 내가 신부를 포기한다고 하니까 화난 거야?"

"그래, 화가 난다. 어떻게 나랑 상의도 없이 신부님 되기를 포기할 수가 있어?"

나는 그녀의 말이 이상하게 들렸고 이해가 되지 않았다.

"그걸 왜 너랑 상의해야 하는데? 너도 전에 내가 신부 되는 거 말리지 않았어? 작년에 나보고 신부 되지 말라고 했잖아. 여름 캠프 갔다가 돌아오는 길에 그랬던 것 같은데."

지영은 당황스러운 표정을 지었다.

"그땐 그때고, 너는 아무래도 정신이 이상한 곳에 팔려 있어. 나는 왜 그런지 알지만 차마 말은 못 하겠다. 너 스스로 잘 알고 있겠지. 너한테 실망이야."

지영은 뒤돌아 걸었다. 나는 그 뒤를 따라 교실로 가려고 몇 걸음 걸었는데, 지영이 갑자기 뒤돌아보더니 말했다.

"한 가지만 알려줄게. 김지수는 너를 좋아하지 않아. 그러니까 포기해."

나는 당황해서 아무 말도 하지 않았지만 그럴 리 없다고 생각했다. 아마도 거짓말이리라. 앙케트에서 확인도 했으니까. 지영이 악담하는 것 같아 기분이 나빴다. 그래서 며칠간 그녀와 나 사이에 냉랭한 기운이 흘렀다. 나중에 지영이 그때는 홧김에 잘 모르고 한 말이라며 사과해서 내 화가 풀렸다.

하지만 지수와 내 관계는 진전되지 않았다. 그녀의 마음을 확인했으니 잘될 일만 남았다고 생각했지만, 이상하게 지수가 나를 대하는 태도에는 점차 냉랭한 기운이 흘렀다. 심지어 체육 시간에 내가 다가가려는 기미가 보이면 다른 친구들이 있는 쪽으로 피했다. 미스터리였다. 내가 모르는 어떤 일이 벌어지는 것은 아닐까? 나는 분명히 뭔가가 있다고 생각했고, 지영을 의심했다. 먼저 나는 경진에게 혹시 뭔가 아는 게 있느냐고 물어봤는데, 당황해서 우물쭈물하는 게 뭔가 아는 듯한 낌새였다. 하지만 자신은 정확히 모르고 차라리 반장한테 물어보라고 했다. 나는 지영을 불러냈다.

"윤지영, 혹시 반에서 나 모르게 어떤 일이 벌어지는지 알고 있어?"

"왜?"

"뭔가 분위기가 이상해. 지수 행동도 그렇고. 다른 애들도 뭔가 숨기는 게 있어 보이는데… 혹시 네가 뒤에서 이상한 짓을 꾸미는 거 아니야?"

지영은 한숨을 쉬더니 잠시 뭔가 생각하다가 말했다.

"솔직히 말할게. 나는 아무 짓도 안 했어. 오히려 너를 감싸주려고 했지. 장두현이 너에 대해서 이상한 말을 했어. 나는 걔한테 화를 냈고. 그런데 그 말이 아마 소문처럼 퍼진 것 같아."

"장두현이? 뭐라고 했는데?"

"음… 네가 고아라고…."

"뭐? 내가 고아라고? 장두현 이 자식!"

"싸우지는 마. 나는 너를 고아라고 생각하지 않아. 너희 엄마는 원장 수녀님으로 알고 있어. 내가 그렇게 말했는데, 두현이는 계속 고아라고 하더라고. 그래서 내가 화를 냈어. 네가 가서 잘 말해봐. 걔가 잘 몰라서 그랬을 거야."

"알았어, 폭력은 쓰지 않을게. 부반장이 싸우기는 좀 그렇지."

나는 다음 쉬는 시간에 두현을 불러 왜 나에 대해서 그렇게 말했느냐고 따졌다. 때리지 않더라도 일단 멱살이라도 잡을까 고민했는데, 그의 얼굴을 보는 순간 마음이 약해지며 이성적으로 자초지종부터 들어야겠다고 생각했다. 내 화난 표정에 기가 죽었는지 예상외로 두현은 순한 표정을 지으며 말했다.

"정말 미안해. 나는 어른들이 말하는 걸 듣고 그런 줄 알았는데, 그게 아니었어?"

"어른들이 그렇게 말했다고? 누가?"

"아니, 수녀는 자식이 없다고 그래서⋯. 고아들을 키우는 성당이 나오는 걸 텔레비전에서 봤거든. 그런데 너희 성당은 다를 수도 있나 보지. 내가 잘못 생각했나 보네. 애들한테 그렇게 말해줄게."

두현은 나쁜 의도가 없이 잘 모르고 한 말이라고 변명했다. 하지만 내가 추측해본 바로는 다른 뜻이 있었다. 두현은 지영을 좋아했다. 평소 지영에게 자주 다가가서 괜히 장난을 거는 걸로 보아 거의 확실했다. 그런데 지영이 나를 좋아하는 걸 알고 질투가 생겨서, 지영에게 나에 대한 나쁜 인식을 심어주려고 그런 말을 한 것이다.

나는 조용히 아이들의 오해가 풀리기를 바랄 뿐, 내가 고아가 아니라고 말할 순 없었다. 엎지른 물을 다시 담을 수도 없다. 아이들은 누구 말이 사실인지 각자 머리를 굴릴 테고, 몇몇은 나를 고아라고 생각할 수도 있을 것이다. 일반적인 가정집이 아니라 성당에서 사는 아이라면, 게다가 수녀님을 엄마라고 부른다면 고아라고 추측하기 쉬울 것이다. 수녀는 결혼하지 않고, 일반적으로 아이가 없다. 나는 엄마가 나를 낳고 나서 수녀가 됐다고 생각하고 있었다. 그러지 말라는 법이 어디에 있는가? 하지만… 그것이 확실한가? 따져보니 아빠에 대한 아무런 흔적이 없고, 불분명한 부분이 꽤 있었다. 다른 사람들에게 확실히 설명해줄 근거를 마련하기 위해서라도 좀 더 명확하게 확인하고 싶었다.

나는 원장 수녀님이 혼자 조용히 있는 시간을 기다렸다. 자기 전에 안방으로 들어가 말을 꺼냈다.

"엄마, 제가 진지하게 물어볼 것이 좀 있어요."

"뭐가 그렇게 심각한데? 말해보렴."

"제가 어디서 태어났는지 알고 싶어요. 병원에서 태어났나요? 그곳이 어디예요?"

베로니카 원장 수녀님은 약간 놀란 표정이었다.

"그걸 왜 알고 싶은데? 누가 물어보기라도 했니?"

"그런 건 아니지만, 다른 사람들이 저를 연지랑 똑같다고 볼 수도 있으니까요… 그래서 이제는 자세하게 알고 싶어요. 엄마가 저를 낳으신 건 맞죠?"

원장 수녀님은 잠시 생각하다가 천천히 말하기 시작했다.

"정민이도 이제 많이 컸구나. 그럼 내가 하느님께 맹세하고 말해야겠지?"

"네."

"언젠가 너도 알아야 할 일이니까. 어디서부터 말해야 할까… 정민아, 수녀가 되기 위한 조건이 있는데, 먼저 순결해야 한단다. 그게 무슨 뜻인지 아니? 처녀여야 한다는 말이야. 그래서 결혼한 적이 있거나 아이를 낳았으면 원래 수녀가 될 수 없단다. 너도 그걸 언젠가 알 거라고 생각했는데, 아직 모르고 있었나 보구나."

"그런 법이 있다고요? 엄마처럼 아이를 낳은 사람은 수녀가 될 수 없나요? 그런 사람이 한 명도 없어요?"

"아이를 낳고 몰래 수녀가 된 사람이 혹시 있을지는 모르지만…. 내가 실제로 너를 낳은 건 아니란다."

내 마음에서 번개가 내리쳤다. 원장 수녀님은 내가 크게 무너져 내릴 것을 걱정해서인지 곧바로 말을 이어갔다.

"하지만 너는 연지의 경우와 다르단다. 너는 특별한 아이고, 내 아들이나 다름없어. 너는 연지랑 다르게 친부모를 전혀 기억하지 못하지? 그건 네가 마치 또 다른 아기 예수님처럼 내 앞에 나타났기 때문이란다."

"아기 예수님이요?"

"차이점은 있지. 예수님은 성모님의 뱃속에서 나오셨지만, 너는 하늘에서 떨어졌어. 그래서 하늘에서 직접 내려주신 선물과도 같은 아이란다. 이제부터는 내가 정말로 신기한 이야기를 해줄게."

나는 아무 말도 하지 않은 채 듣고 있었다.

"내가 밭일을 마치고 저녁에 혼자 성당으로 돌아가는 길에 계곡 쪽을 봤는데, 물가에 전에 한 번도 본 적이 없는 흰 오리 떼가 있었어. 예쁘고 신기해서 그쪽으로 가까이 갔는데, 글쎄 자갈밭 한가운데 아기가 누워 있는 거야. 그리고 오리가 아기 양쪽으로 달라붙어서 마치 체온을 유지하고 보호하는 것 같았어. 그때 너는 알몸이었고 옷가지나 담요, 쪽지나 메모도 전혀 없었어. 그런데 울지도 않았지. 나는 깜짝 놀라서 주위를 한참 둘러보고 부모를 찾으려 했지만 아무도 없었어. 아무런 단서도 없었기 때문에 아기 이름도, 생일도 몰랐어. 아무리 노력해도 친부모를 찾을 수 없었단다…. 나는 네 친부모가 너를 버렸다고 생각하지 않아. 그때 너는 태어난 지 육 개월 정도 되어 보였고 건강했는데, 만약 부모가 아이를 버렸다면 적어도 옷가지와 쪽지는 남겼을 거야. 그래서 너는 하늘에서 떨어진 천사와 같은 아이야."

"그게… 정말이에요?"

"그래, 그 뒤로 무슨 수를 써도 네 친부모나 비슷한 사람도 찾을 수 없었어. 갑자기 하늘에서 떨어졌다고 설명할 수밖에 없지. 나는 너를 친아들처럼 키웠단다. 내게 하느님이 내려주신 자식이라고 생각하고 말이야."

신기한 이야기였지만 지금 중요한 문제는 그녀가 내 친엄마가 아니라는 사실이었다. 나는 잠시 뒤 입을 열었다.

"이제 알겠네요. 전부터 왜 저한테 사람들이 있을 때 엄마라고 부르지 말라고 했는지 말이에요."

"그건 미안해… 그땐 솔직히 사람들의 눈치가 보여서 그랬어…. 하지만 지금처럼 엄마라고 불러도 돼."

"아니에요. 엄마라고 안 부를 거예요. 안녕히 주무세요, 원장 수녀님."

나는 차갑게 말하고 방을 나갔다. 따져보면 화낼 일이 아니었지만, 그때 나는 왜 그런지 모르게 화가 난 것처럼 행동했다. 그 모습에 원장 수녀님도 가슴이 아팠을 것이다. 나도 그것을 모르지 않았다. 엄마라고 부르지 않겠다는 다짐은 얼마 못 가 사그라들었고, 이틀이 지나자 다시 습관적으로 엄마라는 말이 튀어나왔다. 내가 아무 일도 없었다는 듯 행동하려고 노력했기 때문에 원장 수녀님은 안심하셨을 것이다. 다만 다른 사람들이 있을 때 나는 원장 수녀님을 엄마라고 부르지 않기 위해 전보다 노력했다.

하지만 중요한 문제는 아직 풀리지 않았다. 나는 고아인가, 아닌가? 모르겠다. 국어사전을 찾아보았다. 고아는 '부모를 여의거나 부모에게 버림받아 몸 붙일 곳이 없는 아이'라고 나와 있었다. 나는 그 뜻과 달라 보인다. 지수에게 편지를 쓰기로 했다. 예쁜 편지지에 한 자 한 자 정성껏 써 내려갔다. 가장 중요한 내용은 '내가 고아라는 소문을 들었는지 모르지만, 나는 고아가 아니야. 그 소문은 두현이 나를 질투해서 퍼뜨린 거짓말이야… 우리 집은 성당에 있지만, 원장 수녀님이 진짜 엄마가 맞아. 나는 아기 때부터 여기 살았어. 하느님께 맹세할게'라는 것이었다. 나는 거짓말을 하는 것 같기도 하고 거짓말이 아닐 수도 있다. 그리고 마지막 줄에 '올해가 얼마 남지 않았지만 더 가까워지고 싶고, 좋아하고, 사귀고 싶다'고 썼다.

수업을 마치고 지수가 가방을 챙기고 있을 때 그녀에게 다가가 집에 가서 뜯어보라고 말하며 편지를 담은 봉투를 내밀었다. 다음 날 지수는 나에게 다가오지 않았고 아무 일 없이 지나갔다. 부끄러움이 많은 그녀가 그 이야기를 먼저 꺼내기는 어려울 것이다. 나도 선뜻 말을 걸기가 쉽지 않다. 대체 지수는 무슨 생각을 하는 걸까. 차라리 답장을 써달라고 할 걸 그랬나 후회가 되었다.

하루가 그렇게 지나가고 또 다른 날이 되었을 때, 나는 이대로는 안 되겠다고 생각했다. 나는 지수와 단둘이 말할 기회를 노리고 있었다. 갑자기 따로 불러내기는 좀 어색했고, 반 아이들이 보면 놀릴 것 같다. 그날은 마침 지수가 청소 당번이라 아이들 몇 명과 늦게 하교하는 날이었다. 나는 운동장 구석의 벤치에서 지수가 나오기를 기다렸다. 지수는 친구 한 명과 학교 건물에서 나왔다. 나는 멀찌감치 뒤에서 둘을 쫓아갔다. 친구가 떠나고 지수 혼자 남았다. 몸이 떨리며 그냥 되돌아갈까도 고민했지만, 이때가 아니면 안 될 것 같았다. 나는 두근거리는 가슴으로 빨리 걸어가 뒤에서 이름을 불렀다. 지수가 깜짝 놀라며 뒤돌아봤다.

"어, 이정민. 어떻게…."

"놀랐어? 미안해… 잠깐 둘이서 이야기하고 싶어서."

"……."

"내가 준 편지 읽었지?"

"응…."

"네가 어떻게 생각하는지 궁금해서…."

지수는 잠시 생각하다가 말했다.

"네 마음은 잘 알겠어. 그런데… 우리가 사귀기는 어려울 것 같아."

초겨울 바람이 쌩하는 소리를 냈고, 노란 은행잎이 우리 주변으로 떨어지면서 내 마음도 바닥으로 떨어졌다.

"왜? 네가 앙케트에 쓴 걸 봤는데. 혹시 그 소문 때문이야? 그래서 내가 오해를 풀어주려고 편지에 쓴 거야."

"아니, 전혀 그것 때문이 아니야. 왜냐면… 우리 부모님이 엄하셔서… 남자 친구를 사귈 수 없어. 미안해. 그럼… 나중에 보자."

나는 아무 말도 할 수 없었고, 뒤돌아 점퍼를 여미며 찬 바람을 뚫고 걸어갔다. 부모님이 허락 안 한다는 말이 사실인지 알 수 없다. 뭔가 이상하다는 생각이 들었다. 나도 그랬지만 어쩌면 그 애도 너무 서툴러서 그런 건지도 모른다….

시간이 흘러 육 학년 마지막 수업 날, 선생님이 교단에서 학생들이 배정된 중학교를 불러주었다. 내가 가게 될 중학교는 남자 반과 여자 반이 나뉘어서 올해처럼 교실 내의 로맨스가 일어나기는 쉽지 않을 것이다. 그리고 교복을 입을 것이다. 그런 변화는 어른들이 이제부터 딴생각하지 말고 공부에 집중하라고 강요하는 장치였다. 게다가 지수는 나와 다른 중학교로 배정되었다.

졸업식까지 마치고 지수를 보기는 힘들 것이다. 하지만

나는 마지막 희망의 불씨를 살리려 했다. 졸업 앨범 끝부분에는 모든 학생의 집 주소와 전화번호가 적혀 있었다. 전화 걸 용기는 없었다. 더구나 그녀의 부모님이 받을 확률이 높았다. 나는 편지를 써서 주소록에 적혀 있는 그녀의 아파트 현관 우편함에 넣었다. 학교가 다르더라도 어쩌면 종종 만날 수 있을지 모른다. 편지 마지막에 '답장해주면 고맙겠어. 아니면 전화해줘'라고 썼다. 그러나 한동안 기다려도 연락은 오지 않았다.

구원

내가 엄마라고 부르던 원장 수녀님이 나를 낳은 친엄마가 아니라는 사실을 알고 나서 그렇다면 내가 누구의 자식인지, 어디서 태어났는지가 풀어야 할 숙제가 되었다. 나라는 존재는 이 주변에서 그 내막을 안다고 하는 모든 사람에게도 무에서 유로 갑자기 생겨난 것이었다. 내가 아기였을 때 십여 가구밖에 안 되는 가까운 마을 사람들은 내가 원장 수녀님의 친아들이 아니라는 것을 알고 있었다. 그러나 거대한 신축 아파트의 위용이 한적한 시골 마을을 덮으면서 그 이야기는 묻혀버렸다. 차라리 내가 고아임이 확인되었다면 정체성의 혼란은 덜할 것이다. 만약 나의 친부모가 어딘가에 있거나 나를 버린 것이 맞는다면, 오히려 나는 이런 고민도 하지 않았을 것이고 당분간 친부모를 찾고 싶은 마음도 없었을 거다. 하지만 원장 수녀님은 내가 친부모에게 버림받은 것이 아닐 거라고 했다.

기다리는 지수의 연락이 오지 않아 우울감이 커지고 있었다. 내가 어디에서 온 것인지, 나는 누구인지에 대한 정체성의 혼란도 점점 커졌다. 미궁으로 빠져드는 것 같던 어느 날, 생생한 꿈을 꾸었다.

나는 성당 앞 공터에 홀로 서 있었다. 까만 밤하늘에 멀리서부터 노란빛 덩어리가 점점 커지더니 빠르게 몇 바퀴 원을 그렸다. 그 빛 덩어리는 가까이 오며 더 커졌다. 말로만 듣던 UFO인가… 그것은 점점 내게 다가왔다. 점차 노란빛 안에 은색 원반 같은 비행선의 형태가 보이기 시작했다. 거대한 물체는 얼마 떨어지지 않은 나무 사이로 천천히 내려갔다. 나는 홀린 듯 그쪽으로 걸어갔다. 계곡과 가까운 곳이었다. 비행선 밑부분에 동그란 바닥이 천천히 아래로 내려왔다. 그 맨홀 뚜껑 같은 원반 위에 한 사람, 아니 외계인이 서 있었다. 파란빛이 비행선의 뚫린 구멍에서 내려와 그가 서 있는 바닥을 수직으로 비추었다. 그것이 땅에 거의 닿자, 그가 내려와 나에게 천천히 다가왔다. 인간의 키와 비슷한데 피부는 옅은 연두색에 가까웠고, 수녀님이 쓰는 것과 비슷한 분홍색 베일이 달린 모자를 써서 머리카락은 보이지 않았으며, 눈썹도 없이 매끈했다. 짙은 갈색 눈동자와 흰자는 인간과 비슷했다. 다만 몸은 분홍색 긴 천 같은 것으로 전체를 가려서 형태가 드러나지 않았다. 나는 무섭지 않고 그저 신기할 뿐이었다. 그 외계인이 말했다. 중성적이지만 남성에 가까운 목소리였다.

"이제부터 네가 할 일을 알려주려고 왔다."

"당신은 누구시죠?"

"나는 TRAN28730 별에서 너에게 임무를 알려주려고 왔다. 그곳이 너의 고향이다."

"제 고향이요? 그러면 제가 거기서 태어났다는 거예요?"

"그렇다. 너는 지구인이 아니야. 너는 지구인으로 위장하기 위해 인간의 형태로 만들어져 이곳에 보내진 것이다."

"그럴 수가… 그래서 제 친부모를 찾을 수 없었군요…."

"우리 별에서는 너뿐 아니라 여러 아이를 지구 곳곳에 보냈다. 그 이유는 '어떻게 살아야 하는가'라는 질문의 답을 구하기 위해서다. 너는 지구인이 어떻게 살고 있는지 파악하고, 그 질문에 대해 그들이 알아낸 지혜를 찾아서 우리에게 알려줘야 한다."

"어떻게 살아야 하는가…라고요?"

"지구인은 역사적으로 좌충우돌하면서 지혜를 축적해왔을 것이다. 지금 우리 별 사람들은 그에 관해 혼란스러운 위기에 처해 있고, 도움이 필요하다. 무엇을 믿고, 무엇을 따라야 하는지가 궁금하다. 네가 할 일은 지구인의 문명과 문화를 관찰하면서 그것을 통해 우리가 어떻게 사는 것이 좋은가, 그에 대한 답을 우리에게 알려주는 것이다."

"그걸 어떻게 알려줄 수 있지요?"

"분홍색 공책을 준비해라. 앞표지에 TRAN이라고 쓰고, 그 안에 네가 알아낸 답을 적으면 우리에게 자동으로 전달될 것이다."

"너무 막연한 질문이에요. 그런데 언제까지 해야 하는 건가요?"

"네가 이곳에 와서부터 삼십 년 뒤에 우리가 이해할 만한 내용을 준다면, 너는 임무를 완수하고 우리 별로 돌아갈 것이다."

"제가 아기였을 때부터 삼십 년이란 말인가요?"

"그렇다. 하지만 우리가 보았을 때 충분하지 않다면 연장될 것이다. 그리고 우리가 보았을 때 정말로 만족스럽다면 더 빨리 돌아갈 수도 있다."

"하지만… 제가 돌아가기 싫다면요? 여기서 살고 싶으면 어떡하죠?"

"…그럴 리는 없을 것이다."

그 말은 이상하게 들렸다. 나는 여러 가지를 더 물어보고 싶었지만, 그 외계인은 우주선으로 다시 올라갔다. 그리고 우주선은 검은 하늘로 빠르게 날아갔다.

그 꿈은 너무나 생생해서 내가 본 것과 대화가 실제 상황처럼 기억에 남았다. 한갓 꿈으로 치부할 것이 결코 아니었다. 어쩌면 그건 꿈이 아니라 어젯밤 실제 일어난 일이 아닐지 의심스러웠다. 그에 따르면 나는 출생의 비밀을 알게 되었다. 원장 수녀님도 이해할 수 없던 정황이 모두 설명되었다. 하지만 그 꿈의 내용을 발설한다면 사람들은 비웃거나 중요한 일이 틀어질 수도 있기에 비밀로 해야 할 것이다. TRAN 뒤에 붙은 숫자는 잘 기억나지 않지만 트란 별에서 나에게 임무를 주었다. 나는 그 임무가 생생하게 기억난다. '어떻게 살아야 하는가.' 다른 말로 하면 '어떻게 사는 것이 좋은가' '무엇을 믿고 따라야 하는가'를 쓰는 것이다.

그날 오후 나는 문구점에서 또래 남자아이라면 쓰지 않을 법한 분홍색 공책 한 권을 샀다. 그리고 앞표지에 TRAN이라고 적었다. 나는 당장 쓸 말이 떠올랐다. 당연하게도 하느님과 예수님, 성경에 관한 이야기였다. 그 생각을 하니 커다란 자부심이 들었다. 이제는 내가 외계에까지 하느님과 복음을 전파하는 사람이 되는 것이다. 그런데 어떻게 써야 하지? 성경의 내용을 다 쓰기는 불가능하고, 나는 일단 첫 페이지에 '하느님과 그분의 아들 주 예수와 성경을 믿으라'라고 썼다. 어쩌면 이 정도만 써도 그것이 무엇을 뜻하는지 다 알아들을 수 있을지 모른다. 나는 저녁밥을 먹는 중에 원장 수녀님에게 넌지시 물어봤다.

"엄마, 만약에 외계인이 있다면, 그 외계인이 하느님을 모른다면, 우리가 전도할 수도 있겠죠?"

"재미있는 상상이구나. 물론 그럴 수 있겠지. 하느님은 세상을 창조하신 분이니까 다른 별까지 창조하셨고, 외계인이 있다면 하느님을 믿게 만들 수도 있겠지."

나는 스스로 대단한 일을 했다는 뿌듯함을 느꼈다. 아마 지금쯤 트란인들은 내가 전해준 복음의 지혜를 접했겠지….

나는 입학식을 앞두고 머리를 스포츠형으로 잘랐다. 교복에 남학생은 스포츠형, 여학생은 단발머리가 교칙이었다. 나는 그렇게 자르기 싫었지만 어쩔 수 없다. 바리캉이 지나갈 때마다 머리카락이 한 움큼씩 떨어지는데 울컥했다.

중학교는 내가 다닌 초등학교와 동시에 지어 비교적 신축 건물이지만, 아직 급식실이 없어서 각자 점심 도시락을 가져와야 했다. 아이들은 처음 한 달간은 사 교시가 끝나고 정해진 점심시간에 도시락을 먹었지만, 한 달이 지나자 오전 수업 쉬는 시간에 도시락을 까먹기 시작했다. 폭발적인 성장기답게 아이들은 쉬는 시간마다 학교 내 매점에 들르거나, 쉬는 시간에 도시락을 먹고 점심시간에 매점에 가서 빵을 사 먹었다. 학교 안에 매점이 있다는 것이 신기했다. 한층 엄격해진 규제가 불만스러웠지만 그래도 친구들과 떠들고 도시락을 까먹는 풋풋한 시간이 나름 재미있었다. 쉬는 시간에 여학생 반이 있는 복도를 괜히 걸어 다니며 여자애들을 힐끔거리기도 했다. 어떤 여자애들이 있는지 호기심에 훔쳐보기만 해도 기분이 좋았다.

어느 날 복도에서 윤지영과 마주쳤다. 그즈음 일요일 미사에서 멀찌감치 앉은 것을 확인한 적은 몇 번 있지만, 학교에서 마주친 적은 중학교 입학 이후로 처음이었다. 내가 "안녕" 하고 인사하자 지영이 "너 어디가?"라고 물었다. "그냥… 화장실 가는데?"라고 말하자 지영이 "야, 화장실은 저쪽이 더 가깝잖아. 너, 여자애들 구경하려고 기웃기웃하는 거 아니야?"라며 심술궂은 미소를 지었다. 나는 애써 웃으며 "그런 거 아니야. 저쪽에 갈 일이 있어서 그래"라고 말하고 헤어졌다. 왜 그런 것까지 참견하는지 약간 짜증이 났다.

내 방에서 분홍색 공책을 펼쳐봤다. 혹시 답장이 오지 않았을까? 아니면 어떤 표시라도? 그러나 꼼꼼히 살펴봐도 아무런 변화가 없었다. 설마 그저 몽상 같은 꿈은 아니겠지. 그럴 리 없어. 그건 너무나 생생하고 내가 왜 여기에 오게 되었는지도 설명해주었으니까. 갑작스러운 그 임무는 내가 스스로 꿈으로 만들어냈다고 하기에는 깜짝 놀랄 만한 이야기였어. 아니면… 혹시 내가 외계인에게 전도하면 어떨까 하는 무의식적 상상력이 빚어낸 일에 불과할까?

점점 의심이 커지다가 이제는 반신반의하게 된 어느 날 아침, 쿵쿵 두드리는 소리가 들렸다. 내 방 창문에서 나는 소리였다. 창문 밖에서 한 번도 본 적 없는 새가 난간에 앉아 창문을 부리로 두드리고 있었다. 흰 오리인지 기러기인지 부리가 노란 새가 마치 나를 부르는 것 같았다. 나는 창가에 다가가 언제 멈출까 기다리고 있었는데, 그 새는 일 분 가까이 나를 바라보며 같은 곳을 계속 두드렸다. 부리가 아프지 않을까 점점 걱정되었다. 나는 천천히 창문을 열었다. 그러자 녀석은 우렁차게 꽥꽥 몇 번 울더니 저 멀리 날아갔다.

원장 수녀님이 나를 처음 발견했을 때 흰 오리 떼가 내 곁에 함께 있었다는 말이 떠올랐다. 어떤 새라도 그렇게 유리창을 계속 두드릴 리는 없다. 나는 그 꿈이 단지 환상이나 몽상이 아님을 확신했다. 그 새의 이상한 행동은 의심하지 말라고 외계인이 보낸 신호였을 것이다. 그 새가 내게 뭔가를 요구하는 것처럼 느껴졌다. 마치 '아직 부족하다'라고 전달하는 듯했다. 내가 분홍색 공책에 쓴 내용이 너무나 부실했을 수 있다. 하지만 성경의 내용을 요약해서 적기도 애매하고, 거기에 무엇을 더 써야 할지 난감했다. 그렇게 능력이 대단한 외계인이라면 내가 알려준 대로 성경을 구해 볼 수 있을 텐데….

반성을 해보자… 나는 그동안 외계에 하느님을 전도했다는 것에 자긍심을 가졌지. 왜 그럴까? 하느님이 기뻐하시겠지. 그리고 외계인이 하느님을 믿으면 구원 받을 것이다. 나는 그들을 구원의 길로 인도했다는 점에서 자긍심을 가진 것 같다. 그런데 구원이란 뭐지? 살면서 더 행복해지기도 하고, 죽어서 천국에 갈 수 있다. 특히 천국에 간다는 것이 중요하다. 하느님을 믿지 않으면 천국에 갈 수 없으니까…. 그리고 나도 외계인에게 하느님의 신앙을 전파했으므로 하늘나라에서 더 대접 받을 수 있을 것이다. 나는 그것 때문에 기뻐했을까? 천국에서 더 대접 받을 테니까? 그것도 좋은 일이지. 그

뿐 아니라 어쩌면 현실에서도 하느님이 나를 더욱 예뻐해서 소원을 더 잘 들어주실지 모른다. 예를 들어 김지수와 이루어지게 해준다거나.

하지만 그즈음 나는 점차 현실과 사후 세계를 다르게 봐야 한다는 생각이 들었다. 그 둘은 나뉘어서 점차 그 경계와 단절이 뚜렷해졌다. 나는 얼마 전까지 매일 하느님께 지수와 사귀게 해달라고 기도했지만 이루어지지 않았다. 내 삶에서 이제까지 가장 큰 실패의 고통을 맛보았다. 나는 독실하게 하느님을 믿고 섬겼는데, 현실에서는 실패와 고통을 겪을 수 있다는 것을 깨달았다. 어쩌면 하느님을 믿는 것은 주로 천국과 깊은 연관이 있지, 현실의 행복과는 관련이 적을지도 모른다는 생각이 조금씩 피어나고 있었다. 따져보니 하느님을 믿지 않아도 잘 살고 행복해 보이는 사람이 많았다. 다만 그들은 죽어서 천국에 가지 못할 것이라고 생각했다. 현실의 삶과 죽은 뒤의 세계는 다른 시스템으로 작동하고 있을지 모른다. 어쩌면 과학자란 그런 현실의 시스템을 연구하는 사람인지도 모른다.

어쩌면 사랑인가?

중학교 일 학년 어느 여름날, 서울 한복판에서 삼풍백화점이 갑자기 무너져 내렸다. 부실 공사와 안전 불감증이 원인이라고 하는데, 수백 명이 죽고 크게 다쳤다. 에구에구 하면서 안타까운 표정으로 구조 현장 중계방송을 지켜보는 원장 수녀님에게 물었다.

"저렇게 사고로 죽은 사람들은 어디로 갈까요?"

원장 수녀님은 침묵하고 있었다.

"너무 불쌍해요. 그 가족들도 그렇고… 세상에는 왜 이렇게 고통스러운 일이 많이 생길까요? 엄마는 저런 걸 보면 하느님이 원망스럽지 않아요?"

"하느님을 원망할 일이 아니야. 우리는 최선을 다해 열심히 살면서 하느님께 자신을 맡기면 되는 거란다."

"그러면 저 고통과 슬픔도 하느님의 뜻이라는 말이에요?"

"…그건 아닐 거야. 세세한 일에 너무 흔들릴 필요는 없어. 하느님은 더 큰 뜻을 가지고 계시지."

"세세한 일이라고요? 생명이 죽고 사는 문제인데요?"

"그게 작은 일이라는 말이 아니야. 이 세상에는 악도 있단다. 그건 우리 모두가 해결해야 할 문제야. 다만 종교인이 할

일은 사람들의 영혼을 선함과 하느님의 나라로 인도하는 것
이란다. 그리고 하느님을 따를 뿐이지."

종교인이 사람들의 영혼을 인도한다고⋯ 아마도 그 인도
의 최종 목적지는 천국일 것이다. 그러나 나는 이미 신부가
되려는 꿈을 버렸다. 그 이유는 현실의 행복을 위해서다.

그때 나는 깨달았다. '그래, 천국에 가는 법 이외의 것도
정말 중요해. 현실에서 행복하게 사는 법, 잘 사는 법에 대한
답이 필요해. 꿈에 나타난 외계인의 질문은 어떻게 살아야
하는가였지. 그들이 궁금해하는 건 현생의 행복, 그쪽에 더
가까울지 몰라⋯.'

나의 관심사는 하늘에서 지상으로 내려왔다. 점차 내 안
에서 현세주의가 피어나고 있었다. 하지만 현실에서 잘 사는
방법은 너무나 방대한 문제다. 과연 어떻게 사는 것이 행복
을 가져다주는가? 우리 주변에 많은 장치, 기술의 산물은 우
리를 더 편하고 잘 살게 해주었다. 의학과 약품은 인간을 질
병에서 낫게 만들고 수명을 늘려주었다. 그러나 기술과 과학
은 내가 설명하기가 너무 어렵기도 하고, 그 외계인들이 더
많이 알지 않을까? 그들은 이미 대단한 우주선도 가지고 있
으므로 지금 인간의 과학기술보다 못하지 않을 것이다. 그런
데 왜 잘 사는 법이 아직 부족하고 다른 별에서 그 방법을 찾

아보려 하는지 조금 의아했다.

사람들은 돈을 많이 벌고 싶어 하고 돈이 많은 사람을 보고 잘 산다고 말하지만, 트란인들이 돈에 대해 어떤 생각을 하는지, 그들의 경제가 어떤 방식으로 돌아가는지 전혀 알 수 없다. 그리고 돈 버는 법을 물어보는 것 같지는 않다. 남은 것은 정신적인 영역, 즉 종교적이거나 철학적인 부분이다.

나는 마침 성당에서 자랐고 가톨릭 신자다. 이는 결코 우연이 아닐 것이다. 내가 성당 근처에 떨어졌고 수녀님이 나를 발견해서 키운 것은 계획된 일이다. 하느님의 계획일 수도 있지만 적어도 나를 보낸 트란인들의 계획임이 분명하다. 그들이 나에게 원하는 것은 특히 종교와 관련된 것으로 보인다. 그런데 종교는, 적어도 내가 아는 가톨릭은 사후 세계의 행복과 구원만을 가르쳐주지 않는다. 가톨릭과 종교도 현실 세계에서 더 잘 사는 법을 가르쳐줄 수 있고, 그렇게 하고 있다. 나는 아직 잘 모르지만 그런 직감이 있다. 그런데 그것이 뭐지? 어떻게 글로 설명할 수 있을까?

당시는 초등학교에 영어 과목이 없었고, 중학교 일 학년부터 학교에서 영어를 가르쳤다. 영어 교과서는 알파벳부터 시작해서 처음에는 매우 쉬웠다. 마치 어린아이에게 한글을 가르쳐주는 것 같았다. 이때까지는 혼자 공부하거나 학교에서만 배워도 충분했다. 하지만 점점 걱정되었다. 나는 이제껏 영어 학원에 다닌 적이 없었다. 나는 아주 어릴 때부터 말이 빠르고 글을 빨리 깨우쳐서 똑똑하다는 소리를 많이 들었다. 수학과 과학에 소질이 있고, 영어는 AFKN 채널에서 알아듣지 못하지만 〈세서미 스트리트〉를 보았을 뿐이었다. 원장 수녀님은 성적에 신경을 곤두세우는 극성 엄마가 아니었다. 여름방학이 시작되었고, 내가 영어 학원에 다니고 싶다고 말하자 원장 수녀님은 흔쾌히 등록해주었다. 같은 반 친구 종현이 다니는 학원이었다.

아파트 단지 상가 건물 삼 층에 있는 학원 교실에 들어가자 종현이 앉아 있었다. 선생님이 들어오고 수업이 시작되었을 때는 남학생 네 명, 여학생 네 명이 있었다. 학교와 달리 학원에서는 남녀가 같은 교실에 모이고, 그런 점이 호기심 많은 나이에 약간 설레는 부분이다. 그런데 내 책상보다 세 칸 앞에 낯익은 뒷모습이 보였다. 김지수였다.

나는 마음속으로 쾌재를 불렀고 하느님께 감사드렸다. 하지만 그것도 잠시, 과연 그녀에게 어떻게 다가가고 무슨 말을 해야 할지 고민이었다. 그녀는 아직 내가 학원에 온 것을 모른다. 나와 마주쳤을 때 어색해질 것이 걱정되고, 너무 쑥스러울 것 같았다. 수업이 끝나고 일어나면서 지수와 눈이 마주쳤다. 지수는 깜짝 놀란 듯했고 곧 눈을 피했다. 나는 종현이와 학원 밖으로 나갔다. 앞으로 시간은 많다. 학원에서 계속 볼 테니 조급해할 건 없다.

다음 날 나는 크게 마음을 먹고 그녀에게 인사를 했다. 다만 "너 여기 다녔구나" "응, 난 여기 다닌 지 세 달째야"가 전부였다. 그다음 수업에서도 별다른 일은 벌어지지 않았고, 대화도 없었다. 거의 종일 같은 공간에서 생활하는 학교와 다르게, 학원은 잠깐 모여서 수업하고 곧장 흩어졌다. 나는 작전을 구상하고 있었다. 집에 갈 때 지수한테 다가가 같이 분식집에 가자고 말해볼까? 항상 나와 같이 학원에서 나오는 종현이 문제였다. 그가 있으면 더 어색할 것 같아 셋이 가기는 싫었다. 그 친구가 눈엣가시가 되었다. 하지만 언젠가 꼭 그렇게 말하리라 다짐하고 있었는데, 다음 주부터 지수가 보이지 않았다. 학원을 그만둔 것이었다. 왜 그만두었는지 알 수 없었다. 어색한 관계를 넘어서 내가 정말로 싫어졌을까? 설마 그것 때문에? 단지 그 이유로 석 달간 다니던 학원을 그만둔다는 건 조금 이해가 되지 않았다. 나는 큰 상실감에 빠졌다.

'사랑이란 이렇게 아플 수도 있는 거구나… 그런데 이것이

사랑일까?'

　내 또래 아이들은 아직 이성에게 사랑이라는 단어를 잘 쓰지 않았다. 좋아한다는 말만 썼다. 드라마나 영화에서 말하는 사랑은 어른들이 쓰는 단어였다. 사랑이라는 말을 하기에는 약간 닭살이 돋고 잘 알지도 못하는 말을 멋대로 사용하는 것 같았다. 하지만 나는 이 감정이 사랑이라고 확신했다. 어른들의 감정과 다르지 않을 것이다.

　나는 잠들기 전에 생각했다. 지수를 떠올리고 그녀와 사귀는 상상을 하는 것만으로도 가슴이 아플 정도로 심장이 뛰었고, 상상 속에서 행복감이 밀려왔다. 이렇게 사랑을 마음에 품는 것만으로도 어떤 행복을 느꼈다. 하지만 그녀가 나를 사랑하는 것이 더 중요하다. 그 행복은 사랑을 받아야 현실적으로 완성되는 것이다. 그러면 얼마나 좋을까….

　나는 사랑이란 말을 전에도 주변에서 흔하게 들어왔다. 가톨릭 교구에서 발행하는 팸플릿과 서적에는 사랑이라는 말이 곳곳에 있다. '사랑과 평화의 집'이라는 가톨릭 단체가 있고, 성가에 하느님이 우리를 사랑하신다는 가사도 많다. 나는 아주 어릴 때부터 사랑이라는 단어에 둘러싸여 살았는데, 그에 대해 깊이 생각해본 적은 없었다. 그것은 너무나 평범해서 내가 지수를 사랑하는 것과는 달라 보였다. 그런데 왜 같은 단어를 쓰지? 뭔가 통하는 것이 있어 보이기도 하는데, 너무 달라 보이기도 한다. 그 사랑은 영어로 둘 다 love라고 쓰는 걸까? 사랑과 내가 믿는 가톨릭은 관련이 커 보인다. 나는 어쩌면 그것이 캐내야 할 비밀의 열쇠인지도 모른다는 생각이 들었다.

나는 혼자 계속 생각하다가 결국 원장 수녀님께 물었다.

"원장 수녀님, 궁금한 게 있어요."

"뭔데? 말해보렴."

"하느님은 우리를 사랑하시잖아요. 그리고 우리도 하느님을 사랑해야 하죠?"

"물론이지. 우리 모두는 하느님을 사랑해야지. 예수님께서 말씀하셨단다. 가장 중요한 것 두 가지는 하느님을 사랑하고, 이웃을 사랑하는 거란다. 〈마르코의 복음서〉와 〈마태오의 복음서〉에 나와 있지."

"네… 드라마 같은 데서 남녀 간에도 사랑한다는 말을 쓰잖아요. 그런 사랑과 하느님에 대한 사랑은 같은 건가요?"

"좋은 질문이구나. 좀 어려운 말인데, 남녀 간에 본능적인 사랑은 에로스라고 하고, 하느님이 우리를 사랑하시고 우리가 하느님을 사랑하는 건 아가페라고 하지. 비슷하지만 약간다르단다. 아가페가 좀 더 숭고한 의미야. 에로스는 성적인 의미가 강하고."

"그러면 그 사랑을 영어로 둘 다 러브라고 하나요?"

"그래, 사랑은 러브야."

"왜 그렇게 같은 말을 써요? 다르다면서요."

"어려운 질문이구나. 음… 겉으로나 행동에서는 다른 점이 많겠지만, 정신적으로는 공통점이 있단다. 이성 간에도 정신적 사랑을 할 때는 플라토닉 러브라고 하지. 그것을 크게 보면 이웃에 대한 사랑이나 하느님에 대한 사랑과도 공통점이 많아. 사이좋게 지내고, 상대방에게 헌신하고 봉사하지. 아마 그래서 사랑이라는 말을 쓸 거야. 다만 성적으로 타락한 것은 사랑이 아니란다. 사랑은 궁극적으로 평화롭게 되는 것을 말하기 때문이지. 우리는 하느님과 이웃을 사랑해야 한단다."

나는 이성 간의 사랑이 모두 성적으로 타락한 건 아니라는 생각이 들었지만, 굳이 이 말을 하지는 않았다. 그건 당연해 보였고, 아마 원장 수녀님도 그렇게 답했을 것이다. 내 사랑은 아름다운 것이었으니까.

이제 나는 현실에서 우리가 행복해지는 궁극적 방법에 대한 실마리를 발견했다. 그것은 혹시 '사랑'이 아닐까? 그것은 인간뿐 아니라 까마득히 멀리 떨어진 외계에 사는 이들에게도 똑같이 적용될 것 같았다. 이성 간의 사랑, 이웃에 대한 사랑, 하느님에 대한 사랑의 공통점은 상대방이 잘되기를 바라고, 자신의 것을 내어주고, 결과적으로 평화로워지는 것이다. 자기 것을 상대방에게 줄 때는 흔히 아까운 생각이 들고 주기 싫지만, 사랑할 때는 오히려 주는 것이 기쁨일 수도 있다는 생각이 들었다. 나도 지금은 사정상 어쩔 수 없지만, 지수에게 많은 것을 해주고 싶었다. 종종 내가 그녀를 위해 희생해도 괜찮다는 상상도 했다. 그렇게 된다면 사랑의 힘은 대단한 것이다. 사랑은 '타인에게 주는 기쁨'이다!

그것은 엄청난 깨달음이었다. 머릿속에서 다양한 상황이 퍼즐처럼 맞춰지기 시작했다. 삼풍백화점이 붕괴한 원인은 부실 공사 때문인데, 그들이 공사비를 절감하기 위한 욕심을 버리고 타인을 사랑했다면 그런 일이 발생하지 않았을 것이다. 사랑만으로도 모든 형태의 폭력은 사라질 것이다….

나는 어쩌면 사랑이 가톨릭에서만 강조하는 것은 아닐지 모른다는 생각이 들었다. 사랑은 생명체라면 심지어 우주까지 적용될 수 있는 근본적 작용이기 때문이다. 나는 불교를 잘 모르지만 불교에서 '자비'를 강조한다는 것은 알았다. 그 말은 이해하기 어려웠다. 자비란 대체 무엇일까? 혹시 사랑과 유사한 게 아닐까? 국어사전을 찾아보니 내 추측이 맞았다. 자비란 '남을 사랑하고 그래서 남에게 베푸는 혜택'이라고 쓰여 있었다.

'역시 그래… 가톨릭뿐 아니라 종교의 본질은 사랑이야.'

사이좋게 지내고, 평화로운 세상을 만들고, 서로 베풀고 돌봐서 모두의 행복을 증진하는 핵심은 바로 사랑이고, 그것이 지상의 천국을 만드는 가장 좋은 방법이라고 생각했다. 사랑은 자기 것을 나눠도 행복이 줄어들지 않고 커질 수 있게 만드는 마법 같은 것이다. 내가 꿈꾸던 에로스에도 이것이 있었고, 이것은 인생의 가장 큰 목적이라 할 만하다. 내가 왜 성당에서 자랐는지, 트란인들이 왜 그것을 계획했는지 이제 이해할 수 있었다. 종교의 본질적 지혜를 알려달라는 요청이다. 나는 떨리는 손으로 분홍색 공책에 적었다.

해답은 사랑이다. 사랑하라.

하느님을 사랑하는 것뿐만 아니라, 이웃 사람, 다른 모든 사람을 사랑하라.

사랑은 타인에게 자기 것을 주는 기쁨이다. 혹은 기쁘게 주는 것이다.

그러면 모두가 행복해질 수 있다. 그것이 모두의 불행을 줄이는 가장 좋은 방법이다.

우리는 사랑을 통해 구원 받게 될 것이다.

내가 해답을 너무 빨리 알아버린 게 아닐까? 어쩌면 내가 너무나 똑똑하기 때문인지도 모른다는 생각이 들었다. 막상 적어놓고 보니 약간 걱정이 되었다. 내가 그 질문에 좋은 대답을 쓰면 그들이 예상된 시간보다 빨리 나를 데리러 올 수 있다고 했다. 당장 오늘 밤에 그들이 올지 모른다. 그들이 온다면 나는 돌아갈 것인가? 설마 강제로 데려가진 않겠지… 나는 당장 돌아가지 않고 조금 더 이곳에서 살아보겠다고 말할 것이다. 나는 아직 사랑을 이루지 못했다. 혼자만 상상하던 행복을 실제로 이루고 싶다. 그 사랑의 대상이 김지수일지, 또 다른 사랑이 찾아올지는 모르겠지만… 지금 지구를 떠난다면 이곳이 그리울 것이다. 마치 초등학교 이 학년까지 다니다가 떠난 작은 학교가 그리운 것처럼.

몇 달이 흘러, 서리가 맺히고 갈색 나뭇잎이 떨어졌다. 내 글을 본 트란인들의 반응이 궁금했다. 그러나 아무런 변화도 일어나지 않았다.

두 번째 지혜

이성의
시대

다짐

눈이 내린 뒤 겨울방학이 시작되었고 크리스마스도 지나갔다. 12월 31일이었다. '어떻게 살아야 하는가'라는 질문에 대한 답으로 분홍색 공책에 '사랑하라'를 적어놓은 지 석 달이 지났지만, 특별한 변화는 일어나지 않았다.

나는 궁금했다. 그들은 이것을 어떻게 생각할까? 이걸 적었을 때만 해도 나는 매우 자랑스러웠고 자아도취에 빠졌다. 하지만 반응이 없으니 공허해졌고 무시당하는 기분마저 들었다. 참다못해 나는 그 글 아래 이렇게 적었다. '잘 보셨나요? 제가 쓴 것에 대해 어떻게 생각하는지 궁금해요.' 그리고 또 다른 질문을 적었다. '저의 친부모는 그 별에 있나요? 잘 살고 있는지 궁금해요.' 잠시 후 이제껏 생각하고 느꼈던 것을 되새겨 또 다른 궁금증을 적었다. 질문은 총 네 가지였다. 다음 날에는 그 밑에 협박처럼 들리는 글을 썼다. '만약 아무런 대답이 없다면, 어떤 특별한 신호도 없다면, 내가 겪은 그 일은 단지 꿈에 불과하다고 생각하게 될 수도 있다.' 나는 아직 그것이 한갓 꿈은 아니라고 생각했지만, 나중에는 생각이 바뀔지도 모른다.

며칠 뒤, 다시 꿈 같지 않은 꿈속에 내가 들어와 있었다. 추워서 오리털 점퍼를 입고 밖으로 나왔다. 다만 이상하게도 어제까지 성당 앞을 아름답게 밝히던 크리스마스트리 불빛이 꺼져 있었다. 그 밖에는 고요할 뿐 평소와 똑같아 보였다. 검은 하늘 저편에서 노란빛이 점점 커지더니 비행접시 형태가 되어 점차 다가왔다. 나는 예상했다는 듯이 그것이 하강하는 지점을 향해 계곡 쪽으로 내려갔다. 이번엔 아마도 내 질문에 답을 하러 오는 것이겠구나… 아니면 나를 데리러 온 건가? 강제로 데려가면 어떡하지? 설마 그러겠나 생각하면서도 한편으로 약간 두려움이 밀려왔다.

비행접시 밑부분이 열리며 전에 본 것처럼 분홍색 긴 옷을 입은 외계인이 내려왔다. 그는 땅에 발을 딛고 나에게 걸어왔고, 나도 그쪽으로 다가갔다.

"제가 쓴 질문에 답을 해주실 건가요?"

"그렇다. 너에게 준 임무가 단지 꿈이 아니라 중요한 임무라는 것을 알려주기 위해서다."

"그런데… 그 위에 제가 쓴 글도 보셨나요? 그에 대해서는 어떻게 생각하세요?"

"아쉽게도 네가 쓴 내용은 너보다 한참 전에 다른 탐사 대원이 보내준 것과 다르지 않았다. 새로울 게 없었지. 너는 아직 한참 부족하다. 더 많이 배우고 찾아봐야 할 거야."

"그럴 수가…."

나는 예상과 전혀 다른 대답에 충격을 받아서 아무 말도 하지 못했다. 잠시 뒤 트란인이 말했다.

"너는 서른 살이 될 때까지 이곳에서 그 답을 더 열심히 찾아봐야 한다. 그때 내가 다시 올 것이다. 한 가지 명심할 것을 말해주마. 너 자신을 단련하고 정신적으로 성장시키는 일을 게을리하지 마라. 힘들겠지만 참고, 그 답을 찾기 위해 계속 노력해라. 네가 임무를 잊고 게으름을 피운다면 너는 우리 별로 돌아오지 못할 뿐 아니라, 이곳에서도 불행한 삶을 살다가 비참하게 죽을 것이다."

"예… 알겠어요. 그러면 다음 질문을 할게요. 저의 친부모님은 그 별에 있나요? 잘 계세요?"

"그건 걱정하지 마라. 우리 별에서 잘 살고 있다. 네가 임무를 잘 수행한다면 부모와 가족을 만나서 행복하게 살 수 있을 것이다. 큰 상도 받을 것이다."

그의 대답은 의외로 싱겁게 들렸지만, 더 자세한 질문을 하고 싶지는 않았다. 분홍색 공책에 적어놓은 세 번째 질문으로 넘어갔다.

"그러면 또 궁금한 게 있어요. 공책에 쓴 세 번째 질문인데요. 트란인들은 이렇게 대단한 우주선도 만들고 지구인보다 훨씬 뛰어난 기술이나 과학 문명이 있는 것 같은데, 왜 '어떻게 살아야 하는가'라는 답을 여기서 찾으려 하죠? 여기보다 그 해답을 잘 찾을 정도로 이미 발전한 것 같아요."

"우리가 가진 이 우주선 같은 기술은 대단한 것이겠지. 하지만 우리의 과학과 기술은 대부분 다른 별에서 전수한 것이지, 우리가 창조한 게 아니야. 우리는 역사적으로 다른 별에서 도움과 조력을 많이 받아왔고, 그렇게 성장했다. 그런데 지구인은 우리와 달리 다른 별의 도움 없이 스스로 발전하는 능력을 지녔다. 과학기술도 그렇고 종교와 철학도 그렇지. 우리가 여기서 얻고 싶은 것은 과학이나 기술이 아니라 '어떻게 살아야 하는가'라는 정신적인 기준과 해답이다. 우리는 지금 그것이 부족하다. 물론 지구도 지상천국은 아니라서 아직 완전한 해답을 찾은 것 같지 않지만, 그 실마리라도 찾을 수 있을지 모른다."

"신기한 이야기네요… 그러면 마지막 질문을 할게요. 제가 외계에서 왔다면 저의 몸은 인간인가요, 외계인인가요? 예를 들어 제 느낌이나 욕구가 인간과 다른가요? 그리고 혹시 인간에게 없는 초능력이 저에게 있나요?"

"그런 건 없다. 너는 완전히 지구인의 유전자로 만들어졌다. 그래서 너의 느낌과 감각, 감정은 지구인과 다르지 않을 것이다. 인간에게 없는 초능력도 없다. 너는 두뇌가 꽤 명석하지만, 일반적인 인간을 초월하는 천재는 아니다. 그렇게 만들어진 이유는 지구인의 생각과 문화에 대해 네가 더 잘 이해하도록 하기 위해서다. 너는 지구에서 백 년도 못 살겠지만, 우리 별로 돌아온다면 신체를 개조해서 충분히 이백 년도 살 수 있을 것이다. 임무를 잘 수행하기 바란다."

"네, 초능력이 없어서 아쉽지만 어쩌면 그게 더 나을지도 모르죠."

"이제 나는 돌아가겠다. 네가 서른 살이 되면 다시 찾아오마. 아까도 말했듯이, 고통을 견디고 정신 계발을 게을리하지 말고 노력해라. 그렇게 해야 답을 찾을 수 있을 것이다. 조급해하지 말고 장기적으로 보아라. 그 답을 찾는 일은 많은 노력과 시간이 필요할 것이다."

"네, 알겠어요."

트란인을 태운 우주선은 날아갔고, 나는 잠에서 깼다. 역시나 모든 일이 생생하게 기억에 남았다. 나는 분홍색 공책에 내가 쓴 네 가지 질문에 대한 답변을 요약해서 적었다. 그는 나에게 열심히 노력하라고 강조했다. 정신 계발을 하라고 했다. 비록 그가 공부를 열심히 하라고 명확히 말하지는 않았지만 지금 내가 열심히 할 일은 공부라고 생각했다. 게을리한다면 나중에 비참하게 죽는다는 말이 두려웠다. 그러고 보니 내 주변에는 공부하라고 닦달하는 어른이 없었다. 원장 수녀님은 하느님을 성실히 믿고 착하게 자라는 것이 더 중요하다고 보는 것 같다.

나는 그 꿈에 자극을 받아서 열심히 공부했다. 문제집도 많이 풀었고, 시험이 있기 일주일 전부터는 서너 시간씩 자고 공부하느라 학교에서 졸았다. 이 학년 일 학기 중간고사 결과 우리 반 52명 중에 일등이 되었고, 여자 반까지 전교 10개 반에서 8등을 했다. 초등학생 때는 내 등수를 정확히 알지 못하고 친구들끼리 비교해보는 정도였지만, 중학생 때부터는 전 과목 평균 점수에 따라 반과 전교 등수가 찍힌 성적표가 나왔다. 나는 성적표를 원장 수녀님께 보여드리고 칭찬을 받았다.

반에서 일등을 하자, 나는 자연스럽게 공부를 잘하는 그룹에 속했다. 그 아이들은 공부를 잘하는 친구와 가까이 지내면서 영향을 받고 싶어 하는 것 같았다. 나는 수학과 영어 학원에 다니고 있었는데, 공부를 잘하는 아이들이 선행 학습을 하는 고급반으로 옮겼다. 다섯 명밖에 되지 않는 그 반은 분위기부터 달랐다. 아이들은 선생님이 칠판에 쓰는 모든 것을 필기하는 것 같았다. 색깔 펜을 두 가지 이상 사용하기도 했다. 나는 필기하기 귀찮아서 대강대강 했다. 중간고사에서 일등을 했지만 사실 공부가 힘들었고, 억지로 참아가며 하고 있었다. 학교와 학원 수업 중에도 딴생각에 빠지는 경우가 많았다. 텔레비전이나 비디오테이프로 본 만화나 영화, 다큐멘터리가 수업 중에도 떠오르고, 거기에 내 상상을 더한 세계로 빠져들었다.

학원을 마치고 같은 반 친구 민규와 거리로 나왔다. 민규는 항상 엄마가 데리러 오는데 오늘은 조금 늦는 모양이다. 어딘가에서 달콤하고 구수한 냄새가 풍겼다. 가판대에서 만드는 와플 냄새였다. 격자무늬 틀에 구운 과자에 크림과 꿀을 바른 와플을 오래전에 먹어본 기억이 있었다. 여기서 파는 줄은 몰랐다. 나는 약간 출출해서 민규에게 와플을 먹지 않겠느냐고 물어봤다. 내가 이거 정말 맛있다고 말해도 민규는 꺼리는 듯한 표정이었다. 하나를 샀는데, 꽤 큼직했다.

나만 먹기 좀 그래서 절반을 잘라 민규에게 내밀었다.

"이거 먹어봐. 너 혹시 한 번도 안 먹어봤니?"

"응… 그래도 될까?"

민규는 조심스럽게 받아서 먹기 시작했다. 그런데 정말 맛있는지 순식간에 먹어 치우고 입맛을 다셨다.

"어때, 맛있지? 너도 하나 사 먹어."

"아, 아니야."

민규가 더 먹지 않을 것처럼 말해 내가 하나 더 샀다. 그런데 민규가 바라보는 눈빛은 그것을 원하고 있었다. 나는 와플을 절반 정도 잘라서 줬고, 민규는 금세 먹어 치웠다. 그는 먹기 전에 주변을 두리번거리면서 눈치를 봤다. 민규가 돈이 없어서 그랬는지는 알지 못한다. 민규네 차가 그랜저인 것으로 보아 가난한 집 아이는 아니다. 아마도 민규네 엄마가 길거리에서 음식을 사 먹지 말라고 강요했을 것이다. 그 모습을 들킨다면 엄마에게 야단맞을 것이다. 평소 민규는 어른을 무서워하고 그 앞에서 주눅이 들었는데, 그 이유가 무엇인지 알 만했다. 그는 착하고 머리도 좋지만 부모가 시키는 대로 행동하는 인형 같았다. 나는 민규가 불쌍했다. 내 주변에 공부를 잘하거나 잘하려는 아이들이 대부분 민규와 비슷했다.

공부에 치중하는 아이들은 좁은 새장에 갇힌 새였다. 그들의 첫째 목표는 외국어고나 과학고 진학이었다. 물론 최종 목표는 명문대 진학이고, 부모가 그렇게 시킨 것이었다. 나는 외국어고나 과학고에 가고 싶은 마음이 없었다. 그 과정이 명문대 진학에 유리한 루트인지 모르지만, 나는 그런 특수 목적고에 목표를 두지 않았다. 내 목표는 따로 있었다.

나는 점차 공부에 의욕과 흥미를 잃어갔다. 내가 그런 고등학교에 진학할 이유도 없고, 평범한 아이들의 생활을 알기 위해서 일반 고등학교가 오히려 낫다고 생각했다. 아이들은 내신 성적을 위해, 높은 등수를 차지하기 위해 혈안이 되었다. 너희가 높은 등수를 차지하렴… 나는 그런 거 없어도 되니까. 나는 교과서와 문제집에 갇히기 싫었다. 가만 생각해보니 트란인은 공부를 열심히 해야 한다고 말하지 않았다. 다만 나의 정신을 계발해야 한다.

원장 수녀님과 연지가 잠자리에 들 때, 나는 마루 소파에서 리모컨으로 채널을 이리저리 돌려가며 수많은 텔레비전 프로그램을 봤다. 그 속에는 훨씬 넓은 세상과 다양한 정보가 있었다. 나는 한정된 공간과 제도권 교육을 넘어선 세상을 간접적으로 경험했고, 그런 식으로 더 편하고 재미있게 내 정신을 계발한다고 생각했다. 내가 할 일을 게을리하는 게 아니며 이것이 좋은 방법이라고 여겼다. 이 학년 일 학기 중간고사 학급 일등은 내 인생에서 처음이자 마지막 일등이 되었다.

당시 한국은 폐쇄적이고 권위주의적인 곳이었다. 우리에게는 더욱 극심했다. 미디어에서는 '세계화' 캠페인과 '신토불이' '국산품 애용' 캠페인이 공존하는, 이해할 수 없는 일이 벌어졌다. 나는 이 답답한 곳에서 벗어나고 싶었고, 서양 선진국 문화를 동경하기 시작했다. 드물게 팝 음악을 소개하는 텔레비전 프로그램과 AFKN에서 미국 가수의 뮤직비디오를 보았고, 음반 가게에 들러 생애 처음으로 산 카세트테이프가 본 조비와 마돈나였다. 팝송을 들을 때면 내 영혼이 삭막한 현실을 떠나 안식처를 찾은 기분이었다.

나는 여름방학이 되기 전에 복사단을 그만뒀다. 원장 수녀님에게 앞으로 복사를 맡지 않겠다고 말하자, 예상 밖에 수녀님은 별다른 동요 없이 이유도 묻지 않고 그렇게 하라고 했다. 아마도 공부에 집중하기 위해 그만두는 것으로 생각한 모양이다. 나는 다만 복사 일이 거추장스럽고, 반항심이 커졌고, 자유롭고 싶었을 뿐이다. 종교 자체에 대한 궁극적 의심도 점차 커지고 있었다.

나에 대한 발견

복사단을 그만두기 전 일이다. 우리 반에 우준식이라는 약간 독특한 아이가 있었다. 특출나게 잘하는 것도 없고 눈에 띄지는 않았지만, 자세히 보면 평범함을 싫어하고 개성과 반항심을 드러냈다. 그 애는 시디플레이어를 항상 가지고 다니는 것 같았다. 교실에 있을 때는 잘 듣지 않았지만 등교할 때나 하굣길에 혼자 걸을 때는 항상 이어폰을 끼고 있었다. 교칙에 맞게 짧지만, 오른쪽 머리를 세우고 왼쪽은 내린 스타일이 우리 반에서 그가 유일했다. 걸음걸이도 독특했다. 상체를 오르락내리락하고 팔을 힘 있게 내뻗으면서 걷는데 마치 뮤직비디오의 주인공처럼 리듬을 타는 것 같았다. 준식은 교실에서 종종 노래를 흥얼거렸는데, 나를 포함해 주위에 아무도 모르는 팝송 같았다. 나는 팝송을 좋아해도 주변 아이들 눈치가 보여서 부르지 않는데, 그는 개의치 않았다.

나는 호기심이 생겨서 준식이와 친해지고 싶었고, 자리를 바꾸는 기회에 그 애 옆자리에 가서 앉았다. 그는 쉬는 시간에 어떤 노래를 흥얼거렸는데 영어 같지도 않고 이상한 말이었다. 그게 무슨 노래냐고 물어보니 스웨디시 팝이라고 했다. 영어가 아니라 스웨덴어 노래라는 것이다. 정말 이상한 아이였다. 그걸 어떻게 알았느냐고 하니까 친척이 시디를 빌려줬다고 했다. 혹시 외국에서 살다 왔냐고 물어봤는데, 그렇지 않다고 했다. 준식이 말했다.

"너, 록 음악 좋아하냐?"

"응, 난 본 조비랑 U2를 좋아해."

"그것도 좋긴 하지. 나는 얼터너티브 록을 좋아하는데, 펄잼이나 너바나, 사운드가든 들어봤어?"

"글쎄… 어디서 들은 이름 같긴 한데, 음악을 들어보진 않았어."

"하, 그것도 안 들어봤어? 안 되겠다. 그럼 건스앤드로지스는 알지?"

"이름은 들어봤는데… 노래는 잘 몰라."

"안 되겠다. 록의 세계에 입문하려면 건스앤드로지스부터 듣는 게 좋겠다. 그게 진짜 명반인데."

"그래? 어떤 걸 들어봐야 하는데?"

"〈Use your illusion〉을 들어봐. 두 장짜리 시디인데, 내일 빌려줄까? 대신 일주일 안에 갖고 와야 한다."

"응, 고마워. 들어보고 좋으면 내가 살게."

나는 결국 그 앨범을 샀고, 그 후 준식의 영향을 받아 록 음악의 세계에 푹 빠져들었다. 《핫 뮤직》 같은 록 음악 잡지를 봤고, 〈배철수의 음악캠프〉에서 록 음악을 많이 들려준다는 것도 그즈음 알았다. 당시 그런 음악을 접할 우리나라 방송은 그 프로그램이 유일했다. 준식이 사는 아파트에는 위성방송으로 홍콩에서 송출하는 MTV 채널이 나와서, 준식은 몇 년 전부터 그것을 보고 팝과 록 음악에 빠졌다고 한다. 우리 집에도 해외 위성방송이 나오면 좋을 텐데 그럴 여건이되지 않았다. 그가 부러웠다.

1990년대 중반은 미국 얼터너티브 록의 전성기였다. 미국의 십 대에게 그 음악은 주류 문화였다. 나와 준식은 문화적 통로가 거의 차단된 열악한 환경에도 당시 미국의 십 대와 동시대를 누리고 싶었다. 우리는 한국의 권위주의적이고폐쇄적인 분위기와 정책에 분노하고 욕했다. 당시에도 수많은 앨범이 사소한 이유로 몇 곡이 검열에 걸려 삭제된 채 발매되었다. 나는 미국판이나 영국판 오리지널 앨범을 비싼 값에 사기도 했다. 용돈이 대부분 음반을 사 모으는 데 들었다.

이 학년 이 학기 어느 날이었다. 준식이 록그룹 메릴린맨슨의 새 앨범 〈Antichrist Superstar〉가 굉장히 좋다며 들어보라고 했다. 그 제목은 말 그대로 하면 기독교·가톨릭에 반대하는 의미였고, 예수를 찬양하는 뮤지컬 〈지저스 크라이스트 슈퍼스타〉를 비꼰 것이다. 앨범 표지는 기괴하고 공포가 느껴지는 분위기였다. 나는 약간 겁이 나서 물었다.

"안티크라이스트? 이거 혹시 악마 숭배 아니야?"

"그런 건 아닐 거야. 그냥 재미나 예술이지. 요즘 엄청 인기 많다니까."

"그럼 들어볼까… 이런 음악 듣는 걸 우리 집에서 알면 엄청 혼날 것 같긴 하다."

"너 기독교 믿어?"

"천주교 믿어. 그런데 우리 집안이 굉장히 독실해서….""

나는 우리 집이 어떤지, 성당 건물에 산다는 것도 아직 그에게 말하지 않았다.

"혹시 너도 독실한 신자야?"

"한때는 그랬는데, 지금은 좀 흐지부지됐어."

나는 거짓말하는 것일까? 애매하다. 복사 일을 하기 싫어서 그만두기는 했지만, 객관적으로 나는 아직 천주교 신자라고 보아야 할 것이다. 하지만 그때는 갑자기 그 사실을 숨기고 싶었다. 준식이 약간 실망할 것 같았기 때문이다. 준식이 말했다.

"나도 어릴 때는 기독교를 믿었어. 모태 신앙이었거든. 그런데 점점 귀찮아졌지. 요즘에는 교회도 잘 안 나가. 어쩌다가 부모님이 사정사정하면 겨우 따라가는 정도지."

"진짜? 그래도 부모님이 뭐라고 안 하셔?"

"내 삶은 나의 것이라는 말이 있잖아. 부모님이 처음엔 화내셨지. 하지만 내가 버티는데 어쩌겠어. 나를 강제로 데려가거나 세뇌할 수는 없는 거야."

"대단하다… 그럼 너는 하느님을 믿지 않기로 한 거야?"

"아마도 그런 것 같아. 확실한 결론은 안 났지만… 내가 생각해봤을 때, 하느님은 없을 가능성이 커. 정민아, 너는 하느님이 있다고 믿는 거야?"

"으응… 그래도 있으니까 많은 사람이 믿는 게 아닐까?"

"그건 근거가 안 돼. 나는 성경이 정말로 맞는지 근거를 생각했는데, 꼭 믿을 필요는 없는 것 같아. 근거가 부족해. 그래서 믿을 필요가 없다고 생각하고 있어. 교회 가기가 귀찮기도 하고."

"오, 너는 굉장히 과학적이구나. 그럼 너는 진화론을 믿는 거야?"

나는 당시에 진화론이 무엇인지 정확히 몰랐으나 신 없이 모든 생물이 자연스럽게 변화해서 생겨났다, 진화론자와 성직자들이 반목하고 있다는 정도를 알고 있었다.

"진화론? 나는 그게 뭔지 잘 몰라. 과학에 관심이 있는 것도 아니고. 내가 왜 신을 안 믿게 됐는지 말해줄까?"

"응."

"하느님은 신인데, 세상에는 여러 신이 있다고 하잖아. 부처님도 있고, 그리스신화의 신도 있고. 그런데 기독교는 그 하나의 신만 주장하고 나머지는 신이 아니라고 하잖아. 그게 맞을까? 내가 보기에 신이 존재한다면, 하느님뿐 아니라 다른 사람들이 주장하는 신도 있을 수 있어. 나는 그 차이가 뭔지 모르겠어. 그래서 하느님만 신이라고 하는 걸 믿기 어려운 거야."

"음… 하지만 하느님은 좀 특별하지 않을까 싶은데…."

"그건 네가 그런 환경에서 자랐기 때문이겠지. 기독교가 지금 세계에서 가장 힘이 세고, 서양 선진국에서 믿었던 종교니까. 그걸 빼면 특별한 게 뭐가 있어? 나는 모르겠어. 서양 사람들도 요즘에는 기독교를 잘 안 믿는다던데. 그래서 하나의 신만 믿기는 어려운 거야. 나는 차라리 가끔 여러 신한테 기도해. 하느님, 부처님, 예수님, 알라신, 염라대왕… 여러 신 중에 하나라도 존재할지 모르니까. 하하."

"그 말도 일리는 있네."

"음… 그런데 내가 꼭 너를 믿지 않게 만들려는 건 아니야. 그건 네가 스스로 생각해봐. 나도 스스로 생각했으니까. 내가 널 반기독교로 만들려는 건 아니야. 괜히 너희 부모님한테 나까지 혼나겠다. 네가 알아서 생각해봐. 네 생각이 옳으니까…. 이건 내가 봐도 굉장히 멋있는 말이다. 네 생각이 옳다는 말, 안 그래?"

"진짜 그러네. 멋있는 말이다."

나는 이제까지 네 생각이 옳다는 말을 들어보지 못했다. 여기는 한국이고, 어린이와 청소년은 나이 많은 어른들의 말에 따르도록 강요받았다. 아이들은 부모와 선생님에게 툭하면 혼나고 매를 맞았다. 네 생각과 행동을 교정하라는 말만 들었다.

나는 학교 수업 중에도, 집에 와서도 생각했다. 왜 그 말이 멋있게 느껴질까? 단지 우리나라가 폐쇄적이고 권위주의적이고 아이들을 무시하는 경향이 강해서 그 말이 굉장히 신선하고 해방감을 주기 때문일까? 그런 점도 있겠지만, 그것만은 아닐 거라는 직감이 들었다. 어쩌면 여기에 트란인에게 보낼 만한 지혜의 비밀과 실마리가 담겨 있을지 모른다는 생각이 들었다.

여기엔 그 이상의 의미가 담겨 있어… 나는 이성적 · 논리적으로 따져보기로 했다. '네 생각이 옳다'는 말 자체는 따져보면 꼭 맞진 않는다. 내가 원장 수녀님을 친엄마라고 생각한 것처럼, 수학 시험에서 틀린 답을 적을 때처럼 많은 경우에 내 생각이 틀릴 수 있다. 그런데 왜 직감적으로 그 말이 타당하고 적절하고 멋있어 보이는가? 나는 그 말 자체보다 그 저변에 깔린 의미가 중요할 거라고 보았다. 준식은 "네가 스스로 생각해봐"라고 한 다음 "네 생각이 옳다"고 했지. 바로 그거야. '스스로 생각하라'가 핵심이다. 여기서 '너'는 '스스로 생각하는 너'다. 그렇다면 '스스로 생각한다'는 건 무엇일까? 왜 '스스로' 생각하면 옳다고 할 수 있고, 멋있어 보이나?

며칠 뒤, 미사 중이었다. 나는 의자에 앉아 신부님의 말을 듣고 있었다. 예수님께서 어쩌고저쩌고… 성령이 어쩌고저쩌고… 신도는 조용히 그 말에 귀 기울이며 듣고 믿었다. 나는 생각했다. '저 말을 듣고 그대로 믿는 것은 스스로 생각하는 것이 아니야. 스스로 생각한다는 것은 다른 사람의 말이 그대로 내 믿음이 되는 것이 아니라, 내가 무엇을 믿고 무엇을 믿지 않을지 스스로 판단하는 거야. 그 판단 기준이 남이 아니라 내 안에 있는 거야.'

남이 아니라 나… 이제 남과 나 사이에 구분이 좀 더 명확해지기 시작했다. 그리고 '스스로'에 숨은 의미에 점점 다가갔다. 스스로는 오롯이 내 안의 것으로 인해 일어나는 일이고, 남이 개입하거나 침해하거나 명령하지 않는 것이다. 그러기 위해서는 나와 남의 구분과 경계가 필요하다.

'무엇이 나인지 찾아야 한다! 나를 찾아라!'

엄청난 깨달음에 머리가 띵한 전율이 일어났다. 나는 남이 아니다. 그것이 나를 찾는 시작점이다. 동식물, 다른 사람의 말, 책, 글, 종교… 그것은 내가 아니다. 내가 없어도 되는, 나와 무관하게 있는 것일 뿐이다. 나는 남과 다른 것이고, 남과 달라야 한다. 드디어 '나만 가진 것'의 존재가 드러났다.

'스스로'는 나만이 가진 어떤 것을 중요하게 여기고 이를 사용하는 것이다. 이것이 없다면 이 세상에 나는 존재하지 않는 것과 마찬가지다. 시냇물은 내가 없어도 잘 흐른다. 나를 향해 들어오는 물결에 나만의 어떤 거름망이나 방어막 같은 것이 없다면 시냇물은 투명한 나를 아무 일도 없다는 듯이 통과하고, 나는 존재하지 않는 것과 같다. 하지만 나는 존재해야 한다. 나는 존재하기 때문이다. 나는 나만이 가진 거름망으로 나를 향해 쏟아져 들어오는 이야기의 홍수를 걸러야 한다. 그래야 내가 진정으로 존재한다.

'자기의 일은 스스로 하자'로 시작되는 아동 학습지 광고 노래가 생각났다. 광고 화면에서 아이들은 스스로 이불을 정리하고 이를 닦고 공부했다. 처음에 나는 그것이 과연 스스로인지 의문스러웠다. 어쩌면 학원 앞에서 민규가 와플을 사 먹지 못한 것처럼 세뇌나 강압에 따른 것일 수도 있다. 광고 영상에 나오는 아이들이 세뇌 상태인지 그 속사정은 알 수 없다. 화면 속 행동으로 보면… 따져보니 그것을 스스로라고 볼 수 있는 이유는 부모나 다른 사람의 도움을 받지 않고 '혼자서' 이불을 정리하고 이를 닦고 공부하기 때문이다.

행동적으로 따지면 스스로는 혼자서 어떤 일을 해내는 것, 다른 사람의 개입이나 도움을 받지 않고 해내는 데도 쓰일 수 있다. 그것은 자신만의 것을 소중히 여기고 자기 생각과 개성을 중시하는 의미와도 통하는 것 같았다. 거기에 남의 개입이나 도움은 필요 없다! 자신만의 것이 아니기 때문이다. 그것에 기대는 사람은 나약한 사람이고, 남에게 세뇌를 당하거나 조종되기 쉽다. 그것이 없이 스스로 하는 사람은 독립적이고 강한 사람이다. 그래서 더 멋있다….

그러고 보니 트란인이 한 말 중에도 '스스로'가 있었다. 그는 트란인이 가진 뛰어난 기술은 스스로 만든 것이 아니고, 다른 별에서 얻은 것이라고 했다. 트란인은 계속 도움을 구하는 것처럼 보였다. 그들은 스스로 뭔가를 할 수 있는 능력이 부족한지도 모른다. 중요한 것은 그럴 의욕도 부족하고, 남에게 의지하려 하는 것 같았다. 그들에게 필요한 것은 스스로 하고자 하는 의욕이고, 이를 위해서는 자신을 찾아야 한다는 생각이 들었다. 그들은 자신을 찾지 못하는 것 같다. 바보들 같으니라고!

나는 그들에게 필요한 엄청난 지혜를 발견했을지 모른다는 생각에 몸이 떨려왔다. 그들에게 가장 부족한 것은 바로 이것이 아닐까? 이것을 그들이 깨닫는다면 새로운 세상을 보고, 인생의 의미를 알게 될 것이다…. 나는 분홍색 공책에 적었다.

나를 찾아라! 자기 자신을 찾아라!
나는 남이 아니다. 내가 진정으로 존재하기 위해서는 남과 다른 나를 찾아야 한다. 나만 가진 것을 찾아라. 그게 바로 나의 본질이다.
그 이유는 스스로 생각하고, 스스로 행동해야 하기 때문이다. 스스로라는 말은 남의 개입이 없이 자신이 한다는 것을 뜻한다. 너무 남의 도움만 바라지 마라. 도움에는 함정이 있을 것이다. 자신이 나약해지고 의존적이 되고 독립하지 못한다. 독립적으로 자신의 삶을 스스로 개척하는 것이 가치 있는 삶이고, 인생에서 자신이 주인공이 되는 것이다.

반항

나는 메릴린맨슨의 시디를 샀다. 그저 노래가 듣기 좋았기 때문이다. 원장 수녀님이나 다른 사람이 볼까 봐 그 시디만 책상 서랍에 숨겨놓았다. 그러다가 음악을 듣는 게 무슨 죄라도 되나 싶어 숨기기 싫어졌고, 책상 위 시디플레이어 옆에 다른 시디와 함께 꽂아두었다. 어쩌다 재킷이 보여도 상관없었다.

어느 날 집에 와보니 아침까지 어질러져 있던 내 방이 깨끗했다. 그날 저녁 식탁에서 원장 수녀님이 말했다.

"정민아, 너 요즘 이상한 음악을 듣는 것 같더라?"

"네? 뭐가요?"

"헤비메탈을 듣는 모양인데, 악마 같은 그림이 그려진 시디가 있더라. 혹시 악마 같은 노래를 듣는 거 아니니? 그런 음악이 있다고 하던데…."

"제 방에서 뭘 그렇게 관찰한 거예요? 제 방을 뒤지기라도 했어요?"

"아니, 뒤진 게 아니라 청소하다가 자연스럽게 봤지. 책상 위에 있는 것도 보면 안 되니?"

"……."

"대답을 좀 해봐. 그 시디는 뭐니? 안티크라이스트라고 쓰여 있던데, 그건 아무리 봐도 사탄에 빠진 노래 같은데?"

"아니에요! 알지도 못하면서… 그냥 예술적인 음악일 뿐이에요."

"아니라니, 그건 분명히 우리 종교에 반하는 거야. 너는 그런 음악을 들으면 안 된다."

"왜요? 왜 저는 그 음악을 들으면 안 돼요?"

"너는 내 아들이잖아. 여기서 그런 음악을 들으면 안 돼. 더구나 성당에서 그런 음악이 흘러나온다는 건 있을 수 없는 일이야."

"저는 원장 수녀님의 아들이 아니잖아요. 왜 이럴 때만 아들이라고 하는 거죠? 정말 웃기는군요. 저도 제 생각이 있고 제 인생이 있어요!"

나는 쾅 소리가 나게 방문을 닫고 내 방으로 들어갔다. 생각할수록 화가 치밀었고, 잠재된 폭력적 성향이 깨어나는 기분이었다. 내가 헤비메탈을 좋아한 건 그렇게 참고 참던 분노를 대신 해소해줬기 때문인 것 같다. 많은 록 가수가 공연장에서 기타를 부순다. 나는 지금 뭐든지 부수고 깨뜨리고 싶었다. 아무거나 집어 던질까? 액자나 의자, 가구를 부숴버릴까? 하지만 참았다. 주먹으로 벽을 두 번 세게 쳤다. 성경이 눈에 들어왔다. 나는 그것을 집어 들고 펼쳤다. 참기 힘들었다. 나는 성경을 마구 찢었다. 방바닥에 찢기고 구겨진 성경 수십 장이 나뒹굴었다. 속이 시원했지만, 어떻게 처리해야 할지 고민이었다. 나는 은근한 시위를 하고 싶어서 굳이 완벽히 숨기지 않기로 했다. 구겨진 종이를 방 안 휴지통에 넣고, 메릴린맨슨의 시디는 버릴지도 모른다는 생각에 책상 깊숙한 곳에 숨겼다.

다음 날 아침, 과연 이대로 놔둬도 될지 약간 두려웠다. 초등학교 오 학년 때까지 원장 수녀님에게 회초리로 손바닥과 종아리를 맞은 적이 있지만, 그 후로는 맞지 않았다. 잘못했을 때 밭에서 잡초를 뽑는 벌을 받은 적도 있는데, 올해는 한 번도 그런 적이 없었다. 이번에도 그렇게 할까? 어떤 처벌을 받든 내 의지를 보여주기로 하고 그냥 학교에 갔다.

며칠 동안 분위기가 냉랭했지만, 원장 수녀님은 그날 일에 대해 아무 말도 하지 않았다. 아마도 휴지통을 확인하지 않은 모양이다. 결국 내 방 휴지통을 비울 때 발각되었다. 원장 수녀님이 저녁에 내 방으로 들어왔다.

"정민아, 오늘 쓰레기통을 봤다. 너 어떻게 성서를 찢을 수가 있니?"

나는 아무 말도 하지 않은 채, 곧 닥칠 불벼락에 대한 마음의 준비를 하고 있었다. 하지만 원장 수녀님은 의외로 차분하게 말했다.

"내가 생각을 해봤는데, 아무래도 네가 사춘기라서 그런 모양이다. 누구나 방황을 하고 반항도 하는 시기지. 하지만 네 영혼이 악마의 꾐에 빠져든다면 큰 문제야."

내가 사춘기라서 그렇다고? 하지만 나는 이성적으로 사고하고 행동하고 있다고 생각한다. 나는 물건을 닥치는 대로 부수고 싶었지만 참았다. 그깟 흔한 책을 찢는 것이 뭐 그리 큰 문제인가?

"같이 기도하자. 나는 너를 이해했지만, 하느님께 용서는 구해야지. 그리고 네가 타락의 길로 빠지지 않도록 참회하고 기도하자."

나는 내키지 않았지만, 이 정도로 용서하는 것이 다행이라는 생각에 내 손을 잡은 엄마와 함께 형식적으로 기도했다. 내 마음속에서는 종교에 대한 회의감과 반항심이 계속 자라났다. 내가 사춘기라서, 잠시 지나가는 반항의 폭풍일 뿐이라는 시각에도 반박하고 싶었다. 나는 어릴 때부터 강제적으로 내 사고와 환경을 지배한 좁은 틀에서 벗어나 더 넓은 세상을 알고, 진실과 진리를 알고 싶을 뿐이었다. 그러려면 이성을 활용해야 했다. 종교의 강제 혹은 억압을 이기는 것은 이성의 힘이다. 그러기 위해서는 대상을 의심해야 한다. 그것을 믿어야 할 '이유'를 의심하면서 따져봐야 한다 (reason은 '이성'과 '이유'라는 뜻이 있다). 나와 종교는 이제 하나가 아니다. 진정한 나를 찾으면서 종교는 나와 분리되었고, 의심의 대상이 되었다.

일단 받아들이지 말고 백지에서 시작하자. 그리고 받아들일 합당한 증거가 있을 때만 받아들이자. 가톨릭과 하느님, 성경을 믿어야 할 이유의 증거가 있는가? 내 생각은 심연으로 들어갔다. 그동안 당연하게 생각해온 것, 무의식적으로 받아들인 것을 재검토하기 시작했다. 이상한 점이 있었다. 나는 바보가 아니고, 어릴 때부터 친구들과 논쟁에서도 어느 아이가 새로운 주장을 하면 증거가 있기 전에는 잘 믿지 않았다. 오래전부터 증거를 중요하게 여겼다. 그런데 왜 가톨릭에 대해서는 증거를 따져보지 않았는가? 그저 주위 어른들이 가르쳐주는 대로 믿고 따랐을 뿐이다. 평소 나답지 않은 일이다.

일요일 아침에 집을 나섰다. 주일 미사를 빼먹기로 했다. 반항심의 표현일 수도 있고, 아무 생각 없이 미사에 참석하는 대신 그 문제에 대해 좀 더 생각하는 게 낫다고 보았다. 한참 걸어가서 저수지 둑에 앉아 멀리 수면을 바라보았다.

기러기 떼가 옹기종기 모여 쉬거나 놀고 있었다. 나는 왜 그 것을 그저 믿었는가… 잠시 뒤 그 이유를 알아냈다.

나는 증거가 있어야 믿는 사람인데, 뒷받침하는 증거가 '어딘가에' 있으리라고 생각했다. 내가 누군가에게 어떤 종교적 문제에 관한 증거를 물어본다면 원장 수녀님과 신부님 등 많은 사람은 증거가 이러이러하다고 말할 것이다. 예수님이 부활했다는 증거가 있어도 나는 모를 수 있다. 그렇기에 나는 증거를 모르는 상태였어도 다른 사람의 앎이나 기록 같은 어딘가에 그 증거가 있을 거라 여기고 믿은 것이다.

그때 내 안에서 코페르니쿠스적 전환 같은 것이 일어났다. 그래서는 안 된다. 나에게 증거가 없는데 어딘가에 증거가 있을 것이라 여기고 믿어선 안 된다. 나한테 없으면 그 증거는 없는 것이다.

'나에게 없으면 없는 것이다.' 이 말이 마음에 계속 울려 퍼졌다. 이 말은 어딘가에서 들은 게 아니고, 내가 깨달은 것이다. 이 말이 옳은 이유는 나에게 있을 때 스스로 생각할 수 있기 때문이다. 스스로 생각하기 위해서는 나에게 있어야 하기 때문이다. 나는 증거를 확보하기 전까지 믿지 않을 것이다. 이것이 바로 신앙이 아닌 이성이다. 이성은 어딘가에 있을 것이라는 핑계로 증거 없이 믿는 것이 아니라, 자신이 가진 증거를 가지고 스스로 따져보는 것이기 때문이다.

추워서 일어나 시내 쪽으로 걸어갔다. 시간을 때우기 좋은 장소는 전자오락실이었다. 게임을 하고 구경도 하며 한참 있다가, 분식집에서 늦은 점심을 간단히 먹었다. 이제 들어가야 할 것 같다. 길가 가전제품 대리점에서 불우 이웃 돕기 모금 방송이 나왔다. 병상에 누운 어린아이는 백혈병이라고 한다. 가난한 가족이 눈물을 흘렸다. 저 아이와 가족은 왜 저렇게 불행한 삶을 살아야 할까? 우리를 사랑하시는 하느님이 존재한다면 왜 선량한 많은 사람이 질병과 재해로 고통에 시달릴까? 신앙심이 있건 없건 가리지 않는 것 같다.

그날 저녁, 나는 원장 수녀님에게 친구와 중요한 약속이 있었다고 둘러댔다. 원장 수녀님은 다음부터 웬만하면 주일 미사는 빠지지 말라고 단호한 어조로 말했다.

"그런데 물어볼 게 있어요."

"뭔데?"

"세상에는 고통을 겪는 사람이 많아요. 병에 걸리고, 자연재해도 있고, 사고도 나고, 범죄 피해자도 있고. 그 불쌍한 사람들은 악한 사람이 아니고, 착한 사람이나 하느님을 믿는 사람도 많을 텐데, 왜 하느님은 그저 방관하시는지 모르겠어요. 종종 악인이 잘 살기도 하잖아요. 왜 그런 거예요?"

"…우리 모두는 죄를 가지고 태어났단다. 그래서 모두가 각자의 고통이 있지. 다만 현실에서 어떻게 하는가에 따라 나중에 심판을 받는 거야. 선한 사람과 신앙심이 있는 사람은 천국에 가고, 악한 사람은 지옥으로 가지. 현실의 모습만 보고 단편적으로 판단해서는 안 된단다."

"좀 실망스러운 대답이네요. 너무 뻔한 이야기 같아요. 현실에서 하느님의 모습을 보거나 기적이 일어나지 않는다면, 하느님이 존재하는지 어떻게 알 수 있어요? 그 증거를 알고 싶어요."

"정민이가 회의감이 드는 모양이구나. 네 나이 때는 그런 생각을 할 수도 있지. 하느님이 존재한다는 증거는 얼마든지 있단다. 오래전부터 불치병에서 회복하는 기적이 일어나는 역사가 있었고, 신앙심이 깊은 사람이 현실에서 더 행복해진다는 증거도 많지."

"그게 무슨 증거예요? 판타지 같은 이야기지."

"네가 더 크고 많이 경험하다 보면 증거를 경험할 수 있을 거야. 그러니 너무 의심만 하지 말아라. 지금은 네 복잡한 마음을 다스릴 필요가 있겠구나. 기도를 많이 해라."

나는 더 질문할 의욕을 잃었다. "저는 이제 하느님을 믿지 않아요"라는 말이 입 밖으로 나올 뻔했지만, 목 안으로 구겨

넣었다.

종교를 믿어야 할 증거를 찾지 못한 채 그해 겨울이 지나갔고, 나는 중학교 삼 학년이 되었다. 운 좋게 이번에도 준식이와 같은 반이었다. 우리 둘은 학교에서 가장 마음이 잘 통하는 단짝이었다. 남자끼리 친하다고 해서 알콩달콩 사이좋게 지내는 것은 닭살 돋는 일이고, 티격태격하기도 하며 종종 겉으로는 싸운 것처럼 보이기도 했다. 어쩌면 우리는 많은 부분에서 달랐다. 다만 우리 사이에 한 가지 특별한 점이 있었다. 취미를 공유한다는 것은 코드가 통하는 소중하고 반가운 일이다. 더구나 그 취미는 다른 아이들과 공유할 수 없었다. 텔레비전에서도 그 이야기는 나오지 않았다. 우리는 이곳에서 주류가 아니지만, 스스로가 멋있다고 생각했다. 나는 이곳의 주류라는 것은 평범함일 뿐이라고 여겼다. 준식은 어떻게 생각했는지 모르지만, 우리의 세계와 대화 수준은 다른 아이들보다 우월하다고 생각했다. 세계적 차원으로 볼 때 진짜 주류는 서양 선진국 음악을 듣는 우리였다. 중학교 삼 학년 시절에 준식은 브릿 팝*을 많이 들었다. 미국 록에는 이제 들을 게 별로 없다나. 그의 영향을 받아 나도 브릿

---

* 영국 록 음악

팝을 듣기 시작했다.

어느 날 준식을 따라 홍대 근처에 록 음악을 틀고 뮤직비디오를 보여주는 지하 음악 감상실에 갔다. 그곳에는 우리처럼 아마도 자신의 환경에서는 아웃사이더일 법한 록 마니아들이 모여 그룹 스웨이드의 노래를 따라 부르고 있었다. 특별히 재미도 없고 뭔가 음침한 기분이 들어, 다시 가고 싶은 마음은 생기지 않았다. 나는 반항심이 들끓었지만, 바깥 활동에는 숙맥이었다. 나는 논리와 기하학처럼 예측 가능한 이론을 선호했고, 좋게 말해 순수했으며, 혼란스럽고 예측하기 어려운 세상에 아직 적응할 준비가 되지 않았다.

준식은 중학교를 졸업할 무렵 영국으로 떠났다. 그는 오랫동안 돌아오지 않을 것이다. 나는 중학교 옆에 있는 공립 남자 고등학교에 진학했다. 중학생 때부터 강화된 규제와 통제는 고등학생이 되어 한층 심해졌다. 등교 시간이 일곱 시 반인데, 조금이라도 늦으면 매를 맞거나 교실 청소를 해야 한다(한국의 학교에서 체벌이 사라진 시기는 2010년쯤이다). 이해가 안 되는 점은 그 시간에 수업이 시작되는 게 아니라 한 시간 동안 교실에서 모두가 조용히 자습한다는 것이었다.

학교와 주변 분위기는 대입 공부를 위한 환경과 제도로

집중되었고, 자유를 주지 않기 위해 조여왔다. 오후 네 시 반에 수업이 끝나면 방과 후 자율 학습이 있었는데, 자율이 아니라 강제 자습이었다. 도망가면 혼이 났다. 그러다가 밤까지 교실에 학생들을 잡아두는 것이 잠깐 사회적 이슈가 되자, 이제는 방과 후 학교 도서관에 출석해 공부하고 확인 도장을 받도록 했다. 방학 때도 절반 이상 학교에 나가서 자습했다.

나는 학교가 감옥과 다르지 않다고 생각했다. 입시를 위한 문제 풀이식 공부도 지겨웠다. 입시와 교육제도 자체가 혐오스럽고 사회의 억압에 점점 우울해졌다. 나는 자유를 갈망할 수밖에 없었다. 나는 놀고 싶은 게 아니라 내 의지에 따라 행동하고 자유롭게 공부하고 싶었을 뿐이지만, 이 사회는 우리 말에 귀 기울이지 않는다. 나는 결국 자유가 삶의 가장 큰 목표라고 생각하기에 이르렀다. 그리고 이는 또 다른 중요한 깨달음이라고 생각했다. 나는 분홍색 공책에 '모든 것은 자유를 얻기 위한 과정이다. 그러므로 모든 종류의 억압과 강압에서 해방되기를 목표로 해야 한다'라고 썼다.

종교뿐만 아니라 지금 내가 속한 동양 문화에 대한 반감도 점점 커졌다. 내가 겪는 자유의 억압은 주로 거기에서 비롯되었을 것이다. 서양 문화에 대한 동경은 중학생 때 팝과

록 음악을 좋아하면서 시작되었다. 드라마와 영화에 나오는 미국의 고등학생들은 자유롭고 개성을 마음대로 표현할 수 있었다. 반면에 이곳에서는 우리를 무시하고 지독히 억압했다. 나는 미국이나 영국에서 태어났다면 얼마나 행복했을까 상상한다. 트란인의 말에 따르면 세계 곳곳에 나처럼 보낸 아이들이 있다고 하던데, 나는 왜 하필 이런 곳에 떨어졌단 말인가…. 아마도 많은 정보를 얻기 힘든 밀림이나 오지에는 보내지 않았겠지. 그렇다면 선진국에 가까운 곳에 대부분 있을 텐데, 내가 이곳에서 할 수 있는 일은 무엇인가… 동양의 문화를 알라고? 과연 동양의 문화에 외계까지 자랑할 지혜가 있는가? 하지만 아무리 생각해도 내가 아는 역사나 모든 면에서 동양은 서양보다 열세였고, 후진적이고, 행복을 위한 지혜가 부족해 보였다.

고등학교 윤리 시간에 배운 동양철학은 유가와 불가, 도가인데, 흔히 유교와 불교, 도교라고 부르는 것처럼 일종의 종교로 볼 수도 있다. 그런 종교가 지금까지 이곳 동양 문화에 깊이 남아 큰 영향력을 행사한다. 아직 강력한 유교적 풍토를 보라. 권위주의적이고 억압적이고 자유를 막고, 어린이와 젊은이를 함부로 대한다. 나는 유교가 권위적 신분제도를 공고히 하는 방편이었다고 생각했다. 종교는 흔히 그런

식이다. 비이성적이고 권위주의적인 종교를 비판하고 그 영향력에서 벗어나는 일은 인류가 미개한 상태에서 벗어나 발전하는 길이다….

이곳 특유의 문화와 문명에서는 딱히 좋은 점이 없었고, 나는 서양의 것을 배워야 했다. 어쩌면 내가 동양에 있으니 서양 문명과 차이를 외부 관점에서 더 객관적으로 비교할 수 있는지도 모른다. 즉 교차 검증이다. 이곳에서 생활해보니 서양 문명의 절대적인 우월성이 더 잘 보이는 것 같았다.

고등학교 삼 학년 교실에는 대학수학능력시험까지 남은 날짜를 적어둔다. 매일 날짜가 줄어갔다. 나는 우울증 초기 증상 같지만, 이제는 사회와 제도에 대한 불만으로 가득 차 있을 때가 아니라는 것을 알고 있다. 손꼽히는 명문대는 어려워도 가급적 수준 높은 대학에 가기 위해 공부를 열심히 해야 한다. 나는 어릴 때부터 소질이 있던 수학을 잘하는 편이고, 영어는 왜 공식이 없거나 공식대로 풀리지 않는지 짜증이 나고 적응이 되지 않아 못하는 편이었다. 영어 노랫말을 그렇게 많이 들었어도 관계없어 보였다.

대학교에서는 무엇을 전공해야 할까? 작년까지 나는 막연히 인류학과에 가면 좋겠다고 생각했다. 내가 지구인을 관찰하기 위해 외계에서 파견된 인류학자 같다고 생각했기 때문이다. 하지만 인류학과에 대한 정보를 찾아보니, 선진국보다 개발이 덜 된 문화에 관한 연구를 많이 하는 것 같아서 나와 맞지 않아 보였다(인류학과가 있는 대학교도 드물다). 문명의 발전에서 차이를 만드는 근본적인 지혜에 대해 알기 위해서는 철학과가 더 맞아 보였다. 나는 현대 철학의 특징을 요약한 책을 한 권 사서 읽어보려 노력했다. 철학 중에서도 가장 발전한 현대 철학이 어떤 것인지 알고 싶었지만, 거의 이해가 되지 않았다. '언젠가는 이 어려운 말도 이해할 수 있지 않을까' 도전 의지가 샘솟았다.

계몽

갑자기 추워진 날 가장 중요한 수능 시험을 치렀고, 원서를 넣은 세 대학으로 가서 논술 시험도 보았다. 긴장된 합격자 발표일, 전화를 걸자 두 군데에서 합격자 명단에 없다는 성우의 음성이 들렸다. 그나마 안전하다고 여기고 지원한 대학에서만 합격이었다. 딱히 감흥은 없었다. 내가 지원한 인문학부가 그 대학의 학과 중에 커트라인이 낮은 편이라 합격했는지도 모른다는 생각이 든다. 이제 한 고비를 넘었다는 기분이 들었다. 지긋지긋한 억압의 세월은 끝났다. 그러나 앞으로 어떤 세상이 펼쳐질지 전혀 알 수 없었고, 은근한 불안감도 있었다.

합격한 대학에서 1박 2일 오리엔테이션에 참석하라는 전화가 왔는데 가지 않은 것이 좀 찝찝했다. 그때 더 가고 싶은 다른 대학의 최종 결과를 기다리고 있었고, 내가 결국 다른 대학에 갈 거라는 잘못된 예상을 했다. 다른 문제는 동기와 선배들을 처음 만나는 신입생 환영회에 가서 알았다. 나에게 학교의 어느 강의실로 오라고 한 이들은 알고 보니 사학과 선배들이었다. 당시 대학은 대부분 학부제였고, 일 학년은 학과가 정해지지 않은 채 공통적인 기초 과목을 들었다. 그런데 무슨 이유에서인지 일 학년이 관리되고 소속되는 학과가 자동으로 정해졌고, 나는 국문학과와 사학과, 철학과 중에 사학과가 되었다. 이 학년부터 사학과로 가려는 학생들은 다행이겠지만, 나처럼 그렇지 않은 학생들은 그때 알게 된 동기나 선배와 나중에 관계가 어색해질 것이다.

인문학 관련 전공에 선호가 덜해서인지 강의실에서 본 01학번 동기는 열여섯 명이었다. 학사 과정에 대한 간단한 설명과 동기와 선배들의 자기소개가 끝나고, 뒤풀이로 학교 뒤에 있는 지하 식당으로 이동했다. 테이블 위에는 소주와 맥주가 놓여 있었다. 제대로 술을 마셔보기는 난생처음이었다. 같은 테이블에 앉은 사람끼리 인사를 나눴다.

"안녕하세요, 저는 조성우예요. 반갑습니다."

"안녕하세요, 저는 이정민이라고 해요."

"안녕하세요. 저는 박은주예요. 모두 82년생이죠? 그럼 우리 이제 말 놓자."

우리 테이블에 재수생은 없었다. 조성우는 안경을 쓰고 키가 작은 편이지만, 몸이 단단해 보이고 꽤 잘생기고 인상이 좋았다. 박은주는 광대뼈가 볼록하고 순수하고 깜찍해 보였다. 둘 다 호감 가는 아이들이라는 느낌이 들었다. 나는 낯을 가리고 내성적이기 때문에 말을 많이 하지 않았다. 지금 처한 모든 환경이 너무 어색했다. 내가 무슨 말을 했는지 잘 기억이 나지 않았다. 처음 먹는 술에 내 몸이 어떻게 반응하는지 몰라서 너무 급하게 마셨고, 나중에는 기절해버렸기 때문이다. 다만 내가 어떤 말을 했을 때 옆자리에 있던 박은주가 잘 받아주고 챙겨주는 듯한 느낌이 들었다. 마치 유치원 선생님이 아이들을 대하는 듯 부드러운 억양이 들려왔다. 조성우는 평범하고 활달한 편 같았다. 나와 달리 축구와 농구 등 운동도 좋아한다고 했다. 아침에 깨어보니 그 식당에서 가까운 남자 선배의 자취방이었다.

학교는 집에서 서울로 이어지는 지하철을 타고 한 시간

정도 걸렸다. 나는 모든 것이 낯설었다. 특히 적응하기 어려운 부분은 학사 시스템이었다. 고등학생 때까지는 가만히 교실에 있으면 수업이 시작되었는데, 이제는 내가 시간표를 짜야 했다. 그런데 왜 사람마다 졸업까지 걸리는 기간이 다른지, 어떻게 해야 졸업을 하는지, 학점과 평점이란 무엇인지 근본적으로 잘 이해가 되지 않았다. 친절한 매뉴얼 같은 것이 있다면 이해할 수 있을까? 학년 개념도 이해하기 힘들다. 중간에 휴학하거나 해서 그 기간을 빼더라도 사 학년을 마치면 되는 줄 알았는데, 그렇지 않았다. 졸업하기 직전에야 학년이란 게 사실 의미가 없고 어떻게든 필요한 학점만 따면 된다는 것을 깨달았다. 강의실이라는 공간 개념과 학년이라는 시간 개념이 내가 알던 고정적 개념과 너무 달라 혼란에 휩싸였다. 거기서부터 내 대학 생활의 방황과 혼란이 시작되었다. 그나마 첫 학기에는 선배가 하라는 대로 기초 필수과목 위주로 수강 신청을 하고 넘어갔다.

일 학년이 많이 듣는 수업을 마치고 점심시간에 성우, 은주와 학생회관 식당으로 갔다. 밥을 먹다가 성우가 말했다.

"야, 근데 너희 솔직히 내년에 어느 학과로 갈 생각이야? 정민아, 너는?"

"음… 근데 이거 말해도 되려나?"

"괜찮아, 나도 말할게. 너 사학과가 아니구나? 나도 아니야. 나는 철학과 갈 거야."

성우가 철학과에 가겠다는 말을 듣고 내 얼굴에 화색이 돌았다.

"진짜야? 나도 원래부터 철학과 가려고 했어. 잘됐네. 동지가 생겼구만. 그러면… 너는?"

은주에게 눈짓을 보냈다.

"나는 아직 잘 모르겠어. 근데 사학과에 큰 흥미는 없어. 철학과도 나쁘지 않고. 거기서 거기라고 생각해. 나는 그냥 수능 점수에 맞춰 온 거라서. 하하. 근데 성우 너는 왜 철학과에 가고 싶은 거야?"

"말하자면… 멋있어 보여서. 고등학생 때 윤리가 제일 재미있기도 했고. 나는 역사는 별로 안 좋아했거든. 너무 암기 과목 같아서. 나는 외우는 거 못하는데 말이야. 그런데 우리가 철학과 간다는 말은 당분간 비밀로 해줘라. 선배들이 안 좋아할 거잖아."

나도 비슷한 이유를 댔다. 내가 왜 철학을 공부하고 싶은지 표현하기가 어려웠다. 한편으로 요즘 철학 전공이라고 하면 이상하게 보일 수도 있었다. 철학이 멋있어 보이는 건 수십 년 전이나 김영삼 전 대통령이 철학과에 다니던 시대 이야기가 아닐까? 성우는 오래전 사고방식을 가진 걸까, 아니면 당당한 걸까? 그 당당함이 멋있게 느껴졌다.

이어진 대화에서 은주는 경영학과 남학생들과 미팅을 한 이야기를 들려주었다. 나는 이해가 안 되지만, 동기 중에 최유미라는 애가 선배들에게 퀸카라고 불렸다. 유미를 포함해서 미팅에 나갔는데, 사학과 어떤 선배가 유미를 좋아했는지 술에 취한 채 그 자리에 나타나서 행패를 부렸다는 것이다. 그러고 보니 대학생들이 미팅을 한다는 이야기를 들어보았다. 나는 자신감이 적고, 지금 이성과 사귀고 싶은 마음도 없고, 인위적인 만남을 별로 원하지 않지만… 은주가 미팅에 나갔다는 말에 약간 언짢았다. 내가 은주를 좋아하는 걸까? 분명 착하고 귀엽고 호감 가는 아이다. 그러나 초등학생 때 지수를 좋아한 것과는 비교할 수 없는 가벼운 감정이라는 생각이 들었다.

나는 청춘 시트콤에서 보는 것 같은 재미있는 대학 생활을 절대 할 수 없었다. 일단 친구를 사귀기가 어려웠다. 한 강의실에서 같은 사람들을 계속 보는 것도 아니고, 각자 스케줄대로 자유롭게 움직였다. 그리고 다양한 지역에서 온 사람들이 모여서 공유하는 경험이 어떤 것인지 예상하기도, 공감대를 형성하기도 어려웠다. 내가 어떤 수업을 듣고 싶어서 수강 신청하는데, 상대의 속사정을 잘 알지도 못하면서 같이 듣자고 제안하기는 어렵다. 그래서 혼자 수업을 듣고, 밥도 혼자 먹기 쉬웠다. 모두가 각자의 세계가 있었고, 고등학생 때와 달리 학생들은 파편화되고 원자화되었다. 그 원자들은 자유롭게 움직였고, 붙잡을 수 없었다. 고등학생 때까지 그 원자나 분자들이 고체 형태로 정렬되어 붙어 있었다면, 이제 는 기체가 되었다.

요즘에는 인터넷에서 같이 밥 먹을 사람을 구하기도 한다 는데, 나는 굳이 친하지 않은 사람과 밥을 먹고 싶지 않다. 어색한 것도 싫고 구차해 보이기도 한다. 하지만 점심시간이 되어 같이 먹을 사람이 없으면 무척 난감하다. 이것이 동양 의 문화인지 당시 한국의 문화인지 모르지만, 혼자서 밥 먹 는 모습을 남들이 보면 뭔가 문제가 있거나 불쌍한 사람으로 여길 것이다. 나는 그럴 때면 일부러 학교에서 멀리 떨어져 동기나 선배를 만날 일이 거의 없는 식당에 혼자 간다든지, 빵이나 샌드위치로 때운다든지, 가끔은 과방에 가보기도 한 다. 합리적으로 따지면 과방에 가서 같이 점심 먹을 사람을 구하는 것이 해답이겠지만, 항상 구할 수 있는 것도 아니고 그렇게 밥 먹을 사람을 구한다는 자체가 친한 사람이 없음을 보여주는 것 같아 약간 자존심이 상했다. 게다가 딱히 소속감도 들지 않는 사학과 과방에 가야 했다.

어느 날 쭈뼛거리며 과방에 들어갔는데, 전에 본 적은 있지만 말을 거의 안 해본 여자 동기 두 명과 처음 보는 남자 선배가 막 나갈 채비를 하고 있었다. 그들은 내가 점심을 안 먹었다는 걸 알고 같이 가자고 했다. 우리는 학교 앞 부대찌개 집에 갔고, 선배가 밥을 사주었다. 그 선배는 아마 학교에서 자기를 보기 힘들 거라면서, 자신은 아웃사이더라고 말했다. 후배들에게 밖에서 밥 사주는 것도 처음이라며 영광으로 알라고 했다. 아웃사이더? 스스로 아웃사이더라고 당당하게 말하다니, 신선하기도 하고 감명 깊었다. 그렇게 되는 것도 괜찮지 않나? 앞으로 내 모습이 적어도 학교에서는 그렇게 될 것 같았다. 아웃사이더는 주류의 반대이고 소외되고 무시당하기 때문에 개인적으로 힘들 것이다. 더구나 혼자 밥 먹기도 어려운 한국 문화에서 그 선배는 왜 자신을 그렇게 소개하고, 나는 왜 그 모습이 멋있고 좋아 보일까?

아웃사이더는 대개 혼자이고 유대가 적고 고독하다. 그런데 나는 어렸을 때 고독이 나쁘지 않다거나 멋있다고 표현하는 것을 미디어에서 보았다. '고독을 씹으세요'라는 광고 문구로 유명한 고독껌(실제 대기업 제품명이다)이 있었고, 폼을 잡으며 여성에게 접근하는 코미디 프로그램 〈고독한 사냥

꾼〉도 있었다. 한국에서도 고독을 긍정적으로 보는 경향이 있었던 것이다. 사실 고독과 아웃사이더에는 장점이 있다. 교회가 지배하던 중세의 주류 천동설에 반대하고 지동설을 주장한 코페르니쿠스와 갈릴레이는 아웃사이더였다. 세상에 알려지지 않은 새로운 진리를 밝혀내고 세상을 바꾸는 일은 처음에 아웃사이더의 일이다. 아웃사이더가 없다면 문명의 발전적 변화는 일어나기 어려울 것이다. 과거 동양은 기존 질서와 공동체, 집단을 중시하면서 아웃사이더를 탄압했을 것이다. 서양에서도 아웃사이더는 힘들었겠지만, 그들은 결국 자신의 힘으로 세상의 부조리와 권위를 의심하고 올바른 답을 찾았다. '진리 탐구' 과정은 다수의 생각과 아무 상관이 없고, 오히려 소수가 옳은 적이 많았다. 그렇게 고독 혹은 아웃사이더의 좋은 역할을 현대 문명사회에서도 어느 정도 인정하는 게 아닐까? 그러고 보니 나는 중학교 이 학년부터 일종의 아웃사이더였고, 그것을 합리화할 수 있었다.

이듬해부터 내 소속은 철학과가 되었다. 성우도 철학과였고, 놀랍게도 은주까지 철학과로 왔다. 두 사람은 그나마 나와 가장 친했지만, 고등학생 때까지 기준으로 봤을 때 친하다고 말하기는 어려웠다. 다른 친구를 만들지도 않았다. 재미있는 건 나보다 외향적인 성우도 친하게 지내는 사람이 딱히 없어 보였다. 나는 성우와 평균적으로 일주일에 한 번 정도는 같이 점심을 먹었다. 그래서 친구라고 할 수 있지만, 다른 아이들뿐만 아니라 성우와도 어떤 대화를 해야 할지 쉽게 생각나지 않았다. 취미나 코드가 잘 맞는 편은 아니다. 외향적이고 활동적이고 친구도 많을 것 같은 성우가 왜 나와 같이 다니고 둘이서 밥을 먹는지 가끔은 의아하기도 했다. 그는 작년 사학과 학술 답사에서 장기 자랑으로 춤을 추었다. 그래도 나는 성우가 있어서 다행이라고 해야 할까. 미묘하게 애틋한 감정이 드는 은주도.

내가 친구 관계를 넓히지 않은 이유는 인맥을 만들 필요성을 못 느꼈기 때문이기도 하다. 어떤 이들은 대학 때 인맥이 나중을 위해서도 중요하다고 하던데, 나는 별로 도움이 될 것 같지 않았다. 오히려 지금은 귀찮았고, 혼자서 하는 일, 특히 내가 해야 할 일에 방해가 된다는 느낌이 들었다. 학생회나 동아리에 들었다면 인맥도 쌓고 더 재미있게 지냈을지 모른다. 하지만 가입하지 않았다. 앞에서 말했듯이 고독은 나쁘지 않다. 그것은 주체적인 길이고, 진리 탐구에 어느 정도 필요한 부분이다.

나는 철학 수업을 통해 대학 생활의 진정한 보람을 찾게 되었다. 특히 이 학년 일 학기에 논리학 수업과 고대 그리스

철학 수업에서 철학과에 잘 왔다는 생각이 들었다. 논리학은 수학 같았고, 사실 수학의 집합 분야와 마찬가지다. 명제가 참인지 거짓인지 가리는 엄밀하고 정확한 방법을 배웠고, 논리의 도구를 배우며 사고력과 아이큐까지 높아지는 느낌이 들었다. 논리는 세상의 진실과 진리를 밝혀주는 가장 유용하고 정확한 도구라고 생각했다.

그리스철학은 서양철학의 원류이기 때문에 매우 중요하다. 그리스철학이 이후 동양과 다른 서양철학의 특징을 형성하고 주된 방향을 제시했다. 최초의 서양철학자는 탈레스다. 그는 우주의 근원은 물, 다시 말해 세상이 근본적으로 물로 만들어졌다고 주장했다. 그다지 과학적이지 않고 이해하기도 어려운 주장이다. 그가 최초의 철학자가 된 이유는, 우주의 불변적 근원을 신과 같은 외부적 요인이 아니라 자연에서 찾았다는 점이다. 그전까지 불변적인 진리는 신의 영역이었다. 그 밖에 우주의 근원이 불이라고 본 헤라클레이토스, 수(數)라고 생각한 피타고라스가 있었고, 사원소설(물, 불, 공기, 흙)과 원자론도 생겨났다. 헤라클레이토스는 모든 사물의 저변에 로고스가 있고, 그것이 우리가 찾아야 할 진리라고 함으로써, 이후 로고스를 중시하는 서양철학에서 중요한 시초가 된다. 로고스란 이성 혹은 언어를 뜻한다. 이성은 감성(파토스)이나 신비적 영역(미토스)과 다르게, 언어(기호)로 잘 표현할 수 있다.

나는 사대성인에 들어가는 소크라테스를 많이 다룰 줄 알았지만, 예상외로 개론 수업에서 소크라테스는 건너뛰다시피 하고 플라톤과 아리스토텔레스를 자세히 다뤘다. 나중에 교수님께 왜 소크라테스는 건너뛰었느냐고 물어보니, 소크라테스는 스스로 쓴 저작 없이 플라톤에 의해 애매하게 기록된 것이 전부이기 때문이라고 했다(사실은 수업 진도 문제가 일차적이었다). 플라톤에 의해 기록되긴 했지만 소크라테스의 말 중에서(정말 소크라테스가 말했는지는 확실치 않다) 내가 주목한 것은 《프로타고라스》에 나오는 "덕은 앎이다"이다. 덕은 도덕적이거나 실용적인 뛰어남을 뜻한다. 이 가르침은 앎이 실용적 지혜와 도덕성을 모두 키울 수 있음을 의미한다. 이것이 계몽의 힘이다. 나는 서양철학사에서 플라톤을 정말로 중요하게 다루는 것을 알게 되었다. 고대 서양철학에서 가장 중요한 인물을 꼽자면 공통적 의견은 플라톤이다.

가을 학기에는 드디어 동양에 비해 과학의 발전이라는 차이를 낳은 근대의 지혜, '서양 근대 철학 개론'을 배웠다. 근대 문명은 유럽의 르네상스가 시발점이었다. 르네상스는 재생, 부활이란 뜻이다. 중세에는 가톨릭과 신학의 강력한 지배에 따라 인간의 잠재성 개발이 저해되었는데, 이 시점부터 다시 그리스철학과 문화를 계승하려는 문예부흥이 일어났다. 고대 그리스 아테네 부근 사람들은 특이하게도 다른 지역에 비해서 개인주의적이고 정치제도는 민주적이라, '나' 중심과 '인간' 중심적인 경향이 강했다. 사회적 측면뿐 아니라 그리스철학도 그런 경향이 있다. 즉 르네상스는 신과 종교 중심에서 인간 중심으로 변화다. 서양에서는 르네상스 시기부터 나 중심의 원근법, 즉 일인칭 관점의 그림을 그리기 시작했다. 동양에서는 그렇게 그리지 않았다.

　서양 근대 철학의 시초는 프랑스의 데카르트다. "나는 생각한다, 고로 나는 존재한다"라는 말이 유명한데, 이는 방법적 회의●의 성과다. 데카르트는 자신의 관점에서 모든 것을 의심했다. 모든 것은 어쩌면 환상이거나 착각, 악마의 속임수일 수 있다. 그 결과 명백히 믿을 수 있는 유일한 것은 '생각하는(의심하고 있는) 내가 존재한다'였고, 그것이 철학의 첫째 원리가 되었다. 진리를 알기 위해서는 내 관점에서 모든 것을 의심해야 한다. 그리고 스스로 증거를 가지고 논리적으로 따져봐야 한다.

● 진리 탐구를 위한 회의주의

그런데 자신 안에 어떤 증거 같은 것이 있더라도, 그 정보가 정말로 올바른 증거가 되는지가 문제다. 내 안에서 스스로 올바르게 판단하기 위해서는 내가 아는 것이 많아야 한다. 그래서 증거 후보끼리 비교하고 교차 검증하고, 많은 정보와 증거를 통해서 올바른 결론에 이를 수 있다. 진리를 찾기 위해서는 많이 알아야 한다. 그래서 영국의 근대 철학자 베이컨은 "아는 것이 힘이다"라고 말했다. 나는 과학과 역사 등을 배우고 아는 것이 많아질수록 종교의 비과학적이고 독단적인 주장을 신뢰하지 않게 되었다.

다만 프랑스와 독일에서는 주로 머릿속의 논리(연역)적 과정을 중시하는 '합리론'이 발달하고, 영국에서는 지식을 얻기 위해 귀납적 방식도 많이 사용하는 '경험론'이 발달한다. 둘의 공통점은 무엇이든 최대한 의심하고, 자신의 증거를 가지고 합리적 추론을 하는 것이다. 이것이 이성의 발달과 사용법이고, 이를 통해 체계적으로 얻은 지식을 습득·함양하고 더욱 합리적이 되는 것이 '계몽'이다.

계몽은 인간을 미개한 상태에서 진리를 알고 활용하는 더 나은 상태로 발전시켰다. 인간은 이성의 발달과 계몽을 통해 온갖 뜬소문과 권위주의적 관습이나 통념, 비과학적 신비주의에 속지 않고, 진리(진실)를 찾고 이용해서 더 잘 살게 되었다. 이성적 계몽이 근대화를 이끌었다. 근대화와 과학의 발전으로 의료가 개선되고, 인간의 수명이 늘어나고, 공업과 기술이 발달해서 생산성이 향상된 것을 보라. 이것은 '절대적인 발전'이다. 인간은 스스로 진보할 수 있다는 것이 입증되었고, 자신감을 갖고 더 많은 도전과 실험을 할 수 있게 되었다.

근대 이성의 발달과 계몽은 과학기술의 발달로 물리적·폭력적 힘의 절대적인 우위도 만들어냈다. 진리의 힘은 절대적이기 때문이다. 뉴턴의 물리법칙이 동양에서 통하지 않는 것은 아니다. 흔히 대학의 모토에 있듯, 진리는 빛이고 자유와 힘을 준다. 근대 이후 동양에 대한 서양의 절대적 우위는 진리 탐구의 힘이었다.

나는 가을 학기에 '동양철학 개론' 수업도 들었다. 동양철학에 흥미는 없었지만 약간의 궁금증이 있었고, 졸업하기 위해 필수적으로 들어야 하는 기초 과목이었다. 유가와 불가, 도가 철학을 전반적으로 간단히 다뤘는데, 평화를 지향하고 형이상학적 내용이 많다는 점 외에 특별한 감흥은 없었다. 사춘기부터 내가 깨달은 합리적인 서양 문명의 장점이 확인될 뿐이었다.

플라톤교와 우울

대학에 입학한 지 두 번째 해도 막바지에 다다랐고, 기말고사가 다음 주부터다. 시험 기간에는 도서관에 빈자리를 찾기 어렵고, 학생회관 식당은 저녁밥을 먹는 학생들로 붐빈다. 나는 도서관에서 시험공부를 하다 해가 진 저녁에 학생회관으로 갔다. 식권을 사려고 하는데, 마침 성우가 학생들 틈에서 있었다. 나는 반가워하며 그와 같이 밥을 먹었다. 성우가 말했다.

"요즘 공부가 잘 안 돼. 싱숭생숭해서 그런가."

"왜?"

"나, 내년 2월 1일에 군대 가. 육군으로. 이 년 동안 군대에 있다 보면 머리가 굳어버리고 배운 것도 리셋 되지 않을까 걱정이다."

"진짜야? 군대에 가야 하는구나… 그렇다고 철학이 쉽게 잊히지는 않겠지."

"근데 뭘 그렇게 놀라냐. 다들 가는 건데. 너는 언제 군대 가? 영장 나오지 않았어?"

"음… 그러고 보니 군대 생각을 못 했네. 나는 왜 영장이 안 나왔지?"

"이상하다. 안 나올 리가 없는데… 뭔가 착오가 있는 거 아니야? 나는 두 달 전쯤에 나왔는데."

그 순간 내가 면제일 가능성이 있다는 생각이 들었다. 나는 고아나 마찬가지이기 때문이다. 하지만 그 이야기는 차마 할 수 없었다.

"모르겠어. 집에서 누가 받아 숨겨놨는지도 모르겠네. 어떻게 된 거지?"

"그럼 어떡하냐. 잘 알아봐. 우리 나이는 보통 내년 안에 입대해야 할 거야. 올해 간 애들도 많아."

나는 집에 가서 원장 수녀님에게 영장을 받았는지 물어봤다. 원장 수녀님은 말해주려고 했다면서 영장을 내밀었다. 나는 가정사로 인한 전시근로역, 즉 면제였다. 그때 내가 공식적으로 고아임을 알게 되었다. 영장을 바로 주지 않은 원장 수녀님을 원망하지는 않았다. 모두가 싫어하는 입대를 하지 않아서 기쁘다고 해야 할지, 복잡한 감정이 생겼다. 앞으로 다른 사람에게 뭐라고 설명해야 할지 걱정도 됐다.

오전에 한 과목 시험을 보고 오후에 이번 학기의 마지막 시험이 남았다. 그것만 끝나면 방학이고, 매번 그랬듯 나는 엄청나게 홀가분한 기분을 느낄 것이다. 한동안 오지 않을 학생회관 식당에 가보았는데, 은주가 다른 여자 동기 한 명과 있었다. 나는 그들과 점심을 먹었다. 은주가 말했다.

"나 다음 학기에 휴학하기로 했어. 정민아, 너한테는 말 안 했지?"

"어, 왜?"

"난 교환학생으로 미국에 가고 싶은데, 영어가 많이 달려. 그래서 영어 공부 좀 하고, 가을 학기부터 교환학생 알아보려고. 잘되면 가을 학기부터 일 년간 갈 수도 있어."

"그렇구나… 참 열심히 사네. 난 그런 제도가 있는지도 몰랐는데."

"헤헤, 꼭 교환학생 간다고 보장은 못 해. 그래도 영어 공부는 하면 좋으니까. 요즘 사 년 만에 졸업하는 사람 거의 없잖아. 좀 더 걸리더라도 스펙을 쌓고 졸업하는 게 낫지."

"그래, 딱 사 년 만에 졸업하면 대학 시절이 너무 짧아지긴 하겠다. 그럼 서운할 것 같아."

"그런데 너는 군대 언제 가니? 성우는 이번 학기 끝나고 간다던데."

"나? 사실은… 좀 부끄러운데… 나는 면제야. 군대 가서 고생하는 애들한테 미안해서 어떻게 말할지 모르겠어."

"진짜? 와, 네가 바로 신의 아들이구나. 왜 면제인데?"

"음… 부모님이 다 돌아가셨거든. 그래서 면제래."

"아… 미, 미안해… 내가 괜한 질문을 했네. 참…."

"괜찮아. 누구나 궁금해할 테니까, 아무렇지도 않아."

은주는 순수한 평소 모습답게 자신이 궁금한 걸 물어봤을 뿐이다. 은주의 순수함은 초등학생이 볼 법한 만화책을 좋아한다고 할 때도 드러났다. 어쩌면 내가 바보같이 대답했는지도 모른다. 그냥 가정 문제라고 말할 걸 그랬나…. 그런데 은주도 어떤 점에서는 나보다 똑똑한지 모른다. 그녀는 나보다 현실적으로 보였고, 대학의 제도와 시스템을 찾아본 것 같다. 그러고 보니 나는 현실적이지 않다. 사실 나는 현실적일 필요가 없다고 생각했다. 내 임무 때문만은 아니다. 나는 이상주의적이고 추상적이고 낭만적인 것이 절대적으로 우위에 있고 좋다고 생각하고 있었다. 내가 플라톤의 영향을 받은 것인지, 어쩌다 비슷한 건지 모르지만, 그래서 플라톤에 더욱 끌렸다.

12월에는 그동안 소식이 뜸하던 고등학교 동창과 연락이 되어, 동창들이 모이는 술자리에 오라고 했다. 나는 군대 문제를 설명해야 할 일이 마음에 걸렸지만, 너무 사람을 만나지 않은 것 같아 나가기로 했다. 나까지 다섯 명이 모였다. 내가 철학과라고 했더니 그중 한 녀석이 가장 좋아하는 철학자가 누구냐고 물어봤다. 나는 칸트와 플라톤이라고 답했다. 그때는 둘 중에 누가 더 좋은지 결정하지 못했다. 서양 근대 철학 수업 막바지에 다룬 칸트는 고등학생 때 배운 의무론 윤리부터 호감이 갔다. 그는 체계적 이성에 기초해서 윤리학을 구축했으며, 계몽주의의 대표적 철학자다. 칸트는 인간이 내부의 어떤 인식적 기제를 통해 외부 대상을 가공해서 경험한다고 보았다. 그것은 인간 내부와 외부의 (주관에 의한) 융합이고, 그래서 합리론과 경험론을 종합했다고 알려졌다. 그런데 그 내용이 담긴 《순수이성 비판》에는 알고 보면 '순수이성의 부작용'을 강력히 경고하는 부분이 있다는 점을 당시에 배우지 못했다. 한참 뒤에야 그 책을 정독하고서 그 부분을 발견하게 되었는데, 이성에 대해 비판하는 부분이 이성주의자에게 별로 중요하지 않다거나 탐탁지 않게 보였는지 모른다.

겨울의 고독은 생각이 더 많아지고 깊어지게 만들었다. 나는 점점 더 플라톤의 위대함에 대해 깨닫고 느끼고 있었다. 저명한 현대 철학자 화이트헤드는 "플라톤 이후의 모든 서양철학은 그의 각주나 마찬가지다"라고 말했는데, 나는 그 말의 참뜻을 이해하고 동의하게 되었다. 플라톤은 현상의 저변에 있는 진리를 찾는 것이 선하고 절대적으로 옳으며, 그 진리는 '머릿속에서' 찾을 수 있다고 주장했다. 그는 자신이나 인간의 머릿속에 있는 것이 진리이고, 참되고 완벽한 것이며, 외부 대상이나 현상은 진리가 아니고 불완전하다고 보았다. 예를 들어 머릿속(정신)에 있는 삼각형이 완벽한 것이고, 손으로 그린 삼각형은 불완전하다. 머릿속에 있는 개의 추상적 개념이 완벽한 것이고, 실제 어떤 개의 모습은 완벽하지 않은 것이다. 실제의 것은 때가 타고 변하는 데 반해, 머릿속의 추상적 개념은 순수한 것을 추출할 수 있고 변하지 않을 수 있기 때문이다.

그러면 플라톤만큼 유명한 그의 제자 아리스토텔레스는 어떤 사람인가? 대체로 플라톤이 합리론의 시초라면 아리스토텔레스는 경험론의 시초로, 더 현상적이고 현실적이다. 라파엘로의 걸작 〈아테네 학당〉에서 플라톤은 손가락으로 하늘을, 그 옆의 아리스토텔레스는 땅을 가리킨다.

하지만 나는 화이트헤드의 말처럼, 서양철학의 본류에서 진정한 시초는 플라톤이라고 보았다. '절대성'의 강력한 기준을 제시했기 때문이다. 플라톤에 따르면 이데아는 원본이고 경험 세계는 사본이다. 원본이 사본보다 우월하고 순수하다는 건 두말할 나위가 없다. 그래서 우리는 절대적으로 훌륭한 이데아를 지향하고 찾아야 한다. 이렇게 플라톤은 초월적이고 불변하고 순수한 진리를 찾으며, 그것을 설명하기 위해 신비적이고 낭만적인 부분까지 동원한다.

나는 이것이 종교와도 비슷한 점이 많다고 생각했다. 다만 내가 이제까지 아는 종교는 모두 비과학적이고 비이성적이고 과학기술과 문명의 발전에 도움이 되지 않으며, 쓸데없이 종교전쟁을 벌여왔다. 플라톤이 제시하는 이상과 철학은 이후 인류에게 긍정적 영향을 끼쳤다. 자연 세계에 숨은 이데아와 같은 진리를 찾기 위해 노력하게 되었으며, 이성이 발달하고 계몽주의로 이어졌다. 자연법칙이나 진실 같은 세상에 숨은 진리는 인격은 없지만, 신과 다르지 않다. 혹은 진리를 찾게 된다면 우리가 신처럼 될 수 있다. 기독교나 많은 종교에서는 어떤 인격을 가진 신이라는 유일한 절대자가 곧 진리라고 말하지만, 그럴 필요가 없다. 어쩌면 이것은 기존 종교의 대안이자, 더 유익한 종교가 될 수 있지 않을까?

대학에 입학한 지 삼 년째 봄 학기에는 눈에 익은 남자 동기를 찾아보기 어려웠다. 캠퍼스를 걷다가 멀찌감치 한 사람을 목격했으나 먼저 다가가고 싶지는 않다. 더구나 그 애는 사학과였다. 어쩌면 그동안 재수하려고 그만둔 사람도 있을 수 있고, 빨리 입대했을 수도 있고, 지금은 남자 동기가 몇 명이나 있는지 잘 모른다. 성우와 은주가 캠퍼스에서 사라지자, 학교에서 친한 사람이 없었다. 새로운 친구를 사귀고 싶은 마음도, 적당한 사람도 없었다.

학기가 시작하고 얼마 되지 않아 철학과 남자 선배와 점심을 먹게 되었다. 나는 군대에 안 가는 이유를 말하고, 휴학하고 싶다고 했다. 당분간 쉬면서 생각을 정리하고 자유롭게 공부하고 싶었다. 지금은 학교 다니기가 고통스럽다. 강의시간에는 집중하지 못하고 딴생각에 빠져들었다. 나는 휴학해야 할 이유를 열 가지도 넘게 댈 수 있다. 하지만 이번 학기 등록금을 이미 납부했다. 감면되어 절반밖에 내지 않았지만, 휴학하겠다는 생각은 미처 못 했다. 휴학할 걸 그랬다고말하자, 선배가 개강하고 한 달 안에 신청하면 이번 학기부터 휴학할 수 있고 등록금도 돌려준다고 했다. 그 말을 듣고곧바로 휴학 신청을 했다. 한 학기만 할지 일 년을 할지 고민하다가, 남들은 이 년간 군대도 가니까 일 년으로 했다. 원장수녀님께 미리 말하지는 않았다. 이는 결코 남이 막을 수 없는 내 간절한 선택이기 때문이다. 하지만 등록금이 환급되면알 수밖에 없다. 그즈음에는 알려야 할 것이다.

이후 내 생활은 사람들과 관계가 끊어지고 혼자 고독한삶을 산다는 점에서 은둔형 외톨이와 비슷했다. 그래도 집안에만 있지는 않았다. 종일 방에 틀어박혀 있다가는 정말로이상해질 것 같았다. 기분 전환도 할 겸 거의 매일 밖에 나가

산책하고, 전자오락실에 가고, 대여점에서 비디오테이프와 만화책을 빌려 봤다. 가끔은 서울로 가는 버스를 탔다. 이어폰을 끼고 창밖으로 지나가는 장면을 바라보고 있으면 관광객처럼 구경하는 재미가 있다. 서울 중심부와 강남 등을 구경하고, 여기저기 새로운 지역을 탐사했다. 그런 기분 전환은 우울감에서 벗어나는 데 도움이 된다. 특히 버스에서 스쳐 지나가는 풍경을 가만히 바라보고 있으면 생각이 잘 떠오른다는 점이 좋았다. 버스 타고 생각에 빠지는 일은 대학교에 들어간 첫해부터 종종 있었지만, 이제 거의 매일 하는 중요한 일정이 되었다.

나는 무슨 생각을 했는가? 처음에는 다양한 생각과 공상이 떠올랐고, 나중에는 내가 어떤 진리를 찾고 있다는 생각이 들었다. 나는 스스로 철학적 진리를 발견하려고 했다. 그리고 아이디어가 떠오르면 분홍색 공책이 아닌 다른 공책에 메모했다. 내 아이디어는 잠재적인 것이고, 나중에 취소하기도 했기 때문이다. 분홍색 공책에는 최대한 조심스럽게 궁극적인 답을 적어야 할 것 같다.

물론 자연과학적 탐구는 아니었다. 많은 철학자가 그랬듯이, 역시 플라톤이 그 시초라 할 수 있는 관념론 같은 것이었다. 나의 경험과 논리, 이성을 통해 남들이 미처 알지 못한 새로운 진리를 발견할 수 있을지 모른다. 이런 인생은 나밖에 살지 못했기 때문이다. 형이상학적인 시공간 이론, 인식론의 새로운 이론 같은 아이디어가 계속 떠올랐다. 하지만 분홍색 공책에는 적지 못했다. 아무래도 인류가 얻은 중요한 지혜를 반영하고 융합한 결정적인 지혜를 적어야 할 것 같다. 그래서 '플라톤교'를 적기로 했다. '이데아교'라고 부를까 고민했으나 플라톤교가 더 적합해 보였다.

플라톤교를 믿으라.

고대 그리스철학자 플라톤은 인간이 이성을 계발하고 진리를 찾아야 한다는 지향점을 제시했다. 많은 사람은 진리를 알지 못해 잘못된 소문이나 그림자에 속고 살아간다. 그것은 고통과 불행, 무지로 인해 악을 낳는다. 우리는 진리를 찾고 그것을 향해 나아가야 한다. 그것을 이데아라고도 한다. 신이 따로 존재하는 것이 아니다. 경험 세계의 순수한 근원인 이데아(진리)는 추상적인 신과 마찬가지이고, 그것을 알게 된다면 우리는 스스로 신에 가까워질 수 있다. 이성은 그 도구다.

우리는 자신감을 가져도 된다. 그렇게 자신감을 갖고 진리를 찾기 위해 나아간다면, 결국 꿈만 꾸던 이상 세계를 현실에서 실현할 수 있다. 우리 혹은 자신과 신의 경계는 사라질 것이다. 이것은 믿어도 좋은 종교와도 같고, 우리의 가능성을 부정하고 진리를 감추고 속이는 기존의 종교를 대체할 것이다.

이후에도 나는 새로운 진리를 찾으려고 헤매며 계속 아이디어를 떠올렸다. 어느 날 서울 중심부의 지하철역에서 한 노숙자가 바닥에 앉아 공책에 철학적인 혹은 주문 같기도 한 글을 빼곡히 적고 있는 것을 보았다. 그는 혼자만의 이론을 만들고, 그 안에서 사는 것 같다. 혹시 나도 저와 같은 상태가 아닐까? 내가 점점 미쳐가는 것이 아닌지 걱정되기 시작했다. 내가 미쳤는지 아닌지 어떻게 알 수 있을까? 미친 사람은 스스로가 미쳤는지 모른다고 하던데, 점점 불안해졌다. 하지만 미쳤다는 기준이 무엇인지도 의문스러웠다. 미친 사람은 남에게 해를 끼치는 사람이라는 생각이 들었다. 적어도 남에게 해를 끼치지는 말자고 다짐했다. 그리고 올바른 사고방식을 가져야 한다. 그러기 위해 이성과 논리, 항상 의심하는 태도가 필요하다. 논리는 틀릴 수 없다. 나는 항상 논리적이고 합리적으로 생각해야 한다….

나는 이제 내가 정상이 아니라는 직감이 있다. 나는 한편으로 뛰어난 점이 있지만, 다른 한편으로 우울하고 불만족스럽고 자연스럽지 못하고 불행하다. 혹시 외로움 때문인가?

그럴지도 모르지만, 솔직히 외로움의 고통이 뭔지 잘 모르겠다. 나는 그것을 이해할 수 없었다. 우리 모두는 각자 분리된 세계에서 살고 있다. 각자의 경험은 자신만의 것이고, 자신이 그 삶의 주인인데, 그러려면 타인과 분리된 개별적 세계의 주인이어야 하기 때문이다. 남은 내 세계를 알 수 없고 나도 남의 세계를 알 수 없다. 우리는 원래 서로를 이해할 수 없다…. 당시 나는 이렇게 생각했다. 하지만 지금 나는 타인과 소통이 어렵다고 느끼고 있다. 이제는 노력해도 타인의 마음을 이해하기가 너무 어렵다. 타인의 말의 정확한 의미도, 좋은 분위기를 위해 내가 어떤 말을 해야 할지도 잘 모르겠다. 정상이 아닌 것 같다.

이제 나는 스스로 치유하기 위해, 정상이 되기 위해 무엇을 깨달아야 하는지 그 방법에 관한 진리를 찾고 있다. 그런데 그것을 이성과 논리를 통해서 찾으려 할수록, 헤어나려고 하면 더 깊이 들어가는 늪에 빠진 기분이 들기도 한다. 나는 치명적인 나락으로 떨어질까 두려워 결국 정신과에 갔다. 상담과 진료를 받은 결과, 의사는 내가 내성적 성격에 우울증이라고 했다. 나는 병원에서 처방해준 약을 먹었다. 우울한 증상은 대략 자유가 강력히 억압되던 고등학생 때부터 있었을 것이고, 점점 악화했을 것이다. 지금은 고등학생 때보다 비교할 수 없는 자유가 주어졌다. 하지만 나는 자유롭지 못한 상태다. 대체 왜 그럴까… 자유란 대체 뭘까?

나처럼 자유에 관심이 많던 철학자 존 스튜어트 밀*이 흥미롭게도 나와 비슷한 증상을 겪었다는 사실을 한참 뒤에 알게 되었다. 밀은 학교에 다니는 대신 플라톤을 강력히 추천한 아버지(제임스 밀)에게 교육을 받으며 자랐고, 성장기에 정서적 교류가 없었다. 밀은 이십 대에 지독한 우울증을 겪었다고 자서전에서 밝히고 있다.

인간은 자유를 쟁취할 힘을 키웠다. 이제 인간은 세상을 지배할 힘이 있고 그럴 자격이 있다. 이카로스 신화가 무색하게 인간은 하늘을 날 수 있었다. 인간은 뭐든지 할 수 있다는 자신감에 가득 차 있었고, 그것은 지향점이 되었다. 인간은 한 번도 가보지 못한 세상에 먼저 도달하기 위해 질주했다. 이제 강자와 약자의 절대적인 서열이 가려져야 할 때다. 근대화의 선봉장들은 그들의 표현에 따르면 '무지한 야만인'의 땅을 정복해갔다. 그리고 근대화된 시가지에서도 탱크가 집을 부수고, 비행기가 하늘에서 폭탄을 떨어뜨렸다.

---

* 19세기 중반에 활약한, 질적 공리주의로 유명한 영국 철학자

세 번째 지혜

감성의
시대

이면 속의 존재

약을 먹은 효과인지 내 정신은 파국에 이르지 않았고 약간은 차분해진 것 같다. 한 번에 서로 다른 약을 세 알씩 먹어야 했는데, 적어도 하나는 항우울제가 분명하고 나머지는 뭔지 잘 모르겠다. 나는 여전히 길을 걷거나 버스를 타고 가다가 새로운 아이디어가 떠올랐고, 그것은 세상에 숨은 진리를 찾는 행동이었다. 성격도 변하지 않은 것 같다. 나는 진리를 찾는 행동이 자연스럽다고 생각하기로 했다. 나는 그런 지혜를 찾아 전달해야 할 의무가 있기 때문이다. 잘 살고 행복하게 만드는 지혜는 진리와 같고, 그 반대도 마찬가지다.

그런 진리, 지혜를 찾았다면 나부터 달라지고 행복해져야겠지만, 나는 아직 획기적인 변화를 경험하지 못했다. 가끔 정말 좋은 아이디어가 떠올라 잠깐 세상이 달라 보인 적이 있다. 하지만 큰 변화는 일어나지 않았고, 또 다른 아이디어가 내 마음을 사로잡았다. 지금 나는 미친 것 같지는 않지만 무기력하고 우울한 기분이 남은 듯하다.

내가 정신과 약을 먹었다는 건 아무에게도 말하지 않았지만, 아마도 원장 수녀님이나 다른 수녀님들, 동생 연지 눈에 나는 조금 문제가 있어 보일 것이다. 우울한 표정에 인간관계를 맺는 것 같지 않고, 집에서도 말이 없고, 밖에 나가서 뭘 하는지도 알 수 없을 테니까. 남들이 요즘 내가 뭘 하는지 묻는다면 제대로 설명할 수 없을 것이다. 은둔형 외톨이도 그런 것이 아니겠는가. 어쩌면 그냥 쉬는 것일 수 있다. 그러면서도 나는 매우 중요한 일을 하는 중이다. 다행히 주변 사람들은 걱정하는 티를 내지 않았다. 연지는 올해 대학에 입학했다. 이 년제 전문대학 컴퓨터그래픽 전공인데, 나보다 사고방식이 훨씬 현실적이고 나중에 취직도 잘될 것 같다. 그 애는 빨리 독립할 모양이다. 아마도 이곳에 오게 된 어릴 적 기억이 영향을 미쳤을 것이다.

나는 연지의 경우와 다르다. 원장 수녀님과 나의 관계는 친엄마와 아들이나 다름없었다. 나는 자라면서 다른 중산층 아이들만큼 용돈을 받았고 지금도 매달 적잖은 용돈을 받는데, 솔직히 미안하지는 않다. 다행히 우리 성당에 등록된 신자가 많은 편이고 부설 유치원이 잘 운영되어서 돈이 많이 들어오는 것으로 알고 있다. 연지도 나만큼 용돈을 받을 텐데, 얼마 전부터 편의점 아르바이트를 시작했다. 그리고 대견하게도 용돈을 반으로 줄이겠다고 말했다. 원장 수녀님이 그럴 필요 없다고 말렸지만, 적어도 아르바이트하는 동안은 용돈을 덜 받은 것으로 알고 있다. 그 바람에 눈치가 좀 보였다.

여름이 끝나갈 무렵, 나는 아르바이트에 대해 생각해보기 시작했다. 이전에는 아르바이트하고 싶은 적이 한 번도 없었다. 아르바이트는 대체로 몸을 쓰는 일인데, 나는 머리로 하는 일을 좋아했기 때문이다. 과외 아르바이트도 하고 싶지 않았다. 입시 구조에 대한 반발심이 있었고, 내 자유로운 시간이 아까웠다. 어떤 아르바이트건 낯선 사람과 만나서 교류하는 사회생활인데, 그것이 불편해서 생각조차 안 한 것 같기도 하다. 타인의 마음을 잘 이해하지 못했고 소통도 잘 안되는 것 같다. 대인공포증이 생겼는지도 모른다.

나는 정상적 상태가 되기 위해 새로운 자극과 변화가 필요하다는 생각이 들었다. 군대에 갔다면 육체적으로는 힘들어도 정신이 지금보다 건강해졌을지 모른다. 친구들은 군대에 있지만 나는 정신이 번쩍 들 기회가 없다. 시내를 걷다가 갈비와 삼겹살을 파는 식당 유리창에 아르바이트를 구한다고 쓴 종이가 붙은 것을 보았다. 이 정도면 사회에 적응하는 도전으로 적당하지 않을까? 내성적 성격에 은둔형 외톨이에 가까운 사람에겐 말도 안 되게 어려운 일이다. 하지만 이제 나의 틀을 깨뜨려야 한다. 나는 식당 전화번호를 적었고, 다음 날 한 시간가량 고민하다가 전화를 걸었다. 설거지와 불판을 닦는 알바라고 하면서 이력서를 써서 와보라고 했다.

고깃집 주인아저씨가 이력서를 보고 내 얼굴을 바라보더니 말했다.

"이 일에 어울리지 않게 대학도 좋네요. 그런데 처음이라고요? 배우면 늘긴 하겠지만 설거지를 잘할 수 있겠어요?"

"네, 열심히 해볼게요."

"처음에는 좀 서툴겠지만 일단 며칠 동안 일하는 걸 보고, 못하면 그만둬야 할 수도 있어요."

"네."

"그럼 채용할게요. 지금 주방으로 들어오세요."

고무장갑을 끼고 철 수세미로 탄 고기 조각이 붙은 불판을 박박 문질러 닦았다. 그러고 나서 곧바로 개수대에 쌓인 플라스틱 그릇을 닦았다. 나는 열심히, 성실하게 일하려고 노력했다. 트란인이 말한 열심히 노력하라는 주문에는 이 일도 포함된다. 이것도 공부다. 어떤 공부든 연습이든 처음에는 힘들고 진도가 느리다. 하지만 그 힘든 구간을 버티면 한 단계 성장하면서 능숙해지고 빨라진다. 처음에는 그릇 하나 하나 어떻게 닦아야 할지 눈으로 확인하고 의식하면서 손을 움직였다. 그러나 점점 손이 자동적이고 무의식적으로 움직였다. 공부는 머리로만 하는 것이 아니라 몸으로도 하는 것임을 느꼈다. 어릴 때 어설프게 밭농사를 도운 적은 많았지만, 나는 의외로 곱게 자랐다. 처음에는 먹다 남은 음식물 쓰레기를 치우려니 구역질 나고 해충을 본 것 같았지만, 지금은 심지어 정겹게 느껴진다. 나는 그 식당에서 잘리지 않았고 내 몫을 충분히 해냈다.

하루에 네 시간씩 한 달 정도 주방에서 설거지만 하다가, 주인아저씨가 홀에서 서빙을 해보라고 했다. 서빙을 하던 한 사람이 그만뒀기 때문에 나는 서빙도 하고, 시간이 날 때 설거지를 하게 되었다. 일하는 시간은 여섯 시간으로 늘었다. 설거지할 때 주방에 틀어박혀 있는 것과 달리, 서빙은 많은 사람을 직접 만나고 친절하게 대하고 소통이 중요한 새로운 도전이었다. 나는 또 하나의 틀을 깨뜨려야 한다. 서비스업의 본질은 친절이라고 생각했다. 힘든 티를 내지 않고 최대한 손님들을 편하게 만들어주기 위해 노력했다. 주문을 받고, 반찬을 테이블에 세팅하고, 추가 반찬을 나르고, 가위로 불판 위의 고기를 자르고, 손님이 식사하고 나간 뒤 테이블을 치웠다. 손님이 많을 때면 당장 처리해야 할 일이 한꺼번에 쌓여 머리가 띵해졌지만, 사람들에게 만족감과 행복을 제공한다는 점에 점차 보람과 기쁨을 느끼게 되었다. 사람들의 기분 좋은 표정과 마음이 나에게 전이되었다.

이제 나는 새로운 것을 깨달아가고 있다. 손님에게 보이지 않는 식당 안쪽처럼 이 세상에는 보이지 않는 뒷면이 상당히 많고, 그런 음지의 노력과 작용으로 보이는 표면이 제대로 작동한다는 것을 알게 됐다. 과거에 나는 보이는 것에만 집중했다. 이성적 태도는 자신이 직접 보거나 확인한 것에 집중하도록 유도한다. 그것만이 자신에게 확실한 정보로 들어오고 증거로 삼기에 적절하다. 영국의 근대 철학자 조지 버클리는 "내가 경험하지 않는 것은 아예 존재하지도 않는다"는 극단적 주장을 했다. '보는 것이 믿는 것이다'라는 서양 속담에는 근대 철학적 경향이 짙게 배어 있다. 이런 태도는 형이상학에 과도하게 빠지는 상황을 방지하고 과학적 검증(실증주의)을 하는 데 장점이었을 수 있다. 그러나 이제는 내가 의식적으로 경험하거나 인지하지 못했다고 해서 존재하지 않는 것이 아니며, 그 부분이 매우 중요한 작용을 한다는 것을 깨달았다. 이는 과도한 형이상학이 아니라 충분히 과학이 될 수 있다.

어릴 때 읽은 소설 《어린 왕자》의 한 구절이 어렴풋이 떠올랐다. 그 책을 다시 펼쳐보니 이렇게 쓰여 있었다. "마음으로 봐야 잘 보인다. 정말 중요한 것은 눈에 보이지 않는다." 내가 체험한 음지의 작용은 눈이나 의식으로 포착되지 않는 중요한 것이었다.

아르바이트를 경험 삼아 서너 달만 하려고 했지만, 주인 아저씨가 원해서 봄 학기 개강 전날까지 다섯 달가량 일했다. 일 년 휴학이 끝나고 이제 복학이다. 여전히 친하다 할 수 있는 사람이 없고 나는 아웃사이더다.

전공 수업 '현대 철학' 과목에서는 조별 과제 발표가 있었다. 어쩌다 보니 네 명이 한 조가 되었는데, 아웃사이더나 서먹서먹한 사람들의 모임인 것 같다. 그래도 학구열이 높아보이는 두 학번 위 남자 선배가 있어서 다행이었고, 경영학과인 같은 학번 복수 전공 여자애와 처음 보는 여자애가 있었다. 그 애 이름은 김선경, 올해 우리 학교 우리 과로 편입했다고 한다. 안경을 썼고 단발보다 짧은 커트에 가까운 스타일이다. 차가워 보이는 인상이면서도 순한 듯하고, 묘하게 독특한 분위기였다. 남자 선배는 나만큼 아웃사이더는 아니었다. 전에 보니 발표도 잘하고 친화력도 어느 정도 있었다. 수업이 끝나고 강의실에 우리 네 명이 모였을 때, 선배는 친목 도모도 할 겸 종로에서 만나 과제 발표를 위한 회의를 하고 밥도 먹자고 했다.

우리는 종로에 있는 카페 민들레영토에서 교수님이 알려 준 참고 문헌을 가지고 어떻게 역할을 나눌지 의논했다. 우리가 발표할 철학자는 에드문트 후설이었다. 선배가 하필 엄청나게 어려운 철학자를 택했다고 한다. 그는 알고 택했지만 잘 모르는 우리는 그저 남은 것을 맡은 셈이다. 우리 셋은 똑똑한 선배에게 희망을 걸었다. 우리가 자신이 없다고 하자 선배 혼자서 발표하기로 했고, 우리는 각자 분담한 참고 문헌을 읽고 정리해서 파워포인트로 작성하기로 했다. 선배는 참고 문헌까지 모두 읽고 총괄할 것이다. 우리는 회의를 마치고 나가서 샤부샤부를 먹었다.

나는 김선경에게 호기심이 생겼다. 그녀는 서울에 있는 여자대학 언론미디어학과에 다니다가 편입했는데, 나보다 한 살이 어렸다. 말이 별로 없고 표정이 약간 어두워, 아웃사이더가 될 만한 기질이 있어 보였다. 그녀에게는 흥미롭고 색다른 면이 있을 것 같은 느낌이 든다.

종로 모임 전에 교양 수업 '미술의 이해'에서 나는 선경이 같은 수업을 듣는다는 것을 알았다. 나도 낯을 가리고 그녀도 그런 것 같아서 먼저 다가가지는 않았다. 그러다 수업 시작 전에 처음으로 눈이 마주쳤을 때, "안녕하세요. 이 수업 들으시네요?"라며 가볍게 인사했다. 종로 모임 이후에 나는 그녀와 더 친해지고 싶다는 생각을 했다. 이상하게 끌리는 점이 있었다. 주변과 보이지 않는 벽을 쌓은 것처럼 느껴지기도 하는데, 나는 그 벽을 뚫을 수 있을 것 같았다. 혹시 내가 그 비밀 코드를 가진 사람일까? 어쩌면 그녀는 다른 사람들이 발견하지 못한 흙 속에 있는 진주인지도 모른다. 아직 이 기분이 사랑인지는 잘 모르겠다. 초등학생 때 그 사건 이후로 사랑을 느껴봤다는 생각은 하지 않았다. 그것과 비교할 수 있는 감정은 없었기 때문이다.

그녀가 더욱 특별하게 느껴진 계기는 봄 축제 때 본 모습이었다. 축제 날 학교에 임시로 설치한 무대에서 헤비메탈 그룹이 공연하고 있었다. 록을 좋아하는 나는 그 강렬한 소리에 이끌려 다가갔는데, 무대와 가까운 곳에 선경이 있었다. 그녀는 록을 좋아하는 청중이 하듯이 몸과 머리를 흔들고 있었다. 일종의 헤드뱅잉이었다. 록을 즐길 줄 안다는 점도 호감이 생기는데, 그 모습은 평소와 다른 반전이었다. 나는 언젠가 그녀와 단둘이 밥을 먹으며 이야기를 나누고 싶었다. 마침 교양 수업은 오후 다섯 시에 끝난다. 나는 전보다 대담해졌다. 수업이 끝나고 걸어갈 때 다가가 말을 걸었다.

"저기… 혹시 같이 저녁 먹지 않을래요? 제가 살게요."

"지금요? 음… 그래요."

학교 앞 먹자골목에서 서성이다가 고민 끝에 닭갈빗집으로 갔다. 술은 마시지 않았다. 우리는 각자 취미에 대해 이야기했다. 나는 한때 록 마니아였는데, 요즘에는 들을 만한 음악이 없어서인지 흥미가 떨어져서인지 잘 안 듣는다고 말했다. 그녀는 록을 많이 아는 편은 아니었고, 록과 클래식 등 다양한 음악을 들었다. 의외로 선경이 좋아한 것은 일본 애니메이션, 그중에서도 〈신세기 에반게리온〉이었다. 나는 그 애니메이션에 관해 많이 들어봤다. 오타쿠들이 가장 많이 좋아한다고 하며, 오타쿠 문화의 대표작처럼 여겨졌다. 그녀도 말했다. 사실 자신은 오타쿠라고…. 나는 다른 만화책은 많이 봤어도 선입관 때문인지 거대 로봇 만화에 관심이 없었는데, 선경이 하필 왜 그것을 좋아하게 되었는지 궁금했다.

집으로 돌아갈 시간, 그녀는 이태원 쪽에 산다고 했다. 오늘은 버스를 타고 가고 싶다고 해서 함께 버스를 기다렸다. 그녀는 머리가 작은 편이었다. 약간 구부정한 자세와 셔츠에 가려졌어도 가슴에 은근히 볼륨이 있었다. 목과 팔목은 가는 편이었다. 포옹하면 어떤 느낌일까···. 나도 모르게 목울대가 꿀렁였다.

나는 〈신세기 에반게리온〉을 봤다. 예상외로 굉장히 감명 깊었다. 거기에는 나와 비슷한 주인공이 등장했다. 신지는 약간 자폐적이고 타인과 잘 소통하지 못하는 것이 고민인 중학생이다. 아기 때 어머니가 사고로 숨졌고 아버지도 그를 키우지 않았다. 신지가 타는 로봇에는 어머니의 영혼이 담겨 있다. 여자 주인공 레이의 짧은 머리는 선경과 흡사했다. 비밀에 싸인 듯 깊은 눈동자와 멍한 표정도.

그 후 교양과목 시간에 나는 선경의 옆자리에 앉았다. 수업이 다섯 번밖에 남지 않았지만, 그동안 부푼 행복감을 느꼈다. 전공 수업에서는 빈자리도 많고 과장된 소문이 날까 싶어 눈치가 보여서 옆자리에 앉지 않았다.

교수님이 들어오기 전에 그녀에게 말했다.

"후설 준비하고 있어요? 저는 겨우 하는 중이에요."

"힝··· 큰일이에요. 거의 못 했어요. 어떡하죠? 모레까지 해야 하는 거죠?"

"네, 근데··· 할 수 있겠어요? 저도 사실 이해가 잘 안 되는데, 그냥 중요해 보이는 문구를 갖다 붙이는 수준이죠."

"저는 갖다 붙이는 것도 못 하겠어요. 어떡하지··· 저 그 선배한테 혼날 것 같아요."

나는 잠시 생각하다가 말했다.

"지금 어느 정도까지 했어요? 몇 퍼센트?"

"음… 읽은 건 삼십 퍼센트 정도 될 것 같은데, 읽은 건지도 잘 모르겠고…."

"큰일이네요. 저는 칠십 퍼센트 정도 했는데… 그럼 제가 나머지를 해줄까요?"

"저, 정말요? 그래도 돼요?"

"괜찮아요. 저는 시간이 많으니까 모레까지 충분히 할 수 있을 거예요. 지금까지 해놓은 게 있으면 오늘 저한테 메일로 보내주세요."

"그래 주신다면… 정말 고마워요…."

선경에게 받은 내용은 형편없어서 처음부터 다시 해야 했다. 하지만 화가 나진 않았다. 최대한 요령껏 읽은 것처럼 꾸미면 된다. 그래도 최소한 이해는 필요해서 상당한 노력과 시간이 들었지만, 기한에 맞춰서 끝내고 우리의 희망인 남자 선배의 최종 발표까지 그럭저럭 마쳤다.

'미술의 이해' 수업에서는 미술관을 방문한 뒤 감상문을 쓰는 과제가 있었다. 나는 선경에게 미술관에 같이 가자고 했다. 그녀는 그러자면서 과제를 대신 해줬으니 밥을 사겠다고 했다. 나는 그럴 필요 없다고 말했다.

서울시립미술관에서는 팝아트와 키치 사조의 전시회가 열리고 있었다. 나는 팝아트가 맘에 들었고 그녀도 비슷해 보였다. 입장권은 리포트에 붙여서 제출해야 하므로 소중히 주머니에 넣고 전시실을 돌아다녔다. 팝아트는 앤디 워홀이 가장 중요하고 유명하다고 배웠다. 그는 코카콜라 병이나 메릴린 먼로의 얼굴을 복사해서 찍어냈다. 대중문화를 대량생산 방식으로 작품화한 것이다. 팝아트는 그렇게 현대 대중문화를 이용하고 응용한다. 앤디 워홀의 작품은 워낙 고가이고 지금 여기에는 없었지만, 국내 작가의 만화나 카툰 같은 이미지가 많았다. 키치는 원래 저급하고 모순적이라는 의미인데, 미술에서는 선정적 삼류 잡지 같은 촌스러운 이미지를 일부러 사용해 아이러니한 느낌을 불러일으킨다.

나뿐 아니라 많은 동시대 사람에게 이런 것이 멋있어 보이고 예술로 느껴진다. 왜 그럴까? 이성의 시대 절대주의 경향은 고상함과 높은 차원을 향한 상승의 기운이다. 플라톤이 엘리트에 의한 정치(철인정치)를 주장했듯이, 엘리트의 높은 차원이 세상을 지배하게 된다. 절대 기준에 따른 모든 것의 배치는 결국 높은 곳에 가야 하는 필사적 경쟁과 일방적 폭력성을 낳았고, 식민지와 심각한 차별, 인간소외를 낳았다.

결국 그것을 깨뜨리는 흐름이 나타났다. 새로운 흐름은 절대적 상하 구분이 없고, 이성에 따른 기준은 파괴된다. 소수 엘리트가 아닌 비엘리트 대중이 중심이 된다. 그런 새로운 지향성을 작품으로 표현하면 멋있어 보이고 칭찬받는다. 문화 이론에서는 이를 포스트모더니즘이라 부른다. 모더니즘은 근대, 즉 이성의 시대의 사조다. 그다음이 현대의 포스트모더니즘이다. 다만 이런 생각은 그때 깨달은 것은 아니다.

우리는 미술관에서 나왔다. 여름의 긴 해가 저물었고 길가의 가로등이 동시에 켜졌다. 어디로 가지… 목적지 없이 걷고 있었지만 공기의 냄새와 분위기는 좋았다. 잠시 말없이 큰 건물 사잇길을 걷다가, 그녀가 말했다.

"혹시… 여기 들어갈래요? 이 호텔…."

"네? 여기요?"

호텔의 웅장한 현관 앞이었다. 나는 깜짝 놀랐고 순식간에 여러 가지 생각이 스쳤다. 그러자 그녀가 말했다.

"여기 호텔 뷔페 어때요?"

"아… 뷔페… 여긴 너무 비싸지 않아요?"

"비싼가요? 그렇게 비싸지 않다고 들었는데…."

"아마 엄청 비쌀 거예요. 여긴 아닌 것 같아요… 다른 걸 먹는 게 좋겠어요."

"음… 알겠어요. 그럼 다른 곳으로 가봐요."

우리는 한참을 걸으며 두리번거리다 인도 음식점에 들어갔다. 선경은 왜 편입하자마자 어려운 현대 철학 과목을 들었을까? 그녀는 아무 의미 없는 '삼 학년'으로 편입했고, 그저 삼 학년 봄 학기 과목으로 표시된 현대 철학을 들은 것이다. 그녀는 내가 고등학생 때 현대 철학 서적을 멋모르고 산 것처럼 현대 철학이 궁금하기도 했을 것이다. 식사를 마칠 때쯤 내가 내겠다고 했지만, 그녀가 자기 카드로 결제해버렸다. 나는 일을 해주고 대가를 받는 것처럼 보이기 싫었다. 더구나 한 살 차이라도 여자 후배. 적어도 내가 먹은 몫보다 많은 삼만 원을 내밀었는데, 그녀는 거절하다가 제발 받아달라고 하자 결국 그 돈을 지갑에 넣었다.

여름방학이 되었다. 방학 중에 한 번쯤 그녀를 다시 보고 싶다. 종강 후 이 주가 지났을 무렵, 문자메시지를 보냈다.

[선경 씨 안녕하세요. 잘 지내요? 방학 중에 언제 한번 밥이나 먹을까요?]

답장이 없었다. 다음 날 저녁, 다시 이렇게 보냈다.

[문자 확인을 못 하셨나요? 잘 지내는지 궁금해서요…]

아무리 기다려도 답장은 오지 않았다. 나는 스트레스 때문에 약간 화가 났지만, 전화를 걸 용기는 생기지 않았다. 집착하는 것처럼 보일 수도 있고, 무슨 사정이 있을 거라고 생각했다. 혹시 이게 '밀당'인가? 아니면 나는 단지 '어장 관리' 대상일까? 아니면… 내가 싫은 것일 수도 있다.

느낌

가을 학기가 개강했고, 전공 수업 시간에 선경이 출석했다. 아는 체해야겠지… 나는 언제 어떻게 말을 걸까 고민하다가 수업이 끝나자마자 그녀에게 다가갔다.

"안녕하세요. 방학 때 제가 문자 보냈는데… 7월에… 보셨어요?"

"아, 그래요? 죄송해요… 제가 확인을 못 했나 봐요."

"아… 못 보셨구나… 두 번 보냈는데 답장이 없어서 궁금했거든요."

"제가 방학 동안 완전히 잠수를 탔거든요… 휴대폰도 잘 안 봐서…."

"아… 그랬군요. 난 또 무슨 일이 있나 걱정했어요."

그런데 잠수를 정확히 어떻게 탔는지 모르겠고, 그녀가 나를 싫어하는지 아닌지도 알 수가 없었다. 자신감은 부족하고 자존심은 강해서 선경에게 적극적으로 접근하기 어려웠다. 그저 한동안 방관할 뿐이었다. 그녀에 대한 내 감정이 깊은 사랑인지도 잘 모르겠다. 하지만 그녀와 언젠가 그때처럼 데이트 같은 경험을 다시 하고 싶었다.

어느 날 늦은 저녁, 집 전화벨이 울렸다.

"정민아, 전화 받아라!"

원장 수녀님이 나를 불렀다. 모두가 휴대폰을 쓰는 시대에 누가 나한테 집으로 전화를 걸었을까? 받아보니 놀랍게도 초등학교 육 학년 때 친구 경진이었다. 휴대폰 번호를 몰라서 혹시나 하고 집으로 건 것이었다. 중학생 무렵에 연락이 끊겼다가 오랜만에 목소리를 들어서 반갑게 통화하다가, 경진은 육 학년 때 같은 반이던 윤지영, 장두현과 함께 만나자고 했다. 그들은 이미 싸이월드 미니 홈피를 통해 연락이 닿아 있었다. 나는 별로 관심이 없어서 만들 생각을 안 했지만, 2004년 여름에 미니 홈피는 폭발적으로 성장했다. 경진은 한 달 전에 만기 전역했고, 두현은 방위산업체에서 대체복무 중이라 했다. 나는 가정 문제로 면제라고 말했다. 며칠 뒤, 모여서 영화를 본 뒤에 밥을 먹는 게 어떠냐고 누군가 아이디어를 낸 모양이다. 장소가 바뀌었다. 우리는 신촌에 있는 극장에서 판타지 액션 영화를 보기로 했다.

매표소 앞에서 네 명이 만났다. 그들은 변한 듯 별로 변하지 않았다. 지영은 키가 훌쩍 큰데다 굽이 높은 구두를 신어서 나와 비슷했다. 극장에 나란히 앉았는데 내 옆자리가 지영이었다. 우리는 팝콘 봉지를 사이에 두고 같이 먹었다. 봉지 안에서 잠깐 손이 스칠 때도 있었는데, 무안해서 바로 손을 뺐다. 영화 시작하기 전에 광고가 나올 때 내가 물었다.

"윤지영, 너는 어느 대학 다녀? 공부 잘했잖아."

"여기서 가까워. Y 대학 심리학과야. 넌 어디 다녀?"

"와, 너 정말 공부 잘했구나. 난 J 대학 철학과야."

"철학과? 오… 신비롭네. 너랑 어울리는 것 같다."

"나랑 어울린다고? 어떤 점에서?"

"너는 어릴 때부터 생각이 깊어 보였거든. 나쁜 뜻은 절대로 아니야. 나도 철학을 좋아해."

Y 대학과 내가 다니는 대학을 서열화하면 그 사이에 대여섯 대학이 들어갈 것이다. 우리는 영화를 보고 나와서 수많은 간판이 반짝이는 신촌 거리로 들어갔다. 삼겹살집에서 불판 위의 고기가 익어갈 때쯤, 주량이 세지 않은 내가 소주 두

잔을 마신 뒤에 말했다.

"우리가 이렇게 만나다니 참 공교롭다. 장두현, 너 혹시 예전에 윤지영 좋아하지 않았어? 이제는 솔직히 말하자."

두현이 말했다.

"하하하… 왜 이래, 그걸 내 입으로 어떻게 말하냐."

"역시 그랬네. 윤지영, 너도 알고 있었어?"

"나도 알았지. 앙케트에도 장두현이 그렇게 썼잖아."

"그랬구나. 지금 만나니까 막 어색하지 않아?"

내 말이 끝나자 경진이 놀리듯 큰 소리로 말했다.

"와, 분위기가 점점 이상해지네? 오늘을 계기로 또 뭔 일 나는 거 아니야?"

두현이 웃으며 말했다.

"하하, 아쉽게도 그런 일은 없을 거야. 나는 지금 여자 친구 있거든."

이 말에 잠시 분위기가 조용해졌고, 잠시 후 지영이 나를 보며 말했다.

"그럼 너희는 여자 친구 있어?"

나와 경진은 없다고 말했다. 지영도 남자 친구가 없다고 했다. 두현이 내게 말했다.

"나보다 네가 유명했지. 김지수 좋아했잖아. 그 뒤로 걔

만난 적 있어?"

"아니, 없어⋯."

중학교 일 학년 때 학원에서 잠깐 본 적은 있지만, 만났다고 말하긴 어려웠다. 두현이 말했다.

"김지수는 요즘 어떻게 사는지 모르겠네. 싸이월드에서 찾아봐도 없던데."

이 말에 지영이 말했다.

"지수는⋯ 중학교 일 학년 마치고 미국으로 갔어. 지금은 미국 명문 대학 다니고 있어. 펜실베이니아 대학교."

"그렇구나⋯ 잘됐네⋯"라고 내가 말했다.

집에 돌아와 생각했다. 지수가 어떻게 변했는지 한번 보고 싶기는 하다. 다시 만난다면 그때처럼 좋아할 수 있을까? 너무 다른 환경에서 오래 살았으니 서로 많이 변했겠지. 지수의 얼굴이 점차 흐릿해지며 선경의 모습이 떠올랐다. 그녀와 다시 만나 즐거운 시간을 보내고 싶다. 맞아! 오늘처럼 영화를 보자고 하자. 왜 여태 그 생각을 못 했지? 이 주 뒤면 중간고사니까 시험이 끝나고 문자메시지를 보내야겠다.

그사이 나는 인터넷에서 〈초시공 요새 마크로스: 사랑, 기억하고 있습니까〉를 찾아봤다. 미술관에 간 날 선경이 추천한 작품으로, 1980년대 중반 일본을 풍미한 극장판 애니메이션이다. 하이라이트는 여자 아이돌 가수가 우주에서 어떤 사랑 노래를 부르는데, 그걸 듣고 우주 전쟁이 멈추는 부분이다. 외계인들은 사랑 노래 같은 감성적 대중문화를 오래전에 잃어버렸고, 그 노래는 몇만 년 전 그들의 대중가요였다고 한다. 이성만 남은 외계인들에게 잃어버린 감성을 되찾는 깨달음을 줌으로써 우주에 다시 평화가 찾아왔다.

중간고사가 끝나자마자 선경에게 같이 영화를 보지 않겠느냐고 문자메시지를 보냈다. 이번에는 한 시간쯤 뒤에 답장이 왔다. 좋다는 것이다. 문제는 내가 특정한 영화를 보자고 하지 않았다. '어떤 영화를 보죠?'라는 질문에 찾아보니 화제작이나 볼만한 영화가 없었다. 내가 바보 같다고 생각하는데, 선경이 그때 막 개봉한 〈이프 온리〉를 보고 싶다고 했다. 어떤 영화를 보든 별로 상관없었다. 그녀는 영화 보고 나서 오랜만에 술을 마시고 싶다고 했다. 왜 하필 그런 말까지? 기대가 부풀었다. 그녀와 더 가까워질 수 있을 것이다.

마침 〈이프 온리〉는 감동적인 로맨스 영화여서 마음이 따뜻하고 말랑말랑해졌다. 영화는 봤고, 이제 어디로 갈까? 선경은 이태원에 가면 좋겠다고 말했다. 자기 집 앞인데 겉에서 보기만 했지 안 가본 곳이 너무 많고 궁금하다는 것이다. 이태원은 놀기 좋은 곳이라고 들었지만 나는 그때까지 한 번도 가보지 않은 동네라서 가보고 싶었다.

우리는 술을 마시기로 했으니 저녁은 간단히 먹기로 했다. 이태원의 한 레스토랑에서 파에야와 하몽을 먹었다. 레드 와인을 곁들여서 내 얼굴이 불그스름해졌다. 그녀도 약간 그런 것 같았다. 딱 기분 좋은 상태였다. 밤이 되었고, 우리는 선경이 가보자는 이 층 퍼브로 갔다. 오늘은 뭔가 깊은 이야기를 할 것 같아 재즈풍 음악 소리가 비교적 덜 들리는 구석에 자리 잡았다. 어둑한 실내 분위기에서 우리는 맥주와 소시지 안주를 시켰다. 그녀가 안경을 벗어 렌즈를 닦는데 얼굴이 귀여웠다. 병맥주를 한 병씩 비우고 새로 시켰을 때쯤, 속 깊은 이야기가 나오기 시작했다.

"궁금한 게 있는데… 선경 씨는 인생에 목표가 있어요? 아니면 단기간의 목표라도."

"목표요? 생각해보지 않았어요…. 무사히 졸업하는 것 외에는, 잘 모르겠어요. 그러면 정민 씨는 목표가 있어요?"

"저는 있어요. 어떤 사명감이랄까… 임무처럼 느껴지는 게 있어요."

"그게 뭔데요?"

"저는 인류의 궁극적인 지혜를 알아낼 거예요. 뭐냐면… 어떻게 사는 것이 좋은가라는 문제의 해답을 찾을 거예요.

진정한 행복을 위해서요. 그리고 그걸 많은 사람에게 알릴 거예요."

"굉장히 철학적이네요. 그래서 철학과에 온 것 같네요. 그럼 책을 쓸 건가요?"

"뭐, 비슷한 일을 하겠죠."

선경은 맥주를 한 모금 마시고 조금 뒤에 말했다.

"제가 왜 목표가 없는지 생각해보니까… 어쩌면 삶이 내 뜻대로 되지 않을 거라는 느낌이 있는 것 같기도 해요."

"선경 씨 뜻대로 안 될 것 같다고요? 음… 그건 좀 비관적인 생각 같은데요."

"비관적인지는 잘 모르겠어요. 저는 다만… 어떻게 할 힘도 없고 자신감도 없어요."

"음… 철학에서는 대부분 주체적인 삶을 살라고 가르치는데, 그런 생각은 안 해보셨어요?

"주체적인 게 뭔데요?"

"말하자면… 자기 삶의 주인은 자신이라는 거죠. 남들의 의견을 의심해보고, 자기 입장에서 판단하고 행동하는 걸 말할 거예요. 자기 삶은 어차피 자신의 것이니까요."

"내 삶이 나의 것이라… 그럴듯하네요. 하지만 어떻게 해야 할지 모르겠어요. 사실은 저도 알고 보면 상당히 이기적인 사람이에요. 그래서 친구가 적은 것 같아요."

"선경 씨가 이기적인 사람이라고요? 전혀 그렇게 안 보이는데요."

"아니에요. 저는 다른 사람들을 쉽게 무시하고 연락을 끊어버리고 잠수를 타요. 그리고 조별 과제에서 정민 씨가 제 몫을 대신 해준 데서 알 수 있듯이 책임감도 없어요. 다른 사람의 도움을 쉽게 받고… 의존적이죠. 그런데 보답도 잘 하지 않아요. 남의 마음을 배려하는 법도 잘 모르고요."

"아니에요. 저는 정말 괜찮아요. 선경 씨가 낯설고 어려워하니까 제가 하는 게 더 효율적일 수도 있죠. 저도 요령을 피워서 했으니까요."

"그래요? 고마워요…."

잠시 침묵이 흐르다가 내가 말했다.

"제가 전부터 생각했던 건데, 선경 씨는 머리 스타일부터 〈신세기 에반게리온〉의 레이랑 비슷한 점이 많네요. 레이는 삶의 목표가 있었을까요? 없었을 것 같아요. 레이도 의존적이었죠. 복제 인간인데다 명령만 따르고… 아, 그렇게 불쌍해 보인다는 뜻은 아니에요. 레이는 매력적이니까…."

"저는 레이만 못해요. 레이는 그래도 용감하죠. 저는 무서워요… 이 세상이 무서워요."

"왜요?"

선경은 말하지 않았다. 그녀에게 어떤 상처가 있는 걸까? 그녀는 술을 많이 마셨다. 선경은 집이 가까워서 오늘 술을 많이 마신 것 같다고 했다. 대화하는 중간에 나는 "우리 사귈래요?"라고 말해볼까 고민을 했다. 그런데 좋다는 말을 들을 자신이 없었다. 아직 그녀의 방어막이 작동하는 듯 보였다. 그리고 사귄다면… 당장 어떻게 해야 할지도 잘 모르겠다. 나는 여자 친구를 사귀어본 적이 없기 때문이다. 찰싹 붙어서 살갑게 대하는 걸까? 그녀의 손이라도 잡아보고 싶다. 우리는 일어나 밖으로 나왔다. 선경은 술기운에 비틀거렸다. 나는 그녀의 팔짱을 끼고 부축했다.

"집이 어디예요? 집 앞까지 같이 갈게요."

"네, 조금만 걸으면 돼요. 그런데 정민 씨는 집에 어떻게 가요?"

"괜찮아요. 지하철 막차 타면 돼요."

약간 경사진 오르막길을 걸었다. 나는 팔짱을 풀고 그녀의 손을 잡았다. 그녀도 취했고 나도 취했다는 핑계로 용기를 냈다. 하지만 감각은 또렷했다. 맞잡은 손에서 살갗의 온기가 느껴졌다. 주변에 담이 높은 집들이 있었다. 커다란 단독주택이 늘어섰는데 눈앞에 거의 담벼락밖에 보이지 않았다. 내가 말했다.

"와, 여기는 집이 다 엄청 크네…."

드라마에서 보던 부자나 재벌이 사는 동네 같았다. 그녀는 천천히 십 분 정도 걷다가 다 왔다고 했다. 선경은 잡은 손을 놓고, 높은 흰색 담 밑에 있는 문 앞에 섰다. "잘 가요…." 그녀는 열쇠로 문을 열고 들어갔다. 나중에 알아보니 그 동네는 엄청난 부촌이었다. 삼성그룹 회장도 그 동네에 산다고 했다. 나는 그녀가 부잣집 딸이라는 것을 알게 되었다. 그녀가 멘 백팩이 명품이라는 것은 몇 년 뒤 〈악마는 프라다를 입는다〉가 개봉했을 때 비로소 알았다.

나는 선경을 조금씩 이해해보려 했다. 그녀는 취약함이 느껴졌고, 주체적으로 어떤 결정을 하지 못하고 파도에 휩쓸려 표류하는 사람 같았다. 그렇게 된 것은 부유한 환경과 상관이 있을 수도 있고 없을 수도 있다. 내가 느끼기에 그녀는 도움이 필요해 보였다. 그녀의 정신을 잡아주고 싶다. 내가 그렇게 할 수 있을까?

나는 그때 잡은 손의 감각을 떠올렸다. 그 부드럽고 말랑한 느낌으로 피폐하던 심신이 치유되고 우울증도 날아가는 것 같았다. 느낌은 말로 완전히 전달되지 않는다. 느낌은 주관적이지만 분명히 존재하고 매우 중요하다. 느낌을 소중히 여기자….

내가 어릴 때 〈느낌〉이라는 드라마가 있었다. 트렌디한 드라마였고 당시에 많은 인기를 얻었다. 그 배역과 배우들은 X세대였고, 그 세대의 감각에 맞춘 드라마였다. X세대는 포스트모더니즘의 대표적 산물이다. 그들은 자신의 느낌이 사회적 기준이나 가치, 진리보다 우선한다. 평탄한 느낌, 은근한 공감보다 강렬한 느낌이 중요하다. 유행을 간파하는 코카콜라의 광고에서도 오랫동안 느낌을 강조했다는 사실이 떠올랐다. 1980년대 말부터 1990년대에 코카콜라의 광고 문구는 '난 느껴요'였다. 당시 일본에서는 광고 문구가 'I Feel Coke(난 코카콜라를 느낀다)', 미국에서는 'You Can't Beat The Feeling(그 느낌을 억제할 수 없어)'이었다.

포스트모더니즘 시대에는 객관적이거나 중심적인 기준이 붕괴하고 사라진다. 그리고 자신의 느낌만 남는다. 포스트모더니즘 철학자와 미학자는 그런 현상을 분석하고, 종종 부추긴다. 예를 들어 발터 벤야민은 현대 예술의 특징이 원본과 진품의 특성이라는 '아우라'가 붕괴하는 것이라고 보았다. 아우라는 진리처럼 고상하고 숭고한 것이다. 현대에는 앤디 워홀의 작품이나 대량생산처럼 진품과 복제품의 차이가 사라지면서 아우라도 사라진다는 것이다. 장 보드리

야르는 실제가 아닌 그것의 모방 혹은 가상적인 시뮬라시옹 (그 결과물이 시뮬라크르다)이 실제와 진실을 덮고, 오히려 능가한다고 보았다. 그는 가상의 것(시뮬라크르)이 오히려 더욱 실제적이고 진실이라고 주장하면서 진실과 거짓, 가상의 경계를 무너뜨린다.

그 밖에 자크 데리다의 해체주의 등 포스트모더니즘 계열 사상은 객관적으로 존재하는 진리와 진실 자체에 회의하고, 그것에 둔감하게 만들고, 각자 자신이 가진 인상에 더 높은 점수를 부여한다. 이것의 장점은 (엘리트주의, 절대주의와 상반된) 대중주의 그리고 다원주의에 의한 다수의 인권 향상, 민주주의의 향상일 것이다. 반면 사람들이 자신의 감각에 따른 '뇌피셜'을 진실이라 믿기 쉽다는 게 단점이다. 자신이 믿고 싶은 것과 진실의 구분은 흐려질 것이다.

관능과 실존주의

내가 선경에게 사귀자고 말한다면 어떻게 될까? 내가 나쁜 남자라면 부잣집 딸에 허점이 많아 보이는 그녀에게 적극적으로 '작업'을 해서 돈을 받아내거나 이용할 수도 있을 것이다. 돈 때문에 그녀와 결혼할 수도 있을 것이다. 물론 나는 그럴 마음이 전혀 없는데… 혹시 그녀가 나를 그런 사람으로 보지 않을까? 딜레마에 빠졌다. 속도 조절이 필요하다. 하지만 그때의 부드럽고 짜릿한 접촉과 부푼 감정을 다시 느껴보고 싶다. 그녀는 주체성과 자존감이 부족하고 표류하고 있다. 부유한 집안의 보호 아래 산다는 것은 그녀가 의지하고 기댈 기둥으로 작용할 수도 있고, 힘과 권위가 너무 강하기 때문에 그녀가 그렇게 되었을 수도 있다. 잘 모르겠다.

나는 이번 학기에 매스미디어와 기호학 관련 교양과목을 들었다. 한 가지 놀라운 사실은 마돈나가 그 과목 학술 이론 교재의 한 장을 단독으로 차지하고 있었다는 점이다. 악기를 다루는 것도 아니고, 예술적인 작곡을 하는 것도 아닌 지극히 대중적인 댄스 가수가 어떻게 '학술적으로' 가장 인정받는 아티스트가 되었을까? 그 책에는 포스트모더니즘과 페미니즘이 관련이 많다고 쓰여 있는데, 아무리 읽어보아도 왜 유독 마돈나인지 이해가 되지 않았다. 어느 정도 이해하게 된 것은 한참 뒤였다. 마돈나는 유명한 섹스 심벌인데, 이전 섹스 심벌인 메릴린 먼로와 다른 점이 있다. 먼로는 잘나가는 남자를 유혹해서 부와 지위 같은 객관적 이득을 챙기는 이미지다. 마돈나는 섹스의 쾌감 자체가 목적인 이미지다. 그녀는 뮤직비디오와 영화에서 자신보다 지위가 낮은 백댄서나 조연급 모델, 노동자, 흑인이나 히스패닉 등 유색인종과 성행위를 한다. 이는 사회적 기준을 깨뜨리는 동시에 즉각적인 육체적 쾌감이 목적임을 보여준다. 그녀는 에로티시즘의 포스트모던 경향을 (특히 여성으로) 보여준 아이콘이다.

쾌감에 주목하는 에로티시즘은 진리가 무의미해진 허무한 시대에 유독 당당하게 자리 잡았다. 한국에서도 1980년대부터 에로 영화가 우후죽순 등장했으며, 작품성 있는 주류 영화 장르에 도입된다. 문학은 어떤가. 마광수 교수의 소설을 정부가 탄압했지만, 그의 의도는 시대 문화적 흐름의 표현으로 볼 수 있다. 그의 소설은 예술적 난해함보다 성적 욕망에 충실했기 때문에 탄압을 받았는지도 모른다. 하지만 그 자체가 철학적 의미였다. 많은 문학작품에서 성적인 표현의 수위가 높아졌으며 빈번히 삽입되었다. 단지 선정적 오락물이 아니라 예술의 한 장르다. 1990년대에 한국 젊은이들 사이에 유행처럼 인기를 끈 대표적 소설로 무라카미 하루키의 《상실의 시대》와 밀란 쿤데라의 《참을 수 없는 존재의 가벼움》이 있다. 두 소설의 공통점은 빈번한 정사 장면 저변에 정신적 사랑과 섹스가 근본적으로 별개임을 가정하고 있다는 점이다. 두 소설의 남자 주인공은 (사랑과 별개인) 육체적 만족을 위해 많은 여성과 가볍게 정사를 나누는데, 흥미롭게도 주인공의 여자 친구 혹은 동거녀는 그걸 대체로 이해해준다. 동시에 예술적이고 철학적 의미가 담긴 작품이다. 그 밖에 연극에서, 현대무용에서, 회화에서 성적 이미지와 누드가 일상이 되었다. 참고로 1980~1990년대 일본 텔레비전 프로그램의 성적인 표현 수위는 2000년대 이후보다 높았다. 심지어 어린이들이 보는 만화책에서도 그랬다.

20세기 중반 이후 메를로퐁티로 대표되는 '몸 철학'이 두각을 나타냈다. 몸 철학은 에로티시즘과 같지 않지만, 연관성이 많다고 볼 수 있다. 플라톤 이후 근대 철학은 '정신'이 세상에서 가장 힘이 강했다. 그것을 절정까지 끌어올린 철학자가 근대 철학의 마지막을 장식한 헤겔이다(절대정신). 몸 철학은 그에 반발하며 몸의 우위, 즉 몸에 본질이 있음을 주장한다. 정신이 상부 중앙에서 톱다운 방식으로 몸을 비롯한 모든 것을 지배한다면, 몸 철학은 뇌와 머리 아래에서 느껴지는 말초적 감각을 중요하게 여긴다. 즉 신체적 감각에서 보텀업 방식으로 정신이 지배된다(보텀업은 포스트모더니즘에서 중요한 키워드다). 그러면 정신의 계획적인 통제보다 비계획적이고 즉각적이며, 관능 같은 말초적인 동기가 우선하게 될 것이다.

첫눈이 내렸고, 이제 며칠 뒤면 크리스마스다. 크리스마스는 사랑하는 사람끼리 데이트하는 날이라고 들었다. 유독 이번에는 그러고 싶었다. 선경에게 사귀자고 고백할지 안 할지 모르지만, 그녀와 만나서 즐거운 시간을 보내고 싶다. 나는 12월 23일에 문자메시지를 보냈다. 내일 저녁에 시간이 있느냐고. 답장이 오지 않았다. 몇 시간이 지나고 다시 문자메시지를 보냈지만, 답장은 오지 않았다. 다음 날 오전에 참다못해 전화를 걸었다. 전화기가 꺼져 있다는 음성이 들려왔다. 이번에도 마찬가지인가….

크리스마스 전날 형식적으로 미사에 참석하고 방에 틀어박혀 텔레비전을 보고 있었다. 그때 문자메시지가 왔다. 윤지영이었다.

[안녕, 나 너희 성당 미사에 갈 건데, 25일 저녁에 다른 약속 있니?]

[특별한 약속 없어.]

[내일 저녁 여섯 시 미사에 갈게. 끝나고 만나서 밥 먹는 게 어때?]

나는 미사에 참석하진 않을 거라고 답했고, 저녁 일곱 시에 성당 앞에서 만나기로 했다.

지영은 당시 흔치 않은 핑크색 롱 패딩을 입고 있었다. 우리는 버스를 타고 시내에 있는 패밀리 레스토랑으로 갔다. 시끌벅적한 레스토랑에서 삼십 분가량 대기하다가 테이블에 앉았고, 지영이 말했다.

"너는 미사에 언제 참석했니?"

"나는 어제저녁에… 근데 사실은 안 가면 눈치 보이니까 형식적으로 간 거야. 나는 얼마 전부터 종교에 회의적이거든. 속마음은 중학생 때부터 점점 그런 생각이 커졌어."

"그래? 잘됐네. 사실은 나도 저녁 미사에 안 갔어. 좀 귀찮아서… 일곱 시에 바로 너랑 만난 거야. 나도 회의적이거든. 아무래도 과학을 공부하다 보니까 그렇게 됐나 봐."

"너는 심리학과지? 거기서 과학을 배우는 거야?"

"응, 우리는 과학을 한다고 생각해. 아주 소수만 빼고. 실험을 많이 하고, 뇌 과학도 배우고."

"나도 심리학을 공부해보고 싶어. 다음 학기에 심리학과 수업을 신청해볼까?"

그 후 대화가 오가는 동안, 이런 생각이 들었다. 그녀는 원장 수녀님이 내 친어머니가 아니라는 사실을 알까? 그 나이쯤 됐으니 아마 알고 있을 것 같다. 그래도 물어봤다.

"근데… 예전에 내가 원장 수녀님을 엄마라고 불렀거든.

요즘도 가끔 그러긴 하지만… 원장 수녀님이 내 친엄마가 아니라는 거, 너도 알지? 괜찮아, 나는 아무렇지도 않으니까."

"음… 대강 그럴 거라고 짐작은 했어. 그런 말을 거리낌 없이 하는구나. 그런데 그게 무슨 상관이니? 나도 아무렇지 않아. 오히려 네가 대견스럽지."

"대견스럽다니, 마치 자식한테 말하는 것 같네. 하하…."

우리는 패밀리 레스토랑에서 나와 작은 커피숍으로 갔다. 인테리어가 아늑했고 소파도 푹신했다. 둘 다 따뜻한 아메리카노를 마셨는데, 지영은 사실 오전에 부모님과 함께 집 근처 성당에 다녀왔다고 했다.

"며칠 전에 꿈에 네가 나왔어. 그래서 오랜만에 너를 보고 싶다는 생각이 들었지. 잘 살고 있는지 궁금해서…."

"정말? 어떤 꿈이었는데?"

"내용은 잘 기억이 안 나. 복잡한 내용이었는데 깨자마자 잊어버렸어. 좀 슬픈 내용인 것 같아…. 이상하게 들릴지도 모르지만 꿈은 꿈일 뿐이니까. 네가 죽는 꿈인 것 같아."

"내가 죽어? 하하, 꿈에는 아무 내용이나 막 나오지. 꿈은 완전히 비현실적 상상이야."

"맞아, 꿈은 아마도 기억의 조각들이 정리되면서 아무렇게나 떠오르는 거겠지. 프로이트는 꿈에 큰 의미를 부여하기도 했지만. 나는 프로이트를 별로 좋아하지 않아.”

“왜? 프로이트는 철학 쪽에서도 유명한데.”

“몇 년 전까지만 해도 심리학에서 프로이트를 많이 다뤘을걸. 그런데 유행이 지난 것 같아. 심리학이 완전히 자연과학이 되면서, 과학적이지 않다는 비판이 많거든.”

“흠… 그러면 프로이트는 인문학적인 면이 많은가? 과거에 프로이트가 사회적으로 열풍이었다는 건 나도 기억이 나. 그때는 왜 그랬을까.”

이야기를 나누다가 잠시 침묵이 흘렀다. 지영이 말했다.

“재밌는 얘기 해줄까?”

“뭔데?”

“지난번에 우리 넷이서 만나고 한 달쯤 뒤에 장두현한테 연락이 왔어. 둘이서 밥을 먹자는 거야. 나는 그 애가 여자친구도 있다고 했고 좀 귀찮아서 핑계를 대며 거절했거든. 그런데 이 주일 전쯤에 다시 연락이 왔어. 자기는 이미 여자친구랑 헤어졌다면서 우리 집 앞에 있는 어떤 카페로 당장 나오라는 거야. 기다리고 있다고. 나한테 줄 선물도 샀대. 사귀자는 거겠지. 나는 그러기 싫어서 핑계를 대고 못 나간다고 했어. 아마 거절했다고 알아들었겠지?”

“하하, 걔는 아직 너를 못 잊었나 보구나. 좀 안됐네… 하지만 네가 싫다는데 뭐."

"그 애를 꼭 싫어한다기보다 뒷말하려는 건 아니지만, 끌리지 않아. 부담스럽고… 그런데… 못 잊는 건 나도 마찬가지인 것 같아…."

나는 눈이 휘둥그레지며 그녀를 보았다. 지영은 조용히 앞에 놓인 커피잔을 응시하고 있었다.

"그 못 잊는다는 건… 혹시 나를 말하는 거야?"

"응… 너도 알잖아, 내가 널 좋아했다는 거…."

잠시 침묵이 흘렀고, 내가 말했다.

"지금도?"

지영은 대답 대신 고개를 끄덕이고 초롱초롱한 눈으로 나를 바라보았다. 뭔가를 기대하는 눈빛이었다. 나는 그때 결심했다.

"그러면… 우리 사귀지 않을래? 나도… 네가 좋아."

그녀는 미소 지으며 고개를 약간 끄덕였다. 동의의 뜻인가? 이성적으로 이해되는 말로 대답하지 않아서 좀 헷갈렸다. 나는 여전히 감성적 파악 능력이 부족한가 보다. 거절한다는 표시는 아니니 사귀기로 한 것 같다.

잠시 후 지영이 말했다.

"너 예전에 김지수 좋아했지? 이제 걔는 잊었겠지?"

"응… 잊었어. 오래된 일이잖아."

"다행이구나. 그런데 궁금한 게 있어. 혹시 네가 김지수를 좋아하게 된 계기가 걔가 너를 이 학기 부반장으로 추천했기 때문이 아니야? 그때 좀 생뚱맞았지?"

"음… 너도 기억력이 참 좋구나. 그런 점이 있었지. 전혀 생각지도 못한 김지수가 나를 추천하니까 왜 그럴까 계속 생각하게 되고, 좋아하는 감정이 생긴 것 같아. 걔가 나를 좋아하나 이런 생각도 들었고."

"사실… 지수가 널 추천한 건, 내가 부탁했기 때문이야. 그러니까 걔는 나 때문에 그런 거야."

"정말? 왜 그랬어?"

"그야 뭐… 너랑 같이 반장 부반장 하고 싶어서 그랬지."

"그랬구나…."

"그런데 공교롭게도 너는 김지수를 좋아하게 된 거지. 학교에 소문이 쫙 나고, 내 기분이 어땠겠니? 나는 지수랑 친해서 걔한테 질투심을 표현할 수도 없고 말이야."

"음… 미묘하네. 김지수가 실제로 나를 좋아하진 않았어? 너는 알고 있을 것 같은데…."

"그걸 왜 물어봐? 나도 몰라."

지영이 약간 화난 듯 말했다. 나는 미안하다고 했다. 그녀가 잘 알 것 같아서 오랫동안 궁금했던 것을 물어봤을 뿐이다. 앞으로 이 얘긴 하지 말아야겠다.

나는 지영을 얼마나 좋아하는가? 그녀에게 호감이 갔다. 외모도 괜찮고 성격도 좋고 똑똑하다. 심리학과에 다니는 것도 마음에 든다. 그녀에게 여러 가지 배울 점이 많아 보인다. 나는 지영과 사귀고 싶었다.

커피숍에서 나와 걸었다. 마돈나의 히트곡 중에 'Express Yourself'가 있다. 그 노래처럼 나는 용기를 내어 욕망을 표현했다.

"있잖아… 손잡고 가도 될까?"

"하하, 너 진도가 좀 빠르다? 그렇게 안 봤는데."

"아, 미안… 그럼 다음에…."

"아니야, 괜찮아."

나는 지영의 손을 잡고 버스 정류장까지 잠깐 걸었다. 그리고 헤어져서 집으로 왔다. 정말로 내가 진도가 빠르고 밝히는 사람으로 보였으면 어떡하지? 괜찮겠지… 그녀와 사귀고 접촉하면 나의 뇌 속에서는 기분을 좋게 만드는 도파민, 세로토닌, 엔도르핀이 더 많이 분비될 것이다. 나는 그런 느낌을 원해서 여자 친구를 빨리 사귀고 싶었다. 특히 세로토닌은 우울증을 낫게 하는 효과가 있다. 우울증 치료제는 대체로 세로토닌 분비를 조절한다. 세로토닌은 정서적인 안정감과 포근한 기분이 들게 한다. 반면에 엔도르핀은 강력한 쾌감을 일으키는 마약 같은 성분이다. 그 쾌감과 진통, 중독적 효과는 모르핀보다 훨씬 강력하다. 강한 쾌감의 대표적 호르몬인 엔도르핀이 1990년대 초반 한국에서 커다란 사회 현상을 일으켰고, 수십 년이 지난 뒤에도 그런 전문용어를 대다수 사람이 알 정도가 되었다. 당시 어떤 의학 박사가 많이 웃으면 엔도르핀이 생성되어 건강이 좋아진다고 대중 강연을 했기 때문인데(이것이 과학적인지는 불분명하다), 그때도 엔도르핀이 강렬한 쾌감과 관련 있다는 걸 적지 않은 사람들이 알았을 것이다. 그런데 엔도르핀이 마냥 좋은 것처럼 여겨졌다. 시대적 배경과 맞아떨어진 것 같다.

사랑해⋯ 그것은 분명 사랑일 것이다. 우리는 매일 연락했고 일주일에 한두 번 만났다. 사귀기로 한 뒤 세 번째 만난 날, 우리는 비디오방에서 첫 키스를 했다. 그리고 이틀 뒤, 김선경에게서 문자메시지가 왔다.

[죄송해요. 그동안 제가 호주에 가 있어서 전화기를 꺼놨어요. 잘 지내세요?]

당시에는 해외 자동 로밍이 되지 않았다. 뭐라고 답장을 보내야 할까… 나는 지영과 사귀니 이제 선경에 대한 관심은 사라진 것일까? 선경과 단둘이 만날 수 있을까? 지영이 화낼 것이 분명하다. 더구나 나는 선경의 집을 보고 성급하게 접근하지 말자고 생각했다. 하지만… 관계를 끊고 싶지 않았다. 갑자기 냉정해진다면 그녀가 실망하거나 상처 받을지 모른다. 고민 끝에 이렇게 보냈다.

[네. 그랬군요. 잘 다녀왔어요? 재밌었겠다… 그럼 다음에 봬요. 방학 잘 보내세요.]

새 학기가 시작되었고 성우도 제대하고 복학했다. 은주는 미국에 교환학생을 다녀와서 지난 학기부터 복학했다. 종종 그들과 이야기를 나누고 점심을 먹었다. 그런데 선경이 보이지 않았다. 휴학이라도 한 것일까? 나는 여자 친구가 있으니 그녀에게 먼저 연락하지 않았다. 나는 지영과 사귀면서 행복해졌고 표정도 밝아졌지만, 성격이 바뀌거나 친구가 많아진 건 아니다. 그런데 지영은 왜 나를 좋아했을까? 나는 재미있는 사람이 아니고, 가정 문제도 있고 돈이나 어떤 지위가 있는 것도 아니어서 인기가 없는 타입 같은데. 외모는 사람에 따라 평가가 다를 테고. 그녀에게 물어봤다.

"일단 처음에는 네가 잘생겨서 좋아했지. 어릴 때는….."

"하하, 정말이야? 단지 그것 때문에?"

"그것 때문만은 아니고, 너는 자상한 것 같고, 음… 왠지 모르게 신비로운 면이 있어."

"신비로워? 너는 어려서부터 나를 많이 봤을 텐데, 내가 신비롭다고?"

"응, 오히려 너를 알면 알수록 더 신비롭게 느껴지던데? 내 직감이지만, 너한테는 뭔가 숨겨진 것이 있는 것 같아서 가까이하고 싶었어. 나도 좋은 영향을 받을 것 같은 기분이 들고. 혹시 어떤 비밀이 있지 않을까… 그런 게 있니?"

"음… 그건 설명하기는 좀….."

"뭔가가 있긴 있구나. 혹시 너… 외계인은 아니지?"

"응? 하하… 그렇다면 어쩔 건데?"

"농담인지 진담인지 모르겠네. 근데 내 느낌에, 너는 다른 사람들하고 달라. 환경에도 잘 어울리는 것 같지 않고. 군계일학 같다고 할까. 왜 그럴까?"

"그러면… 얘길 해야겠네."

나는 아기 때 원장 수녀님이 주워 왔다는 이야기를 해줬다. 오리 떼가 있었다는 이야기, 아무리 수소문해도 친부모의 흔적을 찾을 수 없었다는 이야기를 했다. 트란인을 만난 이야기는 하지 않았다. 그 임무에 관한 이야기는 아직 비밀로 해야 할 것 같다. 나는 어쩌면 하늘에서 떨어졌거나 외계인이 데려다 놓았는지도 모른다고 말했다. 지영은 신기하다며 그럴지도 모르겠다고 했다. 내가 진심이냐고 물어봤더니 잘 모르지만 그게 낭만적인 것 같다고 했다.

봄이 시작되는 향기는 경계심을 무너뜨렸다. 지영과 나는 대중교통이 끊길 때까지 천천히 술을 마셨다. 하지만 정신은 멀쩡한 것 같았고, 우리는 모텔에 갔다. 인간의 가장 동물적인 욕구 때문이다. 하지만 성당의 영향이었을까? 그녀의 순결은 지켜주고 싶었다. 우리는 그저 애무를 나눴지만, 그 느낌은 매우 강렬했다. 행복은 바로 이런 것인지도 모른다….

5월의 어느 날, 밤 열한 시쯤이었다. 내 방에서 휴대폰이 울렸다. 김선경이 왜? 그녀가 전화한 건 처음이었다.

"여보세요…."

"정민 씨? 미안해요. 늦은 밤에… 잘 있었어요?"

"네, 오랜만이네요. 갑자기 무슨 일이에요?"

"제가 집 앞에서 술을 마셨는데요. 지금 집에 걸어가는 중이에요. 그런데 좀 무서워서요… 정민 씨랑 통화하면서 가고 싶어요."

"네… 좀 취하셨나 보네요. 괜찮아요, 전화 잘했어요. 집까지 많이 남았어요?"

"오 분 정도 가면 돼요. 사실… 제가 술집에서 나올 때부터 어떤 남자가 쫓아오는 것 같아서요. 지금도 뒤에 걸어오고 있어요. 그래서 아는 사람이랑 전화하면서 가고 싶었어요."

"정말요? 그 남자가 혹시 이상한 짓을 하면 제가 당장 신고할게요. 이태원은 너무 멀어서 지금 가기는 좀 그렇고… 집까지 계속 통화해요."

"네, 그래 주세요."

"그런데 이번 학기는 휴학했어요? 학교에서 통 안 보이더라고요."

"네… 좀 쉬려고요. 다음 학기에 복학할 거예요."

나는 선경과 통화하면서 그녀가 위험하진 않은지 걱정했다. 그녀가 슬쩍 뒤돌아보니 그 남자가 사라졌다고 했다. 대문이 열리고 닫히는 소리가 들렸다.

"이제 집에 도착했어요. 고마워요, 통화해줘서."

"아니에요. 그 남자가 정말 어떤 목적이 있어서 쫓아왔는지 아닌지 잘 모르겠네요. 그럼 빨리 주무세요."

"네, 정민 씨도 안녕히 주무세요. 나중에 봐요…."

나중에 보자니… 나는 그때까지 옆의 시야를 가린 경주마처럼 지영만 바라보고 있었다. 그런데 김선경이 다시 시야에 들어왔다. 나는 아직 그녀에게 호감이 있는 것 같다. 지영에게 느끼는 사랑만큼은 아니지만, 통화할 때처럼 보호해주고 싶다는 생각이 들었다. 상상해봤다. 선경과 침대에 있다면 어떤 느낌일까? 이건 단지 상상일 뿐이다. 행동으로 옮기지 않으면 된다. 지영과 잘 사귀고 있으면서 바람을 피우는 것이 나쁘다는 건 안다. 하지만 상상으로 타인을 죽여도 처벌받지 않는 것처럼, 생각은 어떻게 해도 괜찮다고 여겼다. 그때 나는 남자들은 자신의 여자가 육체적으로 바람피우는 데 분노하는 반면, 여자들은 자신의 남자가 정신적으로 바람피우는 데 분노한다는 진화심리학적 연구 결과가 있다는 것을 몰랐다. 그때 나는 주관적 판단에 따라 그것이 아무런 문제가 없는 일이라고 생각했다.

실존주의 철학자 사르트르와 보부아르는 특이한 계약 결혼을 했다. 그들은 이 년마다 계약을 연장했고, 자유롭게 살면서 바람피워도 괜찮다는 조건이 있었다. 그들(특히 보부아르)의 속마음이 어땠을지 모르지만, 그들은 자유롭게 다른 사람과 사귀면서 오랫동안 부부 관계를 유지했다. 실존주의는 이렇게 개인의 주관적 자유를 강조하면서 관습이나 상투적 도덕을 무시할 수 있다.

사르트르에 따르면, 실존주의는 '실존이 본질에 앞선다'로 요약된다. 본질은 타인이 규정하는 것이다. 어떤 도구(예를 들어 의자)의 본질은 그 도구의 목적에 맞는 쓰임새다. 그러나 인간에게는 그런 쓰임새나 목적이 없고, 본질도 없다. 인간은 각자의 실존일 뿐이다. 문제는 이런 실존주의가 사회적 도덕이나 객관적 진리를 능가하는 주관도 허용할 수 있다는 점이다. 대체로 '내 인생은 내 맘대로'가 주된 모토이기 때문이다. 그 기준은 외부에 있는 것이 아니라 내 주관에 있다. 사르트르는 《실존주의는 휴머니즘이다》에서 "인간은 자신의 도덕을 선택하면서 스스로 만들어간다"고 말했다.

실존주의 소설가 카뮈는 현대 문학의 고전 중 하나인 《이방인》을 썼다. 주인공 뫼르소는 어머니의 장례식장에서 눈물을 흘리지 않았고 피곤하기만 했다. 그는 해변에서 한 아랍인을 여러 발 쏴서 죽인다. 전에 그 아랍인과 뫼르소의 친구가 적대 관계이긴 했지만, 그가 총을 쏜 이유는 '햇빛이 뜨거워서'라고 나온다. 그는 사형선고를 받고 감옥에서 생각한다. '다른 사람들의 죽음, 어머니의 사랑, 그런 것들이 내게 무슨 의미가 있다는 거야?' '내 생각은 옳았고, 지금도 옳고, 또 언제나 옳아. (…) 아무것도, 아무것도 중요하지 않아.'

실존주의와 주관적 가치는 나쁘게 보면 비도덕성을 포함

할 수 있지만(타인의 자유에 대한 허용이 장점이 될 수도 있다), 좋게 보면 순수한 자아다. 생텍쥐페리는 《어린 왕자》에서 어른들의 사회적 기준, 즉 돈과 명예에 집착하는 모습을 비판하고, 자신만의 가치와 주관적 감성을 강조한다. 그 책의 유명한 구절이 있다. "네 장미가 너에게 그토록 중요한 것은 네가 장미에게 들인 시간 때문이야." 그리고 자신이 그린 그림이 남들에게 모자처럼 보이더라도 코끼리를 삼킨 보아뱀이라는 자기 생각이 중요하다.

'자기만의 세계'는 모더니즘 후 감성의 시대에 오면서 더욱 각광을 받았다. 후설이 일으킨 현상학은 자신의 욕구와 의지가 반영된 개인적 지각과 인상을 '현상'이라 부르고, 그것을 연구하는 학문이다. 그러면 현대 서양의 구조주의는 관계성이 중요해 보이기 때문에 그 반례가 될까? 구조주의와 후기구조주의의 흐름은 자아가 사회구조에 '자기도 모르게 지배 받는 부분을 고발하려는' 움직임이었다(철학자 미셸 푸코를 보라). 관계성이 좋다고 본 것이 결코 아니다(다만 종종 개인의 도덕적 책임을 사회구조에 돌리는 명분이 될 수 있다).

니체, 프로이트 그리고 다윈

나는 내 감정에 충실하기로 했다. '나는 누구인가?'는 내가 오래전부터 해온 질문이자, 철학과를 택한 이유다. 이제 나는 그것이 내 실존이라고 생각한다. 그것은 다른 곳에 있는 것이 아니라 지금 여기, 나에게 있는 것이다. 나는 외계인인가, 인간인가? 이것이 궁금했다. 내 육체는 주변인들의 반응으로 볼 때 인간처럼 느껴진다. 외계인 같지 않다. 내가 꿈속에서 들은 것처럼 어쩌면 외계인이 임무를 부여하기 위해 나를 인간의 유전자로 만들었는지도 모른다. 그러면 나는 그런 목적을 위해 만들어진 도구인가? 한때 그와 비슷하게 생각했다. 하지만 실존주의뿐 아니라 칸트도 인간은 도구가 아니라고 했다. 내가 살아 있는 한, 나는 도구가 아니다. 내가 가진 욕구와 느낌이 남들에게도 똑같이 있는지 알 수 없다. 나도 남의 것을 잘 알 수 없다. 내가 아는 건 나의 것이 실존이라는 것이다. 인간인지 외계인인지 그런 구분은 '본질'을 의미한다. 실존은 본질에 앞선다. 인간이든 외계인이든 나의 실존과 아무 상관이 없다. '나는 바로 나다.' 나는 인간도 아니고 외계인도 아니다.

여름방학이 시작되었다. 지영은 같이 운전면허를 따자고

졸랐다. 나는 차도 없고 내키지 않았지만, 그녀가 하자는 대로 운전면허 시험을 봤다. 자동변속기만 다루는 가장 낮은 등급이지만 그녀와 함께 운전면허를 취득했다.

나는 인천에서 며칠간 록 페스티벌이 열린다는 소식을 들었다. 중학생 때 준식이 빌려준 '우드스톡 94 페스티벌' 비디오를 봤고, 그 자유롭고 열광적인 분위기에 감명 받아 저런 곳에 가봤으면 좋겠다는 강한 욕구를 품은 적이 있다. 인천에서 열리는 록 페스티벌은 텐트를 가져가서 묵을 수 있었다. 내가 좋아한 외국의 그룹은 오지 않았지만, 아는 외국 밴드가 한 팀 있었다. 진동하는 록 사운드를 가까이서 느끼기만 해도 좋을 것 같다. 하지만 지영은 록에 관심이 없었고, 국내 가요와 클래식을 주로 들었다. 그녀를 억지로 데려갈 수 없을 것 같아서 물어보지도 않았다.

나는 김선경에게 가지 않겠느냐고 문자메시지를 보냈다. 나는 그녀가 록을 좋아한다는 걸 안다. 휴학해서인지 이번에는 바로 답장이 왔다. 우리는 당일로 갔다 왔다. 야외 공연장의 분위기는 신선했다. 내가 열렬히 좋아하는 그룹의 공연은 없었지만, 그 분위기를 느끼고 왔다는 점에서 즐거웠다. 선경도 즐거웠다고 했다. 그녀를 친구로 대했고, 밤에 지하철에서 헤어졌다. 하지만 지영이 이 사실을 안다면 화낼 것이

분명하다. 밤에 가끔 연락을 안 하고 지나가는 날도 있었지만, 선경과 헤어지고 지하철에 있을 때 지영에게 전화가 왔다. 나는 대학 친구와 선배를 만나고 오는 길이라고 거짓말했다. 걸리더라도 건전한 록 페스티벌 구경이었다고 말할 것이다.

나는 영화 〈타이타닉〉을 좋아한다. 지영과 첫 키스를 할 때 비디오방에서도 이 영화를 골랐다. 이미 본 영화지만 상영 시간이 길기 때문이다. 잭은 하층민에 삼등실 투숙객이고, 로즈는 귀족에 일등실 투숙객이다. 잭은 가진 게 없고 천한 신분이면서도 뱃머리에 올라서서 "나는 세상의 왕이다!"라고 소리친다(로즈를 만나기 전이다). 그리고 잭은 로즈와 신분을 뛰어넘은 사랑을 나눈다. 내가 보기에 잭은 실존주의 성향이다. 로즈도 비슷하다. 그녀는 억압적이고 위선적인 상류층 문화에 염증을 느끼고, 당시 막 알려지기 시작한 심리학자 프로이트를 아느냐고 묻는다. 그리고 그녀는 하층민 잭과 만난 지 얼마 안 돼서 사랑을 나누고, 자신의 누드를 그림으로 남긴다. 기계문명의 꽃이자 희망이던 세계 최대 선박 타이타닉호의 침몰 자체가 모더니즘의 침몰을 상징하는 것으로 볼 수도 있다.

철학자 니체와 심리학자 프로이트, 생물학자 다윈은 근대 이후 현대의 문을 연 대표적 선구자다. 니체와 프로이트는 현대 철학과 관련 수업을 들으며 찾아보게 되었고, 다윈에 대해서는 그보다 한참 뒤에 자세히 알고 싶어서 혼자 진화론 관련 서적을 탐독했다.

헤겔은 모더니즘 철학의 끝판왕이고, 근대의 대표적 빌런인 듯 현대 사상가들에게 수많은 비판을 받았다. 그를 비판한 일 번 타자는 동시대에 그의 영향력을 시기한 쇼펜하우어다. 그는 욕구 같은 무의식적 감성이 표상을 만들어 우리의 경험을 지배한다고 보았다. 이런 아이디어는 최초의 전형적인 현대 철학적 주장이다. 쇼펜하우어의 주장이 약 반세기 뒤 니체에게 직접적으로 큰 영향을 주기도 했다. 하지만 철학과 교수님은 현대 철학의 시초가 니체라고 가르쳐주었다. 쇼펜하우어는 왜 시초에서 제외되었을까? 지금도 그렇지만 당시에 '듣보잡'은 아니었을 텐데.

나는 나중에 그 이유를 깨달았다. 쇼펜하우어는 주류 철학계에서 꺼릴 만한 결정적인 약점이 있었다. 그는 욕구가 개입된 표상(지각과 인상)으로 인해 인간이 주관에 갇혀서 불행해진다고 보았고, 그것을 극복할 방법을 찾지 못한 비관주의와 염세주의 철학을 펼쳤다. 겨우 찾은 대안이 불교식 명상과 해탈이었다. 서양의 주류 철학은 자신에게 내재한 힘

174

과 의지를 믿고 긍정하는데, 쇼펜하우어는 이에 어긋났다. 반면 니체는 인간이 욕구와 본능에 지배 받지만(추동되지만), 그것이 '좋다'고 본 최초의 철학자다. 그래서 주류 철학계에서 시초로 인정받는다. 니체는 인간의 생물학적 본능을 긍정하고, 다른 동물과 인간의 공통점을 찾고, 그것을 억압하려는 종교와 같은 도덕적 억압을 비판했다. 그는 소크라테스와 플라톤에서 시작한 이성 중심 진리 추구도 크게 비판한다. 개인에 내재한 본능과 욕망, 감성을 억압하기 때문이다(참고로 니체는 주로 본능적인 권력욕에 주목했다).

심리학자 프로이트는 자아가 의식적으로 파악하지 못하는 무의식의 중요성을 널리 알렸다. 의식은 빙산의 일각일 뿐이다. 근대 모더니즘은 의식 중심의 경향이다. 의식적으로 경험하고 이성적으로 따져보는 것으로 올바른 세상의 모습과 진리를 파악하려 했다. 그것은 의식적 정신 안에서 이루어진다. 반면 무의식은 주로 육체, 본능, 습관에 있다. 무의식을 탐구하는 것으로 이후 심리학이 융성하고 독립적으로 발전하게 된다.

프로이트를 더욱 유명하게 만든 것은 무의식의 근원을 주로 '성욕'에 두었다는 점이다. 그에 따르면 리비도라고 부르는 성욕(성적 충동)은 심지어 유아기부터 있다. 아기가 젖을 빨고 배설하는 행동도 성욕의 충족이며, 그것에 불만족하면 무의식으로 남아 성인기까지 심리적 문제를 일으킨다고 보았다. 성인기에는 사회적 도덕관념 같은 슈퍼에고가 이드(본능)를 억압한다고 보고, 그 충돌이 해소된 조화가 정신 건강의 길이라고 한다. 무의식의 근원을 성욕으로 보는 주장은 오이디푸스콤플렉스를 비롯해 신화적이고 시적인 상징까지 결합되어 오래전부터 각지에서 많은 비판을 받았다. 그런데도 프로이트의 이론은 1990년대 말까지 엄청난 사회적 영향력을 행사했고, 심리학자와 정신과 의사를 매료했다. 그것은 포스트모더니즘 경향에 잘 맞았기 때문에 오랫동안 막대한 영향력을 발휘할 수 있었다. 즉 앞에서 살펴본 육체적 쾌락 이슈와 관련이 있다.

이제까지 나는 선경에게 여자 친구가 있다고 말하지 않았다. 그녀가 질문하지 않았다. 나는 먼저 밝히지 않았지만, 그녀가 물어본다면 아마도 양심적으로 거짓말할 수 없을 것이다. 그 상태도 결국 끝나고 말았다.

가을 학기가 개강하고 얼마 안 되어 선경에게서 언제 같이 점심을 먹자는 문자메시지가 왔다. 우리는 학교 근처 식당에서 밥을 먹고 있었다. 대화가 이어지는 도중에 그녀가 내게 여자 친구가 있느냐고 물어봤고, 나는 있다고 대답할 수밖에 없었다. 그 순간 그녀의 눈빛이 약간 멍해졌다. 그리고 언제부터 사귀었느냐고 물었다. 나는 잠깐 생각한 뒤 이주일쯤 됐다고 거짓말했다. 작년 크리스마스 때부터 사귀었다고 솔직히 말하면 여름방학에 그녀와 만났을 때와 겹치면서 더 큰 실망감을 줄 것이다. 점심을 먹고 헤어질 때 선경은 웃는 얼굴로 손을 흔들었다. 과연 속까지 웃고 있을까? 먼저 밝히지 않은 것은 내 사랑이나 관심, 보살핌을 바라는 듯 보이는 그녀에게 실망을 주고 싶지 않았기 때문이다. 어떤 걸 바랐는지 확실치 않지만 실망을 줘서 미안했다.

그 후로 한동안 선경에게 연락이 오지 않았다. 나도 여러 가지로 눈치가 보여서 연락하지 않았다. 변한 것 같은 관계에 가슴이 아팠다. 나는 그녀와 정신적으로 바람피우고 있었을까? 이제는 어떻게 해야 할지 모르겠다. 두 달 뒤에 우연히 성우, 은주, 선경과 점심을 먹었다. 그저 학교 친구처럼 대화했다. 지영은 내년 봄 학기까지 다니면 졸업이라고 한다. 나는 내년 가을 학기까지 다니면서 학점을 채워야 한다.

이듬해 새 학기가 시작되고 얼마 되지 않은 아직 겨울 같은 날이었다. 선경에게서 문자메시지가 왔다.

[안녕하세요. 오랜만에 같이 저녁 먹을래요?]

웬일이지? 너무나 반가웠다. 약속 시간을 정했다.

오랜만에 본 선경은 안경 대신 렌즈를 착용하고 있었다. 우리는 전에 간 스페인 식당에 들어갔다. 내가 말했다.

"저는 여기도 상관없지만, 똑같은 곳인데 괜찮겠어요?"

"네, 여기서 먼저 간단하게 먹죠. 사실은 밥보다 술을 마시고 싶었어요. 저번처럼요."

"갑자기 왜 술을 마시고 싶어졌어요?"

"그냥… 가끔 술 마시고 싶을 때가 있잖아요. 헤헤. 그런데 저번처럼 술 마시다가 누가 쫓아오면 어떡해요. 그래서 같이 마셔줬으면 좋겠어요."

"그때 혼자 마셨던 거예요? 밤에 전화했을 때요."

"네."

"음… 좀 위험하지 않을까요?"

"글쎄요… 앞으로 조심할게요. 그럼… 나중에 또 같이 술 마셔줄 수 있어요? 혼자 마시지 말라면서요."

"음… 아마… 그렇게 할게요."

나는 그 대답을 이렇게 뜸 들이며 하고 싶지 않았다. 예상치 못한 질문에 생각이 잠깐 복잡해졌을 뿐이다. 내가 머뭇거리며 대답하는 모습을 보고 선경은 그 이유를 짐작할 것이다. 아직 여자 친구가 있다는 것을.

우리는 전에 간 술집에 갔다. 전과 달리 먼저 칵테일을 시켰는데, 그녀는 알코올 도수가 높은 것을 마셨다. 나는 조심스럽게 그녀의 집이 정말 커 보였다고, 잘살지 않느냐고 물었다. 선경은 아버지가 병원장이고, 서울과 일산에서 종합병원 세 곳을 운영하고 있다고 한다. 어머니도 의사, 오빠와 언니도 의사라고 했다. 고아나 마찬가지인 나와 그녀는 흔히 말하는 사회적 지위의 격차가 클 것이다. 나는 그런 건 잘 모르겠지만…. 우리는 학교생활에 대해 잡다한 이야기를 했고, 선경은 〈에반게리온 신극장판〉이 제작 중이라고 했다. 우리는 맥주를 계속 마셨다. 그녀가 더 많이 마셨다. 지하철 막차 시간이 얼마 남지 않아서 일어날 때가 되었다. 이번에도 그녀의 손을 잡게 될까? 밖에 나와서 선경이 말했다.

"오늘도 많이 마신 것 같아요. 집까지 바래다줄래요?"

그녀는 약간 비틀거렸고, 누가 먼저였는지 모르지만 우리는 손을 잡고 걷고 있었다. 부촌의 높은 담벼락 아래를 걸었다. 찬 바람이 불었고 잡은 손은 따뜻했다. 말이 끊긴 채 걷다가 내가 말했다.

"이제 거의 다 왔네요."

"정민 씨… 할 말이 있어요. 저를 어떻게 생각해요?"

"좋은 사람이라고 생각해요."

"그럼… 저랑 사귈 수도 있어요?"

"……."

갑자기 그녀의 손아귀에서 힘이 느껴졌다. 하지만….

"미안해요… 선경 씨는 좋은 사람이지만, 지금 저는….."

"아니에요, 미안해요. 제가 술을 많이 마셨나 봐요."

잠시 침묵이 흐른 뒤, 선경이 말했다.

"그러면 지금 저를 안아줄래요?"

나는 안고 싶었다. 다만 안는다는 건 지금 옷을 입은 채 포옹한다는 의미인 것 같다. 나는 고민했다. 안아주는 것 정도는 어떤가. 하지만….

"…집에 다 왔어요. 이제 들어가서 쉬는 게 좋겠어요."

선경은 내가 여자 친구가 있다는 것을 알면서도 왜 그랬을까. 어떻게 해야 할지 몰라 거절할 수밖에 없었고, 그 후 한동안 그녀와 어색하게 지냈다. 미안했다. 하지만 몇 달 뒤 다시 아무 일도 없었다는 듯 학교 친구처럼 대화했다.

지영은 여름에 졸업했고, 식품 유통과 여러 외식업체 브랜드를 운영하는 꽤 큰 기업에 인턴으로 들어갔다. 마케팅을 한다는데 잘하면 새해에는 정직원이 될 수 있을 것이다. 몇 년 전까지 방송국 PD가 꿈이었지만 포기했다고 한다.

나는 심리학과 대학원에 가고 싶었다. 내가 아는 것과 관련이 많지만 좀 더 넓으면서도 다른 분야를 경험해보고 싶었다. 지영이 충고해준 대로 심리학 전공 기초 수업을 두 개 들었고, 철학과 관련이 깊은 도덕 심리학 쪽에 관심이 생겨서 관련 교수님을 찾아뵙고 눈도장을 찍었다. 가을 학기 중에 석사 입학시험을 치러 합격했다. 선경은 봄 학기부터 머리를 자르지 않아 어깨 밑까지 내려왔다.

심리학을 공부하면서 자연스럽게 생물학에도 관심이 생겼다. 나는 진화론을 정확히 알아봐야겠다고 생각했다. 다윈의 진화론은 생물학뿐 아니라 사회적으로 엄청난 파장을 불러일으켰다. 그리고 창조론을 믿는 종교계와 부딪히고 있다. 니체는 인간과 동물의 공통점에 주목했고 진화론도 그렇다. 다만 진화론은 그것을 과학적으로 밝혔다. 종교가 진화론을 공격하는 이유는 창조론을 부정한다는 점이 첫째겠지만, 인간을 '짐승'과 다를 바 없이 낮추는 것에 대한 반감도 크다. 그리스도교에서는 인간이 신을 닮았고 신이 허락한 특별한 존재이며, 다른 동물과 비교할 수 없는 높은 차원에 있다. 인간이 원래 동물에 불과하고 특별할 게 없다는 진화론의 개념은 혐오스럽고, 신과 종교에 대한 모독이나 마찬가지다. 유교에서도 인간을 짐승에 비유하는 것을 무척 싫어할 것이다.

'인간의 위대함'은 이성의 시대의 특징이기도 하다. 근대의 정신은 종교보다 인간 이성의 뛰어난 힘과 능력을 중시한다. 즉 인간은 이성이 있기에 더욱 특별하다. 인간이 동물과 다르지 않다는 진화론의 가정은 종교에 대한 반박이면서, 어쩌면 그보다 근대의 인간 중심적 사고(인간중심주의 혹은 인간 우월주의)에 대한 반박이다. 인간을 특별하게 본다는 점에서 이성 중심의 근대 철학과 종교는 다르지 않다. 반면에 진화론과 현대 생물학, 심리학에서는 인간과 동물의 철저한 경계가 무너지고, 인간도 다른 동물과 마찬가지로 환경에 적응하면서 자연선택으로 우연히 진화한 결과이고, 무의식과 본능, 감성에 의해 주로 행동한다고 보는 경향이 있다.

12월에 지영은 다니던 회사의 정직원이 되었다. 우리는 크리스마스에 정직원이 된 것과 사귄 지 이 주년을 축하하면서 저녁 식사와 진한 키스를 나눴다.

2007년 2월 졸업식에 지영은 연차를 써서 올 수 있다고 했지만, 나는 말렸다. 그녀의 일에 방해가 될 수도 있고, 나는 졸업식에 큰 의미를 두지 않았다. 선경도, 은주도 같이 졸업했다. 성우는 한 학기 더 다녀야 한다. 우리는 학사 가운을 입고 사진을 찍었다. 원장 수녀님도 와주었다.

선경이 내게 흰 봉투를 내밀었다. 청첩장이었다. 깜짝 놀라 말했다.

"이게 뭐예요? 정말이에요?"

"저 다음 달에 결혼해요. 꼭 와주세요."

"아… 축하해요. 정말 놀랐어요… 갈게요."

어안이 벙벙했지만 웃는 것처럼 표정 관리를 하고 있을 때 은주가 말했다.

"나는 아까 받았어. 그날 식장에서 보자."

3월의 신부가 되는 선경은 웨딩드레스를 입고 안경 대신 렌즈를 착용하고 있었다. 성당에서 결혼식이 많이 열리지만, 또래의 결혼식장에는 처음 와봤다. 호텔 연회장의 천장 높이며, 아름다운 장식과 넓은 실내가 압도적이었다. 웨이터가 날라주는 스테이크도 고급이었다. 은주는 이런 데 다니면 다른 결혼식장에 가서 실망할 것 같다고 말했다. 신랑 얼굴은 평범했고 어떤 사람인지 모르지만, 집안이 좋을 것이 분명하다. 결혼 소식을 접한 뒤 나는 얼마 동안 약간 허무한 기분이었는데, 이제는 다 잊고 축하해줘야겠다고 생각했다.

심리학과 대학원에서 지도 교수님의 연구실에 들어가 실험 보조 같은 일을 하다 보니 학비가 꽤 줄었다. 수업과 공부는 적성에 맞는 편이지만, 어려운 논문을 많이 읽어야 하는 점에서 힘들었다. 지영도 회사 일이 힘들다고 했다. 그래도 우리는 일주일에 한 번씩 꼭 만났다. 의무적이었다. 연락은 이삼일에 한 번이었다. 여름에는 그녀의 어머니 차를 가지고 1박 2일로 동해안에 갔다 왔다.

대학원 가을 학기가 끝났고, 〈에반게리온 신극장판〉이 1월에 개봉한다는 소식을 들었다. 나는 십 년 전에 완결된 이야기를 어떻게 새로 만들었을지 너무 궁금했고 보러 가고 싶었지만, 지영은 〈에반게리온〉에 관심이 없었다. 나는 특히 1997년 극장판을 추천했는데, 그녀는 시큰둥했고 결국 보지 않았다고 한다. 아무래도 혼자 보러 가야 할 것 같다. 그런데 선경에게서 문자메시지가 왔다. 같이 보러 가지 않겠느냐는 것이다. 결혼했는데 그래도 되느냐고 물으니, 괜찮다고 했다. 이 작품이 제작 중이라는 말을 들었을 때부터 개봉하면 선경과 보고 싶었다.

눈가루가 사방으로 흩날리던 날, 선경과 강남역 근처 극장에서 만났다. 선경은 다시 머리를 짧게 잘라서 레이와 비슷한 스타일이 되었다. 남편은 〈에반게리온〉에 관심이 없다고 한다. 영화는 재미있었다. 그녀는 만족한다고 했다.

"집에 빨리 들어가야 하지 않아요?"

"괜찮아요. 신랑은 오늘 제가 친구 만나는 걸 알고 있어요. 그이도 늦게 들어올 거예요."

그 친구가 나 같은 남자 한 명이라는 걸 아는지 모르겠다. 우리는 인도 음식점에서 저녁을 먹었다. 나는 그동안 궁금했던 점을 조심스럽게 펼쳐내기 시작했다.

"졸업식 날 결혼한다고 했을 때, 깜짝 놀랐어요. 다른 사람들에 비해서 좀 빠른 것 같아서요. 요즘은 다들 늦게 하는 추세니까…."

"그럴 것 같았어요. 그건… 미안해요…."

말을 그친 선경의 눈망울이 약간 더 촉촉해졌다.

"아니, 미안하다니요. 축하해야 할 일인데요. 그런데 신랑은 어떤 사람이에요?"

"부모님이 만나보라고 했어요. 신랑은 철강 제품을 만드는 중견 기업에서 대를 이어 회사를 경영하고 있어요. 저보다 열한 살이 많아요."

"아… 나이 차가 꽤 있네요. 신랑의 어떤 점이 좋았어요?"

"그냥… 믿음직스러워요. 똑똑하고…. 정민 씨는 지금 사귀는 사람 있어요? 그때는 있었잖아요."

"네, 그때 그 친구랑 아직 사귀고 있어요."

"오… 상당히 오래 사귀었네요. 그럼 결혼할 거예요?"

"음… 글쎄요. 저는 결혼에 대한 생각이 별로 없고, 사귄지 오래되다 보니까 점점 매너리즘에 빠진다고 할까 만나는 횟수도 줄고 열정이 많이 식었어요. 아마도 오래 못 갈 것 같아요. 그 친구도 예상하고 있을 거예요…."

"그렇군요… 어쩔 수 없죠."

밥을 먹고 거리로 나왔다. 여느 때처럼 강남역 유흥가에는 인파가 붐볐다. 선경이 말했다.

"술을 마시기는 좀 그렇고, 노래방이나 갈래요?"

"가고 싶으면 가요. 정말 몇만 년 만에 가보겠네요."

사실 그 정도로 오래된 건 아니고 봄 학기 중에 대학원 연구실 회식 때 갔다. 선경과 가는 것은 처음이다. 어릴 때는 가요를 불러야 하는 분위기 때문에 노래방을 싫어했는데, 사람들과 만나면서 노래방 가야 할 일이 생기니까 부를 만한 노래를 몇 곡 알게 되었다. 요즘에는 부르고 싶은 신곡도 있었다. 중·고등학생 시절과 달리 나도 이제는 국내 아이돌 댄스 가수의 노래를 좋아한다. 아마도 모더니즘 관점에서는 대중 가수를 아티스트라고 부르지 않을 것이다. 고상하지 않은 오락에 불과하다고 볼 것이기 때문이다(댄스 가수는 더하다. 반면 록은 비틀스 이래 아티스트 대우를 일찍 받은 편이다). 그러나 요즘은 대중 가수를 전반적으로 아티스트라고 부른다. 팝아트가 고상한 것처럼.

선경은 〈신세기 에반게리온〉과 〈신비한 바다의 나디아〉

의 일본어 OST를 불렀다. 나는 아이돌 댄스 장르의 신곡을 노래방 기기에 예약했고, 그녀가 또 다른 가요를 예약하고, 내가 영국 록그룹 스웨이드의 노래를 예약했다. 한방에 두 명뿐이니 예약 대기 중인 곡이 많지 않았다. 십 분이 남았을 때는 레퍼토리를 모두 짜내도 예약한 곡이 없었다. 음악이 꺼지고 노란 조명 아래에서 나는 노래 목록 책자만 뒤적거렸다. 선경이 내 옆에 앉아서 말했다.

"정민 씨, 하고 싶은 말이 있어요."

"뭔데요?"

"이태원에서 술 마시고 집에 걸어갈 때, 제가 안아달라고 한 거 기억나세요?"

"네…."

"그때 솔직히 안고 싶었죠? 왜 안 안아줬어요?"

"그때는… 선경 씨 집에 다 가기도 했고… 여자 친구 때문에 그랬어요."

"그럼 지금 저를 안아봐요."

선경은 일어났다. 나도 조금 뒤 일어났다. 그리고 우리는 부둥켜안았다. 오래전부터 실루엣으로 감지한 그녀의 풍만한 가슴이 내 가슴팍에 전부 느껴졌다. 오래전부터 이 느낌이 궁금했다. 이래도 될까? 밀착한 가슴이 서서히 떨어지고,

그녀와 천천히 키스했다. 키스는 점점 강렬해졌다. 갑자기 정신이 돌아왔고 그녀에게서 입술을 뗐다. 그리고 말했다.

"안 되겠어요. 너무 위험해요…. 그만 집에 가는 게 좋겠어요."

"알아요, 저도 선은 지키려고 했어요. 이걸로 됐어요."

선경은 택시가 아니라 같이 지하철을 타겠다고 했다. 헤어질 때 우두커니 서 있는 그녀는 손을 흔들었다.

'이것으로 된 거야… 내 생각하지 말고 잘 살았으면 좋겠다…. 이제 정착하고 흔들리지 말기를….'

지영과 내 관계도 정리할 때가 된 것 같다. 벌써 봄이고, 너무 오래 끌었는지도 모른다. 지영과 나는 생활 패턴이 너무 다르다. 지영은 대학에 갇혀 있는 나보다 큰 세상에 살고 있다. 새로운 남자를 만날 기회도 많을 것이고 남자들에게 인기도 많을 것이다. 이제 그녀의 새 삶을 위해 보내줘야 한다.

나는 긴 문자메시지를 보냈다. 바로 앞에서는 진지하게 말하지 못할 것 같다. 한참 뒤, 그녀에게 전화가 걸려왔다. 알겠다고. 아마 크게 놀라운 이야기는 아니었을 테지만, 목소리는 조금 떨리고 있었다. 전화를 끊고 나는 한참 눈물을 흘렸다. 삼 년이 넘는 동안 즐거웠고, 고마웠어….

카르페 디엠

많은 심리학 논문은 감성의 중요성을 말하고 있었다. 나는 철학과 심리학의 가장 큰 차이점이 의식과 무의식에 있다고 생각했다. 대체로 철학은 우리가 의식적으로 어떻게 생각하고 어떤 사상과 의식을 갖는 것이 좋은지 연구한다. 반면에 심리학은 사람들이 특정 상황에서 무의식적으로 어떻게 생각하고 행동하는 경향이 있는지 주로 연구한다. 그래서 실험을 하고 통계를 내어 일반적인 경향을 밝힌다.

나는 철학을 전공한 장점을 활용할 수 있는 도덕 판단에 관한 심리학을 주로 연구했는데, 심리학에서는 도덕의 근원이 진화 과정을 통해 본능적으로 가지게 된 기제라고 본다. 그래서 감성을 중요하게 여긴다. 근대의 대표적 윤리학인 칸트의 의무론이나 벤담과 밀의 공리주의는 이성적으로 완벽하면 완벽하게 도덕적이라고 보았다. 그런데 철학계(윤리학)에서도 1980년대 후반부터 변화가 일어났다. 감성적인 '덕 윤리'가 떠오른 것이다. 덕 윤리는 사람의 본능적이거나 감성적인 무의식에 기초한 도덕이다. 특히 유덕한 사람은 도덕적 행위를 이성적으로 일일이 따져보고 하기보다 무의식적·습관적으로 하는 특징이 있다.

다양하고 전반적인 의사 결정에서 '직관의 힘'이 부상했다. 직관은 이성적으로 따지는 과정이 아니라 빠르게 무의식적으로 발휘하는 것이다. 직관은 원래 애매한 개념이었지만, 이제는 심리학에서 중요한 정식 개념이 되었다. 직관이 의사 결정 과정에서 큰 역할을 하고, 종종 이성적 사고보다 좋은 판단에 도움이 된다는 연구가 많이 발표되었다(말콤 글래드웰의 베스트셀러 《블링크》는 이것을 다룬다). 타인과 감성적 공감에 관한 연구도 붐이 일었다. 공감은 소통뿐 아니라 도덕에서도 매우 중요하다. 공감 능력은 타인을 해치는 비도덕적 행동을 방지한다. 사이코패스는 타인의 아픔에 거의 공감하지 않는다.

나는 연구실에서 뇌파를 측정하는 방법(EEG)을 익혔고, 석사 논문 연구에도 사용했다. 하지만 뇌파 측정은 활성화되는 특정 뇌 부위를 정교하게 알기 어렵고, 제대로 알려면 MRI 장비를 사용해 뇌를 촬영해야 해서 비용이 많이 들고 대학 병원의 협조가 필요하다. 내가 박사과정까지 간다면 그것에 대해 배워서 다룰 수 있을 것이다.

나는 회의감이 든다. 내 궁극적인 목표는 어떻게 살아야 하는지 알아내는 것이고, 심리학은 현재 사람들의 일반적 성향을 파악할 뿐, 그 해답을 알아내는 데 한계가 있다. 게다가 나는 인간의 뇌 구조를 더 자세히 봐야 할 필요성을 못 느낀다. 이제 뇌 과학과 심리학에서 벗어나 더 폭넓고 자유롭게 철학을 공부하고 싶었다. 지도 교수님께 죄송하지만, 석사후에 다시 철학으로 방향을 정했다.

취직해서 돈을 벌지 않고 여전히 집에서 학비와 용돈까지 받는다는 점이 마음에 걸리지만, 나는 거의 배 째라는 식으로 고집하고 밀어붙였다. 다행히 원장 수녀님은 내가 뜻이 있을 것이라 생각했는지, 계속 지원해주실 것 같다.

철학과 박사과정 입학을 앞둔 2010년 1월, 지영에게 연락해서 영화를 보자고 했다. 그녀와 나는 이제 친구다. 우리 사이에 어떠한 스킨십도 없다. 지영은 여전히 나를 좋게 보는 것 같고, 나도 그렇다. 친구로서 말이다. 영화를 보고 저녁 식사 자리에서 지영이 깜짝 놀랄 말을 했다.

"나 이번 학기부터 대학원 다녀. 우리 학교 철학과로 입학했어."

"정말? 그러면 회사는 어떡하고?"

"회사는 그만둘 거야. 삼 년 정도 다녔으니까 이제 정말로 하고 싶은 걸 해보려고… 회사 일이 점점 지겹기도 하고."

"그런데 철학을 공부하고 싶었던 거야? 왜 심리학이 아니고…."

"네 영향도 조금 있는데, 왠지 내 적성에 맞는 것 같아. 사람들은 실용적이지 않다고 하지만, 의외로 인문학에 대한 수요가 커지고 있어. 어쩌면 틈새시장이겠지. 학비는 내 돈으로 내도 용돈까지 계산하면 좀 쪼들릴 거 같아. 나중에 엄마한테 용돈은 달라고 해볼까 싶어. 호호."

그녀는 부모님과 같이 살고, 그동안 남자 친구를 짧게 사귄 적이 있다고 했다. 지금은 없지만.

2010년 봄에 나는 휴대폰을 아이폰으로 바꿨다. 애플은 초창기부터 감성을 중시했다. 과거에 다른 회사가 만든 컴퓨터는 마치 엘리트 기술자용 같은 어려운 방식이었지만, 스티브 잡스와 애플의 제품은 사용자 중심, 감성 중심이었다. 그것이 결국 스마트폰 혁명으로 꽃을 피웠다.

그해 가을에는 동생 연지가 성당에서 결혼했다. 나와 달리 빨리 취직하고, 결혼하기 전까지 한집에 살면서도 경제적 지원을 받지 않았다. 나는 그만큼 여유가 생겨서 내가 지원받기 쉬울 거라는 이기적 생각이 들었고, 한편으로 고맙기도 했다. 용돈을 받는 내 처지를 부끄러워할 필요는 없다는 변명거리가 있다. 나는 가끔 텃밭 농사를 돕고, 미사나 행사 운영과 뒤처리에 일손이 부족할 때나 원장 수녀님의 사무적인 일이 어렵거나 급할 때 잡다한 일을 했다. 솔직히 귀찮아서 깊이 관여하려고 하지 않지만, 성당이 돌아가는 데 내가 일정 부분 도움이 되는 건 분명하다.

이제는 나도 여기서 나가고 싶은 마음이 굴뚝같다. 잡다한 일이 귀찮은 건 둘째 치고, 항상 원장 수녀님과 신부님 등 주변 사람들의 눈치를 봐야 하고, 가고 싶지 않은 미사에도 매주 나가야 한다. 속으로는 아니지만 겉으로는 신자 행세를 하고 있었다. 언제까지 이렇게 사생활과 자유가 억압된 채 남들 눈치를 보며 살아야 하는가. 점점 인내심에 한계를 느꼈다. 하지만 취직을 하거나 갑자기 큰돈이 생기지 않으면 독립은 불가능했다. 우울증이 스멀스멀 재발하는 것 같다.

나는 분홍색 공책에 협박성 글을 적었다. 돈이 없어서 점점 그 임무를 수행하기가 어렵다고, 앞으로 취직해서 일하느라 그 임무를 수행하지 못하거나 모든 걸 포기하고 절망의 나락에 빠질 수도 있다고, 죽을 수도 있다고, 그러니까 제발 많은 돈을 달라고 적었다. 트란인이 이 글을 보고 어떤 도움을 주지 않을까 상상해보았다.

이 주일쯤 후, 나는 어떤 소리 때문인지 잠에서 깨어 직감적으로 밖으로 나갔다. 밤하늘에 유성이 떨어지고 있었는데 그것이 점점 이쪽으로 왔다. 유성은 가까운 계곡 쪽으로 떨어졌다. 주변에는 나밖에 없었다. 그쪽으로 가보니, 움푹 파인 곳에 약간의 빛과 열기가 있고 작은 멜론만 한 돌멩이가 보였다. 운석 같았다. 다양한 색이 섞이면서 아름다운 빛깔을 띠었다. 나는 그것을 가지고 방으로 들어갔다. 아침에 일어나니 돌멩이가 그대로 있었다. 꿈이 아니었다.

며칠 뒤 어떤 연구 기관 사람들이 성당에 와서 운석을 보았느냐고 수소문하고 있었다. 나는 그들에게 운석을 보여주고 함께 연구소로 가서 그것을 맡겼다. 그들은 몇 주일간 검사하더니 운석을 팔라고 했다. 그들은 비양심적인 것 같지 않았다. 운석이기만 해도 비싼데, 그 안에 희귀한 보석 성분까지 포함되어 있다며 팔천만 원을 주겠다고 했다. 나는 한번에 승낙하지 않았다. 별로 마음에 안 든다며 몇 주간 버티다가, 세금을 빼고도 일억 원이 남을 만한 돈을 받았다.

원장 수녀님께 미안한 마음도 있지만 나는 이제 독립할 것이다. 돈이 많으니 폼 나게 강남에 원룸을 얻을까 생각했는데, 아무래도 학교에 다녀야 하니 걸어서 통학할 수 있는 거리에 집을 알아봤다. 학교 근처에 월세가 구십만 원이나 되는, 방과 거실이 따로 있는 집에 들어갔다.

나는 자유로워졌고, 여자를 사귀고 싶다는 욕구가 커졌다. 종종 길거리나 지하철에서 예쁜 여자를 보면 말을 걸어볼까 생각한다.

지하철 환승 통로에서 갈색으로 염색한 긴 머리에 날씬한 다리가 눈에 띄는 여성이 앞에 걸어갔다. 앞서가서 힐끔 그녀를 보았는데, 나를 잡아끄는 듯 뇌쇄적인 외모였다. 저 여자에게 말을 걸어보자…. 남자 친구가 있는지 물어봐야 하나 생각했는데, 어색할 것 같다. 그녀는 지하철을 기다리는지 텅 빈 벤치에 앉아 있었고, 주변은 한산했다. 전광판을 보니 지하철은 육 분 뒤에 도착한다. 시간이 없다.

"저… 실례지만, 제가 아까부터 봤는데요. 제 이상형이세요… 전화번호를 가르쳐주시면 안 될까요?"

그녀는 밝은 갈색 렌즈를 끼고 있었는데 그 때문에 더 섹시하게 보였는지도 모른다. 내 발부터 머리까지 그녀의 시선이 올라오더니 조금 뒤 말했다.

"혹시, 차 가지고 있어요?"

"차요? 없는데요."

"음… 한 가지 가르쳐줄게요. 요즘 여자들은 차 있는 남자를 좋아해요."

나는 전혀 예상치 못한 말에 당황했다.

"그래요? 몰랐어요. 그런데 왜 차가 있어야 하는 거예요? 운전면허는 있는데요."

"차가 있어야 놀러 다니고 데이트하기 편하니까요. 집에 안전하게 데려다줄 수도 있고요."

차를 가지고 다니는 게 왜 편한지 이해가 안 됐지만, 이대로 포기할 수 없었다.

"차 살 돈은 있어요. 차를 사면 되잖아요. 그럼 저를 한번 만나보실래요?"

"호호, 차를 산다고요? 저를 위해서?"

"네."

"호기심이 생기네요. 그럼 전화번호 가르쳐드릴게요. 내일이나 모레 보기로 해요."

이틀 뒤 그녀와 만나서 파스타를 먹었다. 그녀의 이름은 이혜미. 나보다 두 살 어렸다. 요가 강사 일을 하고 있다고 했다. 혜미가 말했다.

"그런데 정말로 차 살 거죠? 차가 있으면 편하긴 한데. 저도 면허는 있어요. 차는 없지만."

"물론 사야죠. 그런데 어떤 차를 사는 게 좋을까요?"

"처음에는 중고차를 사는 것도 괜찮아요. 다들 그렇게 하니까요. 너무 비싼 차는 필요 없어요."

"좋은 생각이에요. 그럼 이따가 같이 중고차 사이트를 검색해봐요."

카페에 마주 앉아 내 스마트폰으로 중고차를 찾아보고,

며칠 뒤 혜미와 다시 만나서 국산 중형차를 샀다. 그녀를 옆에 태우고 남산 자락에 있는 레스토랑에 가서 밥을 먹었다. 갑자기 편한 사이가 되어 서로 존댓말도 하지 않고 그녀는 나를 오빠라고 불렀다. 어둑어둑해졌을 때 남산을 산책하다가 그녀와 나는 키스했다. 차에 돌아와서 다시 열정적인 키스를 한 뒤, 나는 욕망을 서서히 드러냈다.

"이대로 헤어지기는 아쉽다. 어디 가지 않을래? 쉴 수 있는 곳에…."

"그래요."

우리는 근처 모텔에 차를 대고 들어갔다. 혜미는 자신이 원래 이렇게 빨리 모텔에 가는 여자가 아니라고 했다. 오빠를 정말 좋아하니까 이러는 거라고. 그녀는 적극적이었다. 그녀를 만난 건 행운이라는 생각이 들 정도로. 그 후 일주일에 한 번씩 혜미와 만났고, 모든 데이트 비용은 내가 냈다. 그녀는 가끔 커피 값만 계산했다. 그것은 무언의 약속과도 같았고, 나는 불만이 없었다. 나는 돈이 많고 혜미가 나의 억눌린 리비도를 해소해주었기 때문이다. 그녀는 돈을 안 쓸 뿐 착했다. 대화하면서 정서적인 안정감도 주었다. 우리는 비싼 음식도 많이 먹으러 다녔고, 나는 그녀에게 비싼 선물을 해주고 싶었다. 종종 백화점에서 옷을 사주었다. 혜미는 좋은 백을 갖고 싶다고 말했는데, 그건 나중에 해외여행 가서 사주겠다고 했다. 여름에는 그녀와 3박 4일간 홍콩에 갔고, 나는 루이 비통 백을 선물했다. 지영과 사귈 때도 외국은 안 가봤고, 첫 해외여행이었다.

카르페 디엠, 현재를 즐겨라. 이것이 현재 나의 모토다. 영화 〈죽은 시인의 사회〉에 나와서 유명해진 이 말은 1980년대 말부터 세계적으로 유행하기 시작해 지금까지 많은 사람에게 영감을 주고 있다. 당시 시대 경향과 어울리는 점이 많았다. 이성적 계획은 접어두고 현재에 가까운 감성을 선호하는 철학. 그에 따라 요즘 나는 맛있는 음식과 여행, 육체적 쾌락에 빠져 살고 있다. 어쩌면 이것이 우리 인생의 목적인지도 모른다. 내가 돈을 펑펑 쓰는 이유는 트란인이 약속한 서른 살이 얼마 남지 않았기 때문이다. 그것은 내년이다. 그 말대로라면 이후는 계획할 필요가 없다. 내년 말에 돈이 바닥날지 모르지만, 지금은 그 뒤를 생각하지 말자.

10월 혜미의 생일에는 또 다른 명품 백을 선물했다. 백도 크기와 종류가 여러 가지 아닌가. 크리스마스에는 더 큰 선물을 했다. 나는 커플링을 싫어해서 반지는 사지 말자고 했고, 그녀에게 다이아몬드가 박힌 목걸이를 선물했다. 값은 오백만 원이었다. 혜미는 감격하며 앞으로 더 잘하겠다고 말했다. 뭘 더 잘하겠다는 건지. 아마도 주로 그것이겠지….
나는 마돈나의 유명한 노래 'Material Girl'이 생각났다. 하지
만 상관없다. 나도 그녀도 본능에 충실할 뿐이다.

2012년 1월이 되었다. 나는 이제 해야 할 일이 있다. 오랫
동안 분홍색 공책을 방치했다. 현대 철학과 사상을 배우면서
쓸 말이 명확하게 떠오르지 않았다. 하지만 이제 글을 써야
하고, 잘 종합하면 쓸 수 있을 것 같다. 나는 분홍색 공책에
적었다.

미안하지만 앞에 적은 플라톤교는 취소하겠다. 물론 이성이 모
두 나쁜 건 아니고 필요하지만, 플라톤교는 부작용이 많다. 그
것은 이성적인 사고를 통해서만 진리를 알 수 있고 그러한 사고
와 진리가 절대적으로 우월하다고 보는데, 진정한 행복을 담보
하지 않는다. 행복은 이성이나 진리가 아니라 개인의 감성에 있
다. 절대적 진리를 찾으려 하면 개인의 개성과 실존이 무시되고
억압된다. 이데아가 현실도 아니고 절대적으로 우월하거나 좋은
것도 아니고, 각자의 실존과 현실적 삶이 중요하다.

감성을 억압하면 안 된다. 그리고 타인의 자유에 개입하고 억압
하지 마라. 각자 자신의 감성에 충실하라. 사회적 억압에서 벗
어나라. 에로스적 사랑과 본능적 쾌락 추구도 좋은 것이다. 사

실 이런 것이 진정한 주체적 태도다. 이것이 내가 인간의 현대 사상을 공부하면서 깨달은 것이다.

나는 이렇게 쓸 수밖에 없었다. 여기에는 이성 중심 경향의 부작용을 경고하고 보완하는 측면이 있으니, 이전보다 발전했다고 믿는다.

삼 주일쯤 뒤에 새가 부리로 창문을 때리는 것 같은 소리에 잠에서 깼다. 나를 부르는 것 같아 외투를 입고 집에서 나왔다. 밤하늘에서 불빛을 뿜는 우주선이 천천히 하강하고 있었다. 걸어서 일 분 거리의 어린이 놀이터 쪽이었다. 우주선 아래쪽으로 분홍색 긴 옷을 입은 외계인이 내려왔다. 오래전 모습과 다르지 않았다. 내가 말했다.

"정말 오랜만에 뵙네요. 그런데 이렇게 도시 한복판에 나타나도 되나요? 다른 사람들은 이걸 못 보나요?"

"그건 시간의 틈을 만드는 기술을 썼기 때문이다. 잠시 지구인들이 느끼는 시간을 멈추는 거지. 잠깐만 가능하니까 이야기를 길게 끌 수는 없다."

"그런데 제 예상보다 빨리 오셨어요… 가을이나 겨울에 올 거라고 생각했는데, 좀 떨리네요…."

"중요한 할 말이 있어서 빨리 왔다. 네가 쓴 글을 읽어봤고, 가끔 네 생활도 관찰했지. 다만 네 사생활을 전부 관찰한 건 아니야. 우리는 너를 종일 감시하지는 않고 투시력 같은 것도 없으니, 기분 나빠 하지는 마라."

"네, 그러면 저는 이제 떠날 때가 된 건가요? 제가 쓴 글을 보셨죠?"

"거기에 문제가 있다. 안타깝게도 네가 적은 내용과 최근 너의 행태를 보면, 지금 우리에게 도움이 되지 않는다. 그래서 너는 당분간 우리 별로 돌아갈 수 없다."

"네? …왜요?"

"네가 쓴 지혜는 이미 수십 년 전에 다른 지역에 있던 우리 탐사 대원이 알려준 것이다. 그런 경향이 지구인에게 나타난 지는 상당히 오래되었는데, 그동안 아무도 그걸 안 알렸을 것 같나? 우리는 좀 더 최신의 것이거나 그보다 개선된 지혜를 원한다."

"이럴 수가… 그렇군요… 그러면 어떡하죠?"

"너는 앞으로 십 년간 더 공부하고 찾아봐야 한다. 네가 마흔 살이 될 때까지 우리가 어떻게 사는 것이 좋은지 그 지혜의 결과를 기록해라. 그때 다시 찾아오겠다."

"십 년 뒤에 그때가 정확히 언제인가요? 제 생일인가요?"

"네가 인간에게 발견된 날짜가 9월 30일인데, 그날이 생일인가? 그렇다면 그즈음이겠지."

"알겠어요. 제가 아직 부족했군요. 죄송해요⋯."

"한 가지 흥미로운 이야기를 들려주마. 대략 사십 년 전에 지구인들이 우리 탐사 대원의 이야기를 〈록키호러쇼〉라는 뮤지컬과 영화로 만들었다. 그걸 보면 지금 너와 공통점이 많을 거다. 그리고 이제부터 돈을 아껴 써라. 임무에 차질이 생기지 않게 말이야."

"네, 알겠습니다⋯."

나는 다음 날 인터넷에서 〈록키호러쇼〉를 검색했다. 컬트 문화의 대표작 가운데 하나라고 한다. 1973년에 오리지널 뮤지컬이 나왔고, 1975년에 거의 그대로 만든 영화 〈록키호 러픽쳐쇼〉가 개봉했다. 뮤지컬은 지금 공연하지 않아서 영화를 보았다. 성적 쾌락에 집착하는 양성애자 외계인 프랑큰 퍼터 박사는 섹스 파트너로 쓸 인조인간을 만들고, 우연히 그의 성에 방문하게 된 순수한 커플에게 쾌락을 지향하는 태도를 전파한다. 참다못한 그의 외계인 부하들이 "네 임무는 실패작이다"라고 말하며 그를 제거하고 고향 별 '트란실바니아'로 돌아간다.

1980~1990년대에 우리나라에서 '컬트'라는 말이 유행했다. 컬트는 감성적이거나 신비적으로, 즉 비이성적으로 어

떤 것을 추종한다는 뜻이다. 그것은 기존의 관습과 이성, 법칙을 깨뜨리고 고급과 저급이 뒤섞이는 포스트모더니즘 경향이다. 컬트는 흔히 '엽기'와 결합하며 그러한 분위기를 풍기는데, 엽기라는 말도 20세기 말에 한동안 유행했다.

컬트와 엽기가 담긴 작품에는 장난처럼 표현될 수도 있지만, 피가 흐르는 끔찍하고 잔인한 장면이 흔히 등장한다. 이 작품에서도 퍼터는 어떤 사람을 곡괭이로 살해하고, 옷이 피범벅이 되고, 잘린 머리와 팔다리가 잠깐 등장한다. 그렇게 잔인한 고어나 스플래터 장면은 1980~1990년대 서양 영화와 일본 애니메이션, 현대 소설에서 흔하다. 매우 폭력적이고 범죄에 대한 묘사가 많은 갱스터 랩도 엄청난 인기를 얻었다. 록도 거칠고 파괴적인 성향이 컸다. 그러한 폭력성과 잔혹성은 뭔가를 깨뜨리는(파괴하는) 상징성이 있다.

나는 남은 돈을 확인해보았다. 일억 원 중에 절반을 써버렸다. 이제는 돈을 아껴 써야 한다. 현재를 즐기자는 시절은 끝났다. 먼저 집을 옮기기로 했다. 월세 사십오만 원짜리 원룸으로 이사했다. 십 년은 긴 세월이다. 생활비까지 계산해보니 나중에는 돈을 벌어야 할 수도 있다.

혜미와 관계도 정리해야 할 것 같다. 혜미에게 우리 관계를 끝낼 때가 된 것 같다고 말했다. 그녀는 의외로 담담했다.

다행스럽게도 내가 준 값비싼 목걸이를 돌려줬고, 나는 그 것을 되팔았다. 가까운 시일 내에 차도 팔아야 할지 모른다. 안녕… 3월 초에 우리는 완전히 헤어졌고, 이별은 깔끔했다. 어차피 우리 관계는 마지막이 정해져 있었다. 이제부터 다시 계획을 세우고 새로운 지혜를 찾아야 한다.

네 번째 지혜

관계의
시대

연결

이제 나는 모든 것이 허무해졌다. 포스트모더니즘의 한계점은 파괴의 허무함이었다. 니체부터 시작된 파괴적 철학, 포스트모더니즘의 해체주의와 상대주의, 프랑크푸르트학파의 비판 이론까지 모든 기존의 질서를 비판하고 파괴하고 해체하고자 했다. 그렇다면 그 끝은 무엇일까? 파괴만 있고 뚜렷한 대안이 없어 보인다. 파괴와 해체 그 자체에도 가치는 있다. 힌두교의 시바는 파괴의 신이자 창조의 신으로 숭배된다. 그렇다면 어떤 길을 창조해야 하는가? 모호하다. 이런 이유에서 이성과 진리를 부정하는 포스트모더니즘 계열 사상은 21세기 들어서면서부터 점차 그 자체가 회의의 대상이 되었고 인기를 잃어갔다. 그럴듯한 대안이 없는 파괴는 반달리즘에 불과할 것이다.

나는 이성으로 돌아와 반성해보았다. 나는 현재의 쾌락을 위해 살았다. 그러나 그 태도가 모두에게 적용되는 해답일 순 없다. 내가 그럴 수 있었던 이유는 몇 년 뒤를 전혀 생각하지 않고 짧은 기간에 돈을 펑펑 썼기 때문이다. 일반적인 사람들의 상황과 다른 특수한 경우일 뿐이다. 기억을 떠올려보니 1980~1990년대에 노스트라다무스의 1999년 지구 종말론이 세계적으로 대유행했다. 업적도 미미한 중세 사람의 말도 안 되는 이야기가 그런 열풍을 불러일으킨 데는 이유가 있을 것이다. 이제 그 유행도 끝났다. 단기적 쾌락이 전부라면 마약 같은 약물만 주입하면 될 것이다. 마약에 빠진 삶이 인생의 목적은 아닐 것이다. 그런 삶은 너무 허무하고, 한편으로 또 다른 고통이 증가한다. 단기적 쾌락에 몰두하는 삶은 오히려 현실적이지 않다. 현실적으로 좋은 삶과 행복을 위해서는 다른 지혜가 필요하다….

새로운 시대정신은 무엇인가? 대안이 없는 지금은 혼돈의 시기인 것 같다. 어떤 이들은 다시 이성을 중시해야 한다며 이성적 계몽이 필요하다고 주장하고, 어떤 이들은 종교나 신비주의를 주장하기도 한다. 신정(종교 지배) 체제나 독재 체제가 부흥하기도 한다. 혼돈의 시대는 진리를 찾을 수 없다는 포스트모더니즘의 연장선이었다.

제임스 글릭이 쓴 《카오스》는 학술적이고 어려운 내용인데도 1990년대 초에 세계적인 베스트셀러가 되었다. '혼돈'을 뜻하는 그 단어와 개념이 굉장히 의미심장했는지, 여기저기에 쓰였다. 《카오스》는 물리학의 새로운 혁명이라는 '복잡계 과학'을 소개하고 있다. 이 분야에 대한 열풍은 대단했다. 그즈음 엄청난 흥행을 기록한 영화 〈쥬라기 공원〉에서도 중요한 소재로 사용되었다. 복잡계는 자연의 수많은 변수로 인해 예측하기 어려운 계를 뜻한다. 그래서 나비효과가 일어나고, 쥬라기 공원은 통제 불능 상태가 된다. 수많은 변수(노드)는 복잡한 네트워크로 연결되어 있다. 마침 1990년대 말에 인터넷 혁명이 일어나자, 복잡계와 네트워크 과학은 더욱 주목 받게 되었다.

2014년 봄, 나는 지영과 만나 저녁을 먹고 카페에서 이야기를 나눴다. 우리는 한두 달에 한 번 만난다. 지영은 박사과정에 들어가서 두 번째 해였다. 지영이 말했다.

"내가 이번에 과학철학 수업을 듣는데, 그 교수가 특이한 사람이야. 정교수는 아니고 강사인데 글쎄 박사 학위가 세 개나 있대. 지금도 박사과정에서 공부 중이고. 정말 놀랍지 않니?"

"박사 학위가 세 개라고? 석사 학위가 여러 개인 사람은 봤어도 그런 사람은 처음이다. 무슨 학위를 받았대?"

"음… 우리 학교 물리학과로 들어와서 물리학 박사, 외국에서 천문학 박사를 땄대. 한국에 돌아와서 철학 박사를 땄고, 지금은 인지과학 박사과정에 있다네."

"인지과학이라면 융합적인 과정 같은데… 철학도 들어가고 심리학도 들어가잖아. 나랑 관심 분야가 비슷하네. 나도 물리학 같은 과학도 좋아하는데. 그 사람은 왜 그렇게 공부만 하고 있대? 학위 모으는 게 취미인가?"

"그 사람 말로는 공부도 좋아하지만, 단지 학위 때문이 아니라 인류의 궁극적인 해답을 찾으려고 계속 공부하고 있다나. 상당히 괴짜 같아. 강의를 잘하긴 하는데, 수염도 길고 머리도 하얗고."

"궁극적인 해답이라… 더 호기심이 생기네. 그 사람 이름이 뭐야?"

"강영균."

"나중에 그 사람이 또 수업을 개설하게 되면 청강해봐야겠다. 그래도 되겠지?"

"먼저 허락 받으면 될 거야. 근데 언제 다시 수업을 맡게 될지는 모르지. 나중에 개설하면 알려줄게."

"고마워. 언제든 기회가 되면 들어봐야겠다."

지영은 나와 가장 가까운 친구다. 다른 친구나 대학원 동료도 가끔 만나서 회포를 풀지만, 그녀와 가장 자주 만나는 편이다. 작년에는 중학교 졸업과 함께 헤어진 준식이와 연락이 되어 만났다. 그는 자유로운 영혼답게 긴 머리를 묶고, 연남동 부근에 살면서 인터넷 관련 일을 하는 힙스터가 되어 있었다. 그리고 한 달 전에는 은주의 결혼식이 있었다. 그곳에서 선경을 만났다. 속내는 알 수 없지만, 남편과 잘 사는 듯 보였다. 물론 특별한 관계나 사건은 없다. 나는 이제 다른 여자와도 딱히 로맨스가 없을 것 같다. 여자에게 관심이 없기 때문이다. 지금은 어릴 적 장래 희망이던 신부의 상태에 이른 것 같다. 미래에 또 어떻게 될지 모르지만.

나는 세부 전공으로 심리철학 분야를 연구하고 있는데, 컴퓨터의 사고방식이라 할 수 있는 알고리즘과 디지털에 관해서도 공부했다. 알고리즘과 소프트웨어의 근본원리는 디지털이다. 그것은 물질의 작동 방식과 사뭇 다르다. 물질세계, 즉 아날로그는 완전한 복제가 불가능하고 물리법칙에 따라 언제나 썩고 흩어진다(엔트로피 법칙). 반면 디지털은 완벽한 보존과 무한 복제가 가능한 세상이다. 막대한 양을 복제하는데 에너지가 거의 소모되지 않는다. 워드 파일 수십 페이지를 0.1초 만에 복사하고 붙여넣기 하는 것을 보라. 아날로그는 물질을 다루지만, 디지털은 이진법 숫자로 된 순수한 정보를 다루기 때문이다. 정보는 물질과 다른 독특한 성질이 있고, 물질적 측량과 운동으로 가득 찬 사고방식으로는 정보와 디지털의 이상한 체계를 이해하기 어렵다.

X세대는 유소년기에 디지털을 접하지 못했다. 반면 나와 같이 1980년 이후에 태어난 Y세대 또는 밀레니얼 세대는 컴퓨터의 보급으로 처음 세상을 접하고 이해할 때부터 디지털이 널리 쓰였다. 세대 공동의 경험이 그러했다. 주판은 하나의 방증이다. 디지털계산기가 기본으로 받아들여지기 전에 아날로그 계산 보조기인 주판을 사용했고, 1980년대 말까지 학교와 학원에서 주산을 많이 가르쳤다. 거의 정확히 Y세대부터 주산을 배우지 않았고 그것이 불필요한 환경에서 살았다. X세대는 텔레비전과 비디오의 세대('Video killed the radio star')고, 그것은 대중에게 일방으로 전달되었다. Y세대는 컴퓨터게임 세대로, 컴퓨터 그리고 종종 다른 사람과 연결되어 게임을 즐겼다. e-스포츠 프로 게이머의 등장은 정확히 이 세대와 맞물려 있다.

1990년대 중반 이후 태어난 Z세대는 인터넷이 널리 쓰이는 환경에 처음부터 적응했다. 인터넷은 1998~2000년에 폭발적으로 성장해 일상화되었고, Z세대에게 인터넷은 기본적 환경이었다. 인터넷은 연결의 혁명이고, 그들은 진정한 연결의 세대라 할 수 있다. 그 뒤는 알파 세대일 텐데, 또 다른 일상생활의 혁명인 스마트폰과 태블릿 PC를 기본적 환경으로 하는 세대일 것이다(알파와 '애플'은 묘한 연관이 있다). 밀레니얼 세대와 Z세대를 합쳐서 MZ세대라고 부르는데, 가끔 Z세대 연령층을 지칭할 때도 MZ세대로 묶어서 부르는 경우가 있다. 그 이유는 아마도 X세대와 밀레니얼 세대 사이에 시대의 경계선이 있기 때문일 것이다.

인터넷뿐 아니라 세계의 전반적 상황은 더 가까워지고 연결성이 강화되었다. 해외여행이 일상화되었고 관세와 비관세 장벽이 급격히 줄어 무역량이 폭증했다. 금융도 외국과 담이 허물어졌다. 미국의 몇몇 금융회사의 부도(서브프라임 모기지 사태)와 그리스 경제 위기는 지구 반대편 국민에게까지 큰 영향을 주었다. 사람들은 외국의 사정이 자국에 많은 영향을 끼친다는 것을 인지하게 되었다. 1990년대 중반까지만 해도 사람들은 외국에서 벌어지는 일에 관심이 없었다. 지금 생각하면 놀라울 정도다. 당시 외국의 소식은 '해외 토픽'에서 다루었는데, 뉴스에서 구색 맞추기 명목으로 넣는 것이 대부분이었다. 사람들은 자신과 상관없는 먼 나라 이야기를 왜 알아야 하는지 몰랐다. 하지만 세계의 연결성이 갑자기 폭증했다. 연결을 어렵게 만드는 물리적 거리와 물질의 장벽은 디지털 정보화로 허물어졌다.

1990년대 후반의 휴대폰, 2000년경 인터넷, 2010년경 스마트폰까지 최근 세 차례에 걸친 인류 생활의 변화는 연결의 혁명이었다. 분리되어 있던 개체와 사물은 마치 뉴런의 축삭돌기처럼 가지를 쭉쭉 뻗어 연결되었고, 영향을 주고받는다.

제임스 캐머런 감독은 〈타이타닉〉에서 모더니즘의 침몰과 다음 시대(포스트모더니즘)로 전환을 그렸다. 그의 다음 대작 〈아바타〉에서는 '연결'이 핵심이었다. 외계 원시 부족 나비족은 머리에 달린 촉수를 다양한 동식물의 촉수와 연결해 즉각 길들이거나 소통하면서 타고 다닐 수 있다. 주인공 인간은 한 나비족의 몸을 무선으로 연결해서 아바타로 삼고, 그들과 섞여 생활하면서 부족의 터전을 파괴하려는 인간과 맞서 싸운다. 연결 능력이 탁월한 그 부족을 지켜내는 것이 영화의 주제다.

2016년 2월, 지영에게서 전화가 왔다. 강영균이 이번 학기에 대학원 수업을 맡게 되었다는 것이다. 과목명은 '과학철학 특강'인데 강의계획서에 나온 내용은 양자역학의 철학이라고 한다. 나는 마침 잘되었다고 말했다. 양자역학은 내가 알고 싶었던 분야인데 철학과 관련해 쉽게 설명해줄 것 같았다. 지영은 필요한 학점을 모두 취득했고, 이 년 전 그에게 들은 강의와 겹치는 부분이 많은 것 같아서 듣지 않는다고 했다. 그녀가 알려준 메일 주소로 내 소개를 하고 청강해도 되겠느냐고 구구절절하고 공손한 메일을 써서 보냈다. 강영균에게서 그래도 좋다는 답장을 받았다.

Y 대학의 작은 강의실, 나를 제외하고 다섯 명이 앉아 있었고 모두 처음 보는 사람들이다. 잠시 후 강영균이 등장했다. 흰머리를 묶었고 흰 수염이 가슴께까지 내려와서 늙어 보이지만, 어떤 풍파로 인해 빨리 늙어버린 어린아이같이 천진난만한 표정이 있었다. 검은 코트를 벗자 회색 저고리가 드러났는데, 생활한복이거나 스님이 겨울에 입는 옷 같기도 했다. 확실히 범상치 않아 보였다. 나이가 나보다 스무 살 이상 많아 보였는데, 잘 가늠이 안 됐다. 그가 말했다.

"안녕하세요, 제가 어떻게 보이나요?"

"……"

"도인 같아 보이지 않아요? 도사나."

"네"라고 학생들이 말했다.

"저는 강영균이라고 합니다. 저는 박사 학위가 총 네 개 있는데요. 이 학교 물리학과에 입학해서 물리학 박사 학위를 받고, 미국으로 건너가서 천문학 박사 학위를 받고, 한국으로 돌아와서 철학 박사, 마지막으로 일 년 전에 인지과학 박사 학위를 받았어요."

학생들이 "우와" 하고 탄성을 질렀다.

"마지막 박사 논문은 자유의지와 뇌의 양자역학에 관한 내용이었어요. 친구들은 저를 학위 수집가라고 부르기도 하는데, 저는 학위 수집가는 아니에요. 어쩌다가 계속 공부하다 보니 학위가 생겼을 뿐이에요. 저는 인류가 가질 수 있는 궁극적인 지혜를 찾기 위해 연구하고 있어요. 어쩌면 호기심 때문이라고 할 수 있지요."

그는 분명히 괴짜인데, 나는 지영이 들려준 말 중에 그가 인류의 궁극적 지혜를 찾고 있다는 점 때문에 청강한다고 할 수 있다. 그가 답을 어느 정도 찾았는지 학기 중에 따로 물어보려 한다. 강영균의 소개가 끝나고, 학생들이 한 명씩 자기소개를 했다. 청강생이나 외부 학교 학생은 나뿐이었다. 하지만 소외감 같은 건 없다. 지혜를 얻고자 하는데 무엇이 두려울까. 이후 나는 수업 중에 그에게 질문도 많이 했다.

강영균의 수업은 유익하고 흥미로웠다. 그 수업을 들으며 나는 양자역학의 흥미로운 현상을 해석하는 다양한 철학적 관점을 알 수 있었다. 그는 수업 중에 지난해 인도에 두 달간

머무른 이야기를 꺼내기도 했다. 인도의 바라나시에서 늙은 구루를 만나 '보이지 않지만 존재하는 것을 봐야 한다'는 지혜를 들은 일화를 말하기도 했다. 그는 풍기는 분위기에 걸맞게 동양철학에 관심이 많다고 한다. 그가 취득한 학위를 보면 동양철학과 거리가 멀어 보이는데, 아마도 나중에 점점 그쪽에 관심이 생긴 것 같다. 그는 항상 한복만 입는 건 아니고 캐주얼한 옷도 입었다.

어느덧 날이 더워진 학기 후반부의 어느 날, 수업 시간이 끝나갈 때쯤 강영균이 말했다.

"제가 자유의지에 관해 연구하면서 운명론에 관심이 생겼어요. 그래서 지난 몇 년간 사주팔자에 대해 공부해봤어요. 여러분의 사주를 봐줄 생각인데, 수업 끝나고 여기서 한 명씩 봐줄 테니 순서를 정해봐요."

사주라니, 대체 이게 무슨 말도 안 되는 짓인가? 내가 알기로 사주는 과학은 물론 철학도 아니다. 나는 철학과에 입학하고 일 학년 때 주변 몇몇 사람에게 사주 같은 것을 배우느냐는 질문을 받아서 짜증이 났다. 점집에서 흔히 '철학관'이라는 명칭을 써서 그렇게 생각하는 모양인데, 사주는 동양철학 과목에서도 전혀 배우지 않았다. 그런 비과학적인 점술은 철학과 아무 상관이 없고, 서양철학과 이성적 과정을 선호하는 나는 더구나 사주를 혐오하고 있었다. 다른 학생들이 호기심 때문인지 기대하는 듯한 반응을 보이며 상담 시간을 정할 때, 나는 탐탁지 않은 표정으로 가만히 있었다. 그러자 강영균이 말했다.

"정민 군은 뭔가 상당히 못마땅해 보이는군요. 사주를 안 좋아하나 보죠?"

"네… 철학은 사주랑 아무 관련이 없어요. 너무 비과학적이고 미신이잖아요. 그래서 저는 안 믿거든요."

"음, 그럴 수도 있죠. 하지만 누구나 재미로 봐요. 그래도 안 보겠다는 건가요?"

"솔직히 사주는 보기가 싫어요…. 하지만 선생님과 상담은 하고 싶어요. 질문할 게 좀 있어서요."

"그럼 그렇게 해요. 그런데 서양철학을 좋아하나요?"

"그런 편이에요."

"제가 보기에 정민 군은 서양철학에 편중된 것 같네요. 저도 서양철학을 좋아하지만, 편향되면 문제가 있죠. 저랑 이야기를 좀 나눠볼 필요가 있겠어요."

"하지만 동양철학이 사주 같은 건 아니잖아요."

"그렇죠. 정민 군은 너무 서양철학적 사고를 하는 것 같아요. 평소 말하는 것이나 행동을 보고 그렇게 느꼈어요. 잘됐네요. 저도 상담을 좀 해보고 싶어요."

강영균이 말하는 서양철학적 사고가 대체 뭔지 모르겠으나, 기분이 좋지 않았다. 그에게 실망했고, 지혜를 갖고 있지 않을까 하는 기대감도 무너져 내렸다. 하지만 청강의 가장 큰 목적이 그 질문이었기 때문에, 적당히 걸러서 듣더라도 내 할 일은 해야겠다. 나는 그와 상담할 날짜를 정했다.

나는 요즘 거의 습관적으로 스마트폰으로 유튜브를 시청한다. 언제 어디서나 내가 원하는 영상을 찾아볼 수 있고, 원하는 장면으로 돌려 보거나 건너뛸 수 있어 좋았다. 대신 점점 텔레비전을 보는 시간은 줄었다. 나는 개인 방송, 스트리머의 방송도 종종 시청한다. 그것의 장점은 시청자들이 실시간으로 댓글을 달아 방송에 직접 참여할 수 있다는 점이다. 2016년은 유튜브와 개인 방송의 인기가 급증하면서 사람들의 텔레비전 시청이 줄어드는 변곡점이었다. 크리에이터, 스트리머, 인플루엔서의 인기와 수입이 치솟았고 어린이들의 장래 희망 조사에서 삼 등 이내에 새로 진입했다. 십년 전에도 그런 방송과 직업이 존재했지만, 이제 와서 큰 변화가 일어난 주원인은 개선된 스마트폰과 4G 통신 등 모바일 인프라가 발전했기 때문이다(언제 어디서나 개인과 함께 있는 모바일로 훨씬 많이 시청한다).

이제 누구나 연결성(시청자, 팔로어, 방문자 수)만으로 사회적 영향력을 높이고 많은 돈을 벌 새로운 기회가 열렸다. SNS는 친목을 넘어서 수익 창출 도구가 되었다. 누구나 네트워크의 허브가 되기를 원한다…. 1990년대 중반에 흥행한 영화 〈네트〉는 인터넷으로 인한 감시 사회와 사생활 침해의 우려를 그렸다. 그러나 연결 욕구는 예상치 못하게 컸다.

나의 틀을 깨다

학생들이 모두 나간 강의실에 나와 강영균만 남았다. 그가 말했다.

"정말로 사주를 보고 싶지 않아요? 생년월일과 시간을 말해봐요. 시간을 모르면 날짜만 말해도 돼요. 저도 정민 군의 사주가 궁금하네요. 상담에 도움이 될 것 같기도 하고요."

집요한 그에게 솔직한 사정을 말하기로 했다.

"죄송해요, 그럴 만한 사정이 있어요…. 저는 사실 정확한 생일을 몰라요. 그래서 사주를 볼 수 없어요."

"그래요? 허허, 태어난 시간을 모르는 사람은 많아도 생일을 모른다니 특이하군요. 흠… 어쩔 수 없지요. 그래도 할 이야기는 많을 테니 상관없어요. 저한테 질문하고 싶은 게 있다고 했죠? 수업 내용과 관련된 질문이라면 다음 시간에 하는 게 좋겠군요. 지금은 다른 중요한 이야기를 할 필요가 있어요. 정민 군의 개인적 철학에 관한 이야기예요."

"저도 수업에 관한 질문을 하려는 건 아니었어요. 교수님은 이제까지 인류의 궁극적 지혜를 찾아오셨다고 했잖아요. 저는 그게 궁금해요. 사실은 저도 그걸 찾고 있거든요. 지금까지 교수님께서 어떤 획기적인 지혜를 찾았는지 그걸 알고 싶었어요."

"하하, 그랬군요. 좋은 질문이에요. 사실 그걸 이야기해주려고 했거든요. 정민 군이 빠져 있는 서양철학적 사고의 틀을 깨는 방법이 바로 그거예요."

"제가 서양철학적 사고에 빠져 있다고 하시는데, 그게 대체 무슨 뜻이죠?"

"그것의 코어에 대해서는 차차 알려드리지요. 제가 보기에 정민 군은 상당히 이성적이고 논리적인 것 같더군요. 동양철학에 관심도 없고. 자기 생각에 상당한 자부심이 있는 것 같아요. 맞나요?"

"그런 편이죠."

"좋아, 그런 고정관념을 깨뜨리는 상담이 필요하겠어요. 그런 생각이 정민 군에게도 좋지 않게 작용하고 있어요. 제가 최근 박사과정에서 심리학을 공부했는데, 이제부터는 일종의 심리 상담하고 비슷하겠네요."

"제가 심리적으로 문제가 있어 보인다는 말씀인가요? 그건 좀 아닌 듯한데요. 저는 교수님께서 찾은 인류의 궁극적 지혜가 궁금할 뿐이에요."

"그 지혜가 바로 정민 군의 문제를 해결할 수 있는 거예요. 심리적으로 큰 문제가 있는 건 아니겠지요. 제가 심리 상담 전문가도 아니고요. 그러면 철학 상담이나 철학적 토론이라 해도 좋아요. 정민 군이 이해하고 깨달음을 얻는다면 아마 세상이 다르게 보일 거예요."

"네… 저는 이성적으로 따져보겠지만, 기대가 되네요."

"이성적이라… 좋아요. 그런데 이성적 혹은 합리적이란 말은 두 가지 의미가 있다는 것을 아시나요?"

"글쎄요…."

"두 가지 경우에 이성적이라고 쓸 수 있어요. 첫째는 자기 생각보다 자연의 진실에 맞춰서 따르는 것이고, 둘째는 논리적으로 보이는 자신의 원칙과 규칙을 고집하면서 자연의 진실에 어긋나도 상관없다는 것이지요. 과연 어느 것이 더 이성적일까요?"

"너무 이분법적으로 나눈 게 아닐까요? 전자는 진실에 맞으니까 더 옳은 것 같고, 후자는 진실과 다를 수 있으니까 잘 못된 것이라 할 수 있지요. 하지만 그건 자신의 논리적 사고 가 진실과 다르다는 식으로 유도한 방식 같네요. 왜 논리적 사고가 진실과 다르다는 거죠?"

"꼭 다르다는 게 아니라, 다르거나 말거나 상관없이 논리 적 사고방식을 고수한다는 것이죠. 그렇게 단지 과정에서 논 리성이나 합리성을 이성적이라고 부르기도 하니까요."

"글쎄요… 제가 보기에 과정에서 논리성은 서양철학에서 도 주로 대륙의 합리론에 해당하는 것 같군요. 그게 서양철 학적 사고방식이라는 건가요? 영국의 경험론도 있잖아요. 그것도 서양철학 아닌가요?"

"경험론도 과정에 들어가지요. 자신이 가진 논리와 증거 에 따른다는 게 중요해요. 논리든 경험이든 모두 자신이 가 진 증거에 해당하지요. 그것을 증거론이라 하고요. 자신이 가진 증거로만 판단하겠다는 거예요."

"자신이 가진 증거로만 판단하는 게 맞지 않나요? 사실 저는 이걸 중학생 때 스스로 깨달았어요. 대학에서 철학을 배우며 이게 맞는다는 걸 다시 확인했고요. 이것이 근대부터 철학을 발달시키고 과학 같은 학문도 발달시킨 원동력이기 때문이지요."

"허허, 역시나 그렇게 생각하고 있었군요. 그러면 자신의 세계에 갇혀버리는 문제가 있어요…. 그런 생각에 장점이 있지만, 단점을 모른다는 게 문제예요. 저는 서양철학도 좋아하고, 젊었을 때는 정민 군처럼 서양 학문만 좋아했어요. 미국에 유학도 갔다 왔고요. 그러다가 나중에 동양철학의 지혜를 좋아하게 된 거예요. 서양의 것을 동양의 것으로 완전히 대체하자는 말이 아니에요. 다만 지금 정민 군의 사고를 지배하는 서양철학적 사고의 부작용 같은 단점을 알고 그 부분을 보완하자는 것이지요. 그러면 다시 따져봅시다. 자신이 가진 증거로만 판단하는 태도의 장점은 뭐가 있나요? 물론 장점이 없다는 건 아니지만."

"그런 태도는 잘못된 소문 같은 이야기를 믿지 않고 비판적으로 따져보기 위함이죠. 증거 없이 믿는 것이 가장 큰 문제니까요. 내가 모르는 남이 가진 증거가 아니라, 스스로 증거를 찾고 따져봐야 믿을 수 있는 것 아닌가요?"

"한마디로 비판적 사고의 장점을 말하고 있군요. 비판적 사고는 근대에 개발된 매우 좋은 지혜죠. 비판적 사고, 방법적 회의가 과학을 발전시킨 원동력인 건 사실입니다. 저도 비판적 사고를 좋아하고 지지해요. 문제는 비판적 사고가 꼭 그것과 같은가 하는 겁니다. 비판이란 뭘까요? 어떤 것이든 틀릴 가능성을 의심하는 것이 비판이지요?"

"네."

"왜 자기 자신에 대해서는 비판하지 않나요? 자신이 가진 증거와 생각, 논리는 완벽한가요? 또 왜 자신이 가진 증거로만 판단해야 한다고 고집하지요? 헤겔이 상상한 절대정신이라면 옳겠지만, 그건 말이 안 되는 상상의 세계일 뿐이에요."

"음… 자신이 가진 증거만으로 판단해야 하는 건 어쩔 수 없는 것 아닌가요? 증거가 없는데 믿을 순 없으니까, 뭔가를 믿으려면 증거가 필요하죠. 그건 상상의 세계가 아니라 오히려 현실적인 이야기인데요. 자신에게 없는 증거를 동원하는 건 현실적으로 불가능해요. 비록 어떤 시점에서 부족하더라도 자신이 가진 증거로 판단해야죠."

"현실적으로 자신에게 없는 증거는 사용할 수 없다는 말이군요. 그런데 내가 아는 것만으로 외부의 진실을 완벽히 알 수 있다는 건 현실적인가요? 절대정신이 아닌 한, 자신이 아는 증거와 논리가 완벽하지 않다는 것도 현실이죠?"

"그러니까 공부가 필요하고 계몽이 필요하지요. 부족한 부분을 개선해가야 하니까요."

"논점이 약간 달라졌군요. 아니면 저에게 동의한 건지도 모르겠네요. 한마디로 저는 '자신을 믿지 않는 지혜'에 대해 말하고 있는데, 정민 군은 이에 동의한 건가요?"

"음… 그러면 서양철학적 사고가 자신을 믿는 지혜고, 동양철학적 사고가 자신을 믿지 않는 지혜라는 말인가요?"

"간단히 보면 그래요. 그게 상대적 특징이지요."

"그러면 저는 자신만 믿고 자신에 대해 비판하지 않았다는 말인가요? 그런 것 같지 않은데요?"

"자기 안에 갇힌 상태에서 자기를 비판했다고요? 그게 비판인가요? 그저 자기 확신의 일종이지요."

"……."

"진정으로 자기비판을 할 수 있으려면 틀을 깨야 해요. 갇힌 틀 안에서 그것을 고집하고 그 도구를 사용하는데, 자기비판이 제대로 될 수 있을까요? 계속 자신을 믿고 있을 뿐이지요."

"…사실 저도 오래전부터 갇혀 있다는 생각이 들었어요. 그게 문제였던 것 같아요. 어떻게 하면 자신의 틀을 깰 수 있나요?"

"쉽게 설명할 수 있는 문제는 아니겠지요. 그래서 동양에서는 참선하고 해탈하려고 해요. 동양철학의 공통점은 무아(無我)를 강조한다는 점이에요. 유가, 불가, 도가 모두 마찬가지예요. 내가 가진 생각과 의지가 보잘것없고, 그것이 오히려 나를 괴롭히고 불행하게 만드는 원인이라는 거지요. 동양에서는 자기 자신에게서 벗어나려고 해요. 그래서 동양철학은 자신을 낮추는 겸손함의 철학이고, 그 문화적 영향으로 동양 사람은 지금도 서양 사람보다 자신을 낮추고 겸손한 편이에요. 심리학 실험을 통해서도 알 수 있지요. 그 틀을 깨는 방법에 대해서는 신비적인 것을 포함해서 여러 주장이 있겠지만, 정민 군이 이해할 수 있을 정도로 설명은 가능해요. 제가 찾아낸 지혜가 바로 그것이고요."

"네, 설명해주세요."

"일단 정민 군은 서양철학의 내용과 역사를 잘 알고 그것에 빠져 있으니, 서양철학을 외부에서 관찰할 필요가 있어요. 내부에서만 바라보면 내부가 과연 무엇인지 잘 알 수 없어요. 외부에서 관찰할 때 비교를 통해 내부가 무엇인지 알수 있지요. 모두 노란색인 세상에 사는 사람은 자기 세상이 노란색이라는 걸 몰라요. 외부와 비교를 통해서 자기 세상이 노란색이라는 걸 알게 되지요. 서양의 지혜가 자신을 믿는 것이고 동양의 지혜가 자신을 믿지 않는 것이라는 점도 그 내부에만 있으면 몰라요. 그런 서양철학적 사고의 특징을 한마디로 말하면 주관주의예요. 자신의 주관 안에서 모든 것을 해결하려고 하죠. 오히려 서양 현대 철학에서 더 강화되었어요. 근대에는 그나마 주관을 기반으로 객관적 진리를 지향했는데, 포스트모더니즘에서는 객관적 진리마저 파괴하자고 하고 주관이 더 강화되었죠. 그런데 서양 사람들과 학자들도 자신들이 주관주의라는 걸 잘 인지하지 못해요. 그것은 외부와 비교에 따른 특징이기 때문이지요. 회화로 설명해볼까요? 예술은 고급문화를 반영하니까요. 서양은 르네상스 시기부터 동양과 다르게 일인칭 관점의 원근법으로 그림을 그렸어요. 자신이 보는 관점에서 그린 거예요. 그리고 인상파가 나와요. 인상은 더 주관적이에요. 주관적 감정까지 강조해서 표현하죠. 이어서 칸딘스키, 잭슨 폴록으로 대표되는 추상회화가 등장해요. 추상파는 더더욱 주관적이에요. 남들이 정말 이해하기 어려운 자신의 관점을 극대화하지요. 완전히 추상화한 작품은 해석도 각자 하라고 해요. 각자의 주관적 감상이 맞는다고요. 그렇게 서양은 주관주의가 점점 심해졌어요."

"그런데 주관의 장점이 많은 것 같아요. 실존주의도 그렇고, 자기 자유를 더 높여주는 게 아닐까요? 그래서 자유를 표현하는 현대미술도 인기를 얻는 거겠지요."

"물론 장점이 있어요. 제가 한쪽이 다른 쪽을 대체하는 게 아니라 한쪽이 가진 단점을 보완하는 거라고 말했잖아요. 주관주의의 문제점은 그것만 가진다면, 앞에서 말했듯이 주관에 갇혀버린다는 거예요. 그러면 불행해져요. 그 이유는 뻔하지요. 주관은 객관이 아니기 때문이에요. 객관과 괴리가 생기고, 진실과도 멀어지거든요. 그러면 착각하고 오판하고 불행해지죠. 주관이 좋을 때도 있지만 객관 혹은 진실을 알아야 할 때가 많은데, 그걸 모르면 큰 문제예요. 실생활에서도 마찬가지고요."

"저는 아직 잘 이해가 안 되는 게, 서양이 과학을 발달시켰잖아요. 그건 객관적 진리와 진실을 더 많이 찾은 게 아닌가요? 근대 철학이 주관을 강조한다는 건 저도 생각해본 적이 있어요. 그런데 그로 인해서 과학이 발달한 게 아닌가요?"

"주관주의 그 자체로는 과학과 거리가 멀어요. 새로운 길을 개척한다는 점에서 도움이 될 수도 있겠지만, 훌륭한 과학자는 자기 생각보다 자연이 맞다고 하는 겸손한 사람일 거예요. 서양에서 오래전부터 수학이 발달했다는 점이 중요해요. 수학은 생각과 자연의 연결 고리예요. 그리고 농경문화보다는 상업 문화, 해양 문화가 더 유리했을 거예요. 작은 지역으로 쪼개져서 경쟁하던 상황도 그렇고, 지정학적인 면이나 기후, 작물(벼농사는 밀에 비해 노동력이 많이 필요하므로 농경문화가 강해진다) 등 여러 가지 요인이 있어요."

"그런가요…."

"정민 군은 생각이 경직되었어요. 유연하고 마음을 열 필요가 있어요. 그에 도움이 되는 이야기를 해드릴게요. 동양철학적 지혜가 도움이 될 거예요."

"네."

"서양철학적 사고는 뭐든지 예측 가능하길 원해요. 그리고 우리가 아직 모를 뿐, 모든 건 예측 가능하게 움직일 거라고 가정하지요. 동양철학은 무(無)의 철학이에요. 그건 예측할 수 없다는 뜻이에요. 그래서 겸손해지는 거예요."

"세상은 예측할 수 없다는 뜻이군요. 그러고 보니 저는 뭐든지 예측대로 되기를 바란 것 같아요. 제 예상과 어긋나면 당황하고, 스트레스를 많이 받았어요."

"그걸 받아들이면 좀 더 마음이 편안해질 수 있겠죠. 그런 식으로 자신에 대한 지나친 믿음에서 벗어나는 거예요. 자신의 예측이나 경험만 믿고 살면 좁은 공간에 갇혀서 더 많은 것을 경험할 수 없게 되지요…. 한 가지 더 알려드릴게요. 이건 동양철학이라기보다 제가 찾은 지혜예요. 예측 불가능성은 발전에 한계가 있으니까, 더 발전적인 이야기를 해줄게요. 객관과 진실이에요. 주관이 만드는 주된 부작용이 객관과 진실에서 멀어지는 것이니까, 그것을 찾아야지요."

"객관과 진실로 돌아가면 다시 이성이 중요해지지 않아요? 그건 과학을 중시하거나 역사적으로는 근대의 경향인 것 같은데, 그것과 차이점은 뭔가요?"

"좋은 지적이에요. 물론 이성도 필요하지요. 하지만 이제부터 말하는 객관은 근대 철학이 강조한 객관과 조금 다른 이야기예요. 과학 같은 진리는 객관성을 추구하지만, 사람들의 생각과 무관한 절대적 객관을 가정한 거예요. 예를 들어 지구가 태양 주위를 도느냐, 태양이 지구 주위를 도느냐는 사람들의 생각과 무관한 진실을 찾는 문제예요. 천동설은 다수가 믿어도 착각이죠. 과거에 어떤 공룡이 살았는지도 그렇고, 달의 뒷면이 어떻게 생겼는지도 그래요. 근대에 소문과 통념을 믿지 않고 뭐든지 의심해본 이유는 이런 절대적 진리를 찾기 위함이었지요. 그게 과학이에요. 그러한 진실을 찾는 건 물론 중요해요. 저는 그 밖에 또 다른 객관이 있다는 이야기를 하려는 거예요. 주관에서 벗어나는 객관이 꼭 그런 과학적 진실만 있는 게 아니라는 말이죠."

나는 조용히 그의 말을 듣고 있었다. 중요해 보이는 부분은 노트에 적었다.

"정민 군은 주관을 중시하면서 이성과 과학도 좋아하겠지요. 어쩌면 주관이 만드는 오류를 방지하기 위해 이성과 과학에 더 집착하게 된 건지도 모르겠네요. 하지만 그것이 삶에서 좋은 해결책이 됐나요? 아마 그렇지 않을 거예요. 현실에서 잘 살기 위해서는 다른 객관을 잘 알 필요가 있어요. 그건 사람들의 생각과 무관한 진리와 객관이 아니라, 사람들 사이에서 일어나는 객관이에요. 그걸 알 필요가 있어요. 다시 말해 다수가 어떤 생각을 하는가, 어느 대상에 대해 어떻게 생각하는가 하는 점이에요. 그것도 객관이에요. 나의 주관이 아니니까 객관이라고 할 수 있지요. 그런데 자꾸 사람들의 생각에서 벗어나는 것만 추구하니까 문제가 발생하는 거예요."

"다수가 어떤 생각을 하는지가 객관이라 할 수 있을까요?"

"정민 군은 사람들의 생각이 배제된 삼인칭적인 것이 객관의 개념이라고 가정하고 있나 보군요. 꼭 그렇게 써야 할까요? 다수의 생각과 성향도 일종의 진실인데, 그것을 아는 것도 객관이 아닐까요? 사실 그것을 뭐라 부르든 명칭은 중요하지 않아요. 다만 객관 비슷한 어떤 것을 알 필요가 있죠. 이것은 '통념 객관' 혹은 '관계적 객관'이라 부를 수 있는데, 저는 '관계적 객관'이라는 말을 더 좋아해요. 이것은 사람들의 관계 차원에 존재하는 객관이에요. 다만 과학적 진실과는 무관하지요."

"그러면 어떤 시대에 다수가 천동설을 믿으면 그것이 관계적 객관인가요?"

"그렇지요. 물론 그 내용이 과학적 진실은 아니지만요. 그둘은 무관하고, 구분해야 한다는 게 중요해요. 그건 상식적이에요. 다수가 천동설을 믿고 있다는 사실 자체는 관계적 객관이고, 그것을 알 필요가 있어요. 그건 사회현상을 인지하는 것이니까요. 하지만 그 내용이 과학적으로 진실인지는 별개의 문제지요. 사회현상을 무시하고 잘 살 순 없어요. 우리는 사회의 관계 속에서 살아가니까요. 관계적 객관은 과학적 진실이나 진리 탐구를 침해하지 않아요. 서로의 대체재가 아니에요. 즉 다수가 천동설을 믿는다고 자신도 천동설을 믿을 필요는 없지요. 그건 관계적 객관과 절대적 객관의 혼동에 불과해요. 오히려 그 둘을 분리하고 구분함으로써 올바른 진실에 더 가까워질 수 있어요. 관계적 객관은 특히 소통을 위해서 필요해요. 새벽에 동쪽 하늘에 보이는 샛별과 저녁에 서쪽 하늘에 보이는 개밥바라기라는 행성이 있는데, 사실둘 다 금성이에요. 삼인칭의 절대적 관점에서는 한 행성이지요. 하지만 그 사실을 안다고 하더라도 샛별과 개밥바라기에는 각기 다른 객관적인 의미가 있어요. 그것은 관계적 객관이에요. 사실 단어의 의미는 대부분 그런 거예요. 자동차도, 연필도, 로빈 후드도 객관적인 뜻은 관계적 차원에 있어요. 단어뿐만 아니라 문법도 마찬가지예요. 관계적 객관은 자기 객관화 인식에 필요해요. 자신이 어떤 사람인지 과학적 진실, 절대적 진실로 알 수 있나요? 대부분은 다수가 어떻게 생각할지 고려하는 관계적 객관으로 따지는 거예요. 자신이 잘생겼는가, 뚱뚱한가, 예의 없는가, 부자인가, 지저분한가가 과학적이고 절대적 객관인가요? 그건 관계적 객관이에요. 동시대 다수의 인식이나 사고방식에 따르는 거예요. 주관이나 과학적 진실만으로는 알 수 없지요. 근대의 정신이나 주관주의에서는 이것을 잘 몰랐거나 무시했어요."

사회적 동물

나는 작은 강의실에서 강영균과 계속 상담하고 있다. 그가 흰 수염을 들썩이며 말했다.

"서양철학적 사고의 또 다른 특징은 각각의 개체를 분리한다는 것입니다. 이를 원자화라고도 하지요. 원자가 될 때까지 계속 분리하는 과정에서 관계와 연결은 끊어지거나 무시됩니다. 어쩌면 관계 자체가 눈에 보이지 않기 때문이었는지도 모르죠. 관계는 보이지 않지만 존재하는, 중요한 거예요. 제가 인도에 있을 때 구루가 보이지 않지만 실제로 존재하는 것이라고 한 말도 아마 관계 같은 것이겠죠."

"정말로 서양철학에서 관계를 무시했나요?"

"문화적으로도 남아 있어요. 심리학자 리처드 니스벳이 쓴 《생각의 지도》에 보면, 서양 사람은 개체를 파악하는 데 주변 맥락과 분리해서 인지하고 동양 사람은 주변 맥락과 연관 지어서 인지하는 경향이 있다는 실험 결과가 나와요. 예를 들어 배경이 바뀌면 그 개체의 특징이 바뀐다고 생각하는 등 동양 사람은 한 개체가 다른 것과 연결되어 있다고 생각하는 경향이 있죠. 근대 철학자 장 자크 루소가 쓴 《인간 불평등 기원론》에는 서양적인 사고방식이 담겨 있습니다. 이 책의 요지는 평등하던 원시 상태에 사회와 소유권이 생기면서 불평등해졌다는 것인데, 지금도 유명한 이 책은 당시에 많은 공감을 얻었지요. 그런데 루소는 자연 상태의 인간을 설명하면서 한 가지 큰 오류를 범했어요. 자연 상태의 인간은 아무런 사회적 관계도 맺지 않고, 타인과 교류나 도움도 필요 없고 언어도 없이 홀로 떠돌며 살았을 거라고 썼어요. 서양의 독립적인 인간상을 완전히 투영한 것이지요. 당시에 공감을 얻었지만, 과학적 연구 결과는 그렇지 않습니다. 인간은 철저하게 사회적 동물이에요. 인간은 다른 사람과 협력이나 도움 없이는 생존할 수 없습니다. 그렇게 진화했어요. 현대 생물학과 진화 심리학에서는 인간의 사회적 관계에 주목하고 있습니다. 그것이 새롭게 발견한 진실이자 최신 경향이지요. 인지과학에서는 인간의 뇌가 왜 그렇게 커지고 지능이 발달했는지에 대해 '사회적 뇌 가설'을 제기합니다. 호모 사피엔스의 지능이 발달하게 된 까닭은 사회적 문제를 처리하기 위함이라는 것이지요. 협동하고, 다른 사람의 마음을 파악하고, 자기 생각을 상대방에게 전달하고, 언어를 사용하는 능력 때문입니다. 사회적으로 인정받고 성공하기 위함이기도 해요. 진화의 성 선택에서도 여성은 사회적으로 성공한 남성의 아이를 많이 낳았어요. 추장은 여러 아내와 자식이 있지요. 정민 군은 뇌 과학자 마이클 가자니가가 쓴 《왜 인간인가?》라는 책을 읽어봤나요?"

"아니요."

"읽어보면 좋을 거예요. 가자니가는 '인간은 뼛속까지 사회적이다. 우리의 큰 뇌는 사회적 문제를 다루기 위해서 존재한다'고 말합니다. 제목처럼 왜 인간인가 묻는다면, 한마디로 사회적 관계 때문입니다."

"흠… 그런데 사람들이 모두 사회적 관계를 맺고 싶어 할까요? 저는 혼자도 좋은데요."

"물론 혼자 사는 게 편하기도 하고 자유롭지요. 그런 사생활을 없애자는 게 아니라, 아무리 혼자가 좋다는 사람도 사회적 관계를 통해 자원과 행복을 얻는다는 겁니다. 혼자가 좋은 것은 잠깐이에요. 남들에게 소외되고 고립된 혼자가 행복할까요? 사회적으로 성공하고 행복한 사람일수록 연결이 많습니다. 사회적 관계가 꼭 타인에 의한 침해나 착취는 아니지요. 관계를 끊으려 하는 태도는 피해 의식일 수도 있어요. 잠시 피하기 위해서라면 몰라도 궁극적으로는 연결되어야 해요."

나한테 피해 의식이 있었을까? 잠시 후 강영균이 다시 말했다.

"현대물리학에서도 관계가 중요하게 떠올랐어요. 잘 들어보세요. 물리학적으로 세상에 단독으로 존재하는 것은 하나도 없습니다. 심지어 모든 사물의 특성은 관계에서만 존재합니다. 예를 들어 지구의 자전축이 23.5도 기울어져 있다고 하는데, 단독으로 그렇게 존재하나요? 단독으로는 그런 의미가 나올 수 없어요. 공전궤도와 관계에서 그 각도가 나온 겁니다. 뭐든지 존재하기 위해서는 다른 대상이 필요합니다. 그 관계에서 특성이 나타나지요. 상대성이론도 관계가 핵심입니다. 시간과 공간은 대상의 관계로 나타나고 변합니다. 질량과 에너지, 중력도 관계죠. 중력은 일반상대성이론에서 가속도와 같은데, 가속도 역시 관계입니다. 엘리베이터에서 가속도가 발생해 상승할 때 중력이 강해지는 느낌이 들고, 속도가 일정해지면 그 느낌이 사라지죠. 양자역학도 관계입니다. 관찰자가 관측하는 순간에 사건이 나타나요. 그 전에는 전혀 알 수 없고요. 거의 존재하지 않는 수준으로 알 수 없지요. 저명한 물리학자 카를로 로벨리는 《보이는 세상은 실재가 아니다》에서 사물이 있고 관계를 맺는 것이 아니라, 관계가 사물의 개념을 낳는다고 말했습니다. 현대물리학은 철저한 원자론과 환원론이 아니라 창발을 받아들입니다. 예를 들어 원자와 분자가 특정하게 연결되면 액체가 고체가 되거나, 어떤 독특한 성질이 있는 형태로 바뀝니다. 이것을 상전이라고 하는데, 여기서 만들어지는 새로운 성질은 원자와 분자의 성질과 다릅니다. 관계로 인해 창발한 것이지요. 디지털컴퓨터의 알고리즘도 0과 1의 배열 방식, 즉 관계성에 의해 작동합니다. 이렇게 관계는 실재하는 것이거나 실재를 낳고, 물리 세계의 근본 성질입니다. 현대물리학, 생물학, 심리학, 컴퓨터 과학은 모두 관계에 주목하는 시대에 접어들었어요. 서양적 관점은 원래 분리의 원자론을 가정했는데, 과학은 이제 그 생각을 고치고 있습니다."

"과학계에서 그런 변화가 있었군요⋯."

"벌써 시간이 많이 지났네요. 몰랐던 사실을 많이 알게 됐나요?"

"네, 그동안 갇혀 있던 사고가 좀 깨지는 것 같아요⋯. 정말 고맙습니다."

그와 헤어져서 집으로 돌아왔다. 전혀 예상치 못하게, 오늘 상담은 내 깊은 곳의 사고방식에 균열을 일으켰다. 전과 같은 세상이지만 새로운 세상을 접하는 느낌이 들었다. 닫혀 있던 사고방식과 어쩌면 마음의 문까지 열리고 있었다.

나는 강영균이 추천한 《왜 인간인가?》를 사서 읽어보았다. 그 책에 이런 부분이 나온다. "우리는 항상 다른 사람들을 생각한다. 왜냐하면 그렇게 해서 우리가 만들어지기 때문이다. 다른 사람이 없고, 협력과 협조가 없다면 우리는 죽는다. 초창기 인류는 정말 그랬다. 그리고 지금의 우리도 그렇다."•

인터넷에서 이런 과학 기사도 보았다. 인간의 눈은 유독 흰자위가 크다. 다른 동물, 특히 영장류 중에서 확연한데,

---

• 마이클 가자니가 지음, 박인균 옮김, 《왜 인간인가?》, 추수밭, 2009, p. 114.

그래서 인간은 그가 정확히 어디를 보는지 곁에서 파악하기 쉽다. 그 이유에 대해 과학자들은 '다른 사람들이 그의 시선을 잘 알아차리기 위해서'라는 결론을 내렸다. 집단에서 소통하고 협력하기 위해서다. 진화론적으로 흰자위가 큰 집단이 더 효율적이고 생존에 유리했다. 개체들이 대립하고 싸우는 상태나 혼자 사냥한다면, 눈동자와 흰자위의 구분이 없어야 시선을 들키지 않아서 더 유리하다. 하지만 인간은 연결이 극대화되어 흰자위가 발달했다. 기억을 더듬어보니 트란인의 눈에도 흰자가 보인 것 같다.

사람들은 언제 행복을 느낄까? 흔히 돈이 많으면 행복하다고 생각할 것이다. 돈이 많은 것만으로도 기분이 좋을 수 있지만, 더 정확하게는 돈을 쓸 때나 돈으로 다른 것을 얻을 때가 아닐까? 음식과 재화, 서비스 등을 취하면 쾌락이 생길 테고, 이를 위해 돈을 번다고 할 수 있을 것이다. 쾌락이 곧 행복인가? 20세기 이후 지금까지 감성의 시대, 포스트모더니즘에서는 이런 즉각적이고 직접적이고 강렬한 쾌락이 행복과 같다고 생각했을 것이다. 그러나 최근의 수많은 과학적 연구 결과는 다른 답을 내놓았다.

사람들을 깜짝 놀라게 한 것은 (이제는 평범한 이야기가 되었지만) '서양에서 실시한' 수많은 연구 결과, 행복을 좌우하는 가장 중요한 요인은 사회적 관계라는 것이다. 나는 국내에서 행복에 관한 심리학으로 가장 명망 있는 학자가 쓴 책을 보았고, 책과 유튜브를 통해 하버드대학교에서 칠십오 년간 대규모 종단 연구를 진행해 행복의 원인을 탐구한 결과도 보았다. 유엔 산하 지속가능발전해법네트워크가 발표한 〈세계 행복 보고서〉까지 일관되게 사회적 관계와 연결의 중요성을 강조하고 있었다. 젊고 팔팔할 때는 많은 사회적 관계와 그것을 만드는 활달한 성격이 행복에 매우 큰 부분을 차지하고, 장년층 이후에는 특히 중요해진다. 타인과 친밀한 사회적 관계가 없으면 노화가 빨리 진행되고 기억력이 감퇴하며, 우울하고 수명이 짧아진다. 종종 싸우는 사이라도 상관없다. 힘들 때 의지할 수 있다는 믿음이 있는 관계가 중요하다. 고독과 외로움은 신체적, 정신적 건강에 매우 해롭다. 어떤 권위 있는 연구는 사회적 고립이 매일 담배 열다섯 개비씩 피우는 것과 같은 수명 단축을 일으킨다고 보고했다.

과학과 학문은 진실을 밝히고 우리를 그쪽으로 이끈다. 주관적 감성을 옹호하던 시대에서 벗어나는 학문적 경향이 나타나기 시작했다. 20세기 말부터 새롭게 떠올라 주목 받는 행동 경제학이 있다. 그 토대를 닦은 대니얼 카너먼과 리처드 탈러는 각각 2002년, 2017년에 노벨 경제학상을 받았다. 고전 경제학은 개인이 합리적인 판단과 행위를 할 것이라고 가정한다. 반면에 행동 경제학은 개인이 감성과 직관에 따라 비합리적으로 의사 결정을 한다는 점을 밝힌 것이 가장 큰 특징이다. 우리의 감성은 대부분 편향되어 있고, 인지적 부담을 줄이기 위해 가급적 쉽게 떠오르는 표상을 주로 활용한다. 이를 휴리스틱이라 한다. 그래서 의사 결정과 판단에서 감성과 직관에 따르면 흔히 오판을 일으킨다.

행동 경제학의 시초는 심리학이고, 심리학적 연구가 대부분이다. 최근까지 현대 심리학과 철학의 주된 경향은 감성과 직관의 사용이 훌륭하다거나 정당하다는 것이었다. 그런데 이익적 합리성을 가정하는 경제학적 관점에서 심리에 따른 행동이 이상해지는 것을 관찰하면서 행동 경제학이 탄생하게 되었다. 행동 경제학은 감성뿐만 아니라 이성을 사용한 판단도 주관에 따르면 실제로는 비합리적이 되는 측면을 고발한다. 행동 경제학은 주관의 잘못을 고발한다는 점에서 혁명적이다.

나는 고등학생 때 읽은 헤르만 헤세의 《데미안》이 떠올랐다. 당시에는 어려워서 잘 이해되지 않았지만, 자기 자신으로 돌아가라는 교훈은 기억에 남았다. 그 책을 다시 정독해 보았다. 주인공 싱클레어의 고민은 이러했다. "나는 오로지

내 안에서 저절로 우러나오는 것에 따라 살아가려 했을 뿐이다. 그것이 어째서 그토록 어려웠을까?" 데미안은 위기에 처한 싱클레어를 구해주는 등 그에게 구원자이자 거의 만능 해결사인데, 마지막으로 데미안은 그에게 이렇게 말하고 사라진다. "만약 내가 필요할 때면 네 안의 목소리에 귀를 기울이면 된다. 그러면 그 안에 내가 있음을 알게 될 거야." 나는 이제 이 책이 어떤 의미가 있는지 깨달았다. 《데미안》은 이성과 절대성의 시대라는 알을 깨고 새로운 감성의 시대로 변화를 재촉하고 있다. 그러면서도 주관주의는 더욱 강력해졌다. 하지만 그것은 모두 더 큰 알 속에서 벌어진 일이고, 이제 그 알에도 균열이 일어나고 있다. 이성과 감성은 모두 내 안에서 벌어지는 일이다. 반면에 관계는 내 외부에 존재한다. 이제 내 밖에 있는 것이 왜 중요한지 깨달았다. 사회적 관계와 객관성 때문이다.

분홍색 공책에 새로 깨달은 지혜를 써야겠다. 대부분은 강영균에게 들은 내용에서 비롯되었다.

앞에서 행복이 개인의 감성에 있다고 썼는데, 그 생각과 태도에도 부작용이 많다. 이제까지 앞에서 말한 것은 주관적이기 때문이다. 주관적으로 좋은 감정만 느끼면 되는가? 혹자는 그렇다고 말할지도 모르지만, 주관주의가 과연 결과적으로 좋은 감정과 같은 행복을 잘 만드느냐가 문제다. 그렇지 않다. 주관은 타인과 분리되고 폐쇄적이고 자폐적이다. 타인을 이해할 수 없게 만든다. 타인을 이해하기 위해서는 주관에서 벗어나야 한다. 그게 유리하다. 인간은 사회적 동물이고 사회적 관계와 연결에서 많은 행복을 얻는다. 트란인도 그런지 잘 모르지만, 내가 많은 연구를 참조한 바 인간은 그렇다. 적어도 객관을 알면 행복한 삶에 더 유리할 것이다. 주관에서 벗어나 객관을 알고, 그것을 활용하면 자신에게 유리하다.

객관을 잘 알기 위해서 내가 한 귀인에게 들은 바에 따르면 두 가지 방법이 있다. 첫째, 자신을 믿는 지혜와 자신을 믿지 않는 지혜를 모두 사용해야 한다. 주관주의는 전자일 뿐이고, 객관을 알기 위해서는 후자도 필요하다. 둘째, 과학적 진실이나 진리와 같은 삼인칭 관점의 객관은 물론, 다른 사람의 생각 차원(이인칭)의 객관도 알 필요가 있다. 이를 관계적 객관이라 부를 수 있다. 다수의 공통된 생각이나 느낌이 객관적이라는 뜻인데, 얼핏 과학적 진실을 침해하는 위험성을 떠올릴 수 있으나 그렇지 않다. 포스트모더니즘은 주관적 감성이 이성적인 과학적 객관(진실)까지 침해할 수 있지만, 관계적 객관은 그렇지 않다. 과학적 객관, 절대적 객관과 다른 차원이다. 관계적 객관은 한 시점에 어떤 대상에 관해 많은 사람이 어떤 인상을 받고 판단하는지 아는 것일 뿐이다. 그것으로 자기 객관화를 할 수 있고, 소통에 필요하다.

하지만 포스트모더니즘은 아직 큰 영향력을 발휘하고 있었다. 2016~2017년에는 포퓰리즘이 세계적으로 일어났다. 정치적 좌우를 가리지 않는 포퓰리즘은 다수의 감성적 판단이 이성을 마비시키거나 전문가의 활동을 무시하고 비합리적 판단에 이르는 현상을 뜻한다. 이와 관련해 이즈음 유행한 단어와 개념으로 포스트트루스(탈진실), 대안적 사실, 가짜 뉴스가 있다. 2017년 4월 3일 《타임》 표지에는 〈진실은 죽었는가?〉라는 제목이 큼지막하게 박혀 있었다. 포스트모더니즘에서는 주관적 감성이 객관적 진실보다 중요하다. 그 사조는 객관적 진실을 무시하는 명분이 되었다. 즉 포스트모더니즘은 '자신이 믿고 싶은 것'이 진실보다 중요하거나 진실이라고 믿는 데 기여한다. 네 생각과 감성이 옳다고 하는 실존주의 경향도 있었다. 몇몇 사람은 이런 추세를 교묘하게 이용한다. 그래서 가짜 뉴스가 생기고 포퓰리즘이 일어난다. 프레임의 중요성과 문제점도 많이 언급되고 있다. 프레임은 감성적 인상으로 생각과 판단이 특정하게 고정되는 것을 뜻하고, 어느 정도 조작이 가능하다. 이즈음부터 프레임은 한국 정치인이 공적 자리에서 쓰는 공식 용어가 되었다.

사실 포퓰리즘과 프레임 전략의 원조는 히틀러다. 그의 선동과 웅변, 괴벨스의 선전 선동술은 대중의 감성을 사로잡았다. 간혹 포스트모더니즘이 일차·이차 세계대전과 파시즘에 반발해서 생겨났다는 주장도 있는데, 따져보면 정확하지 않다. 이미 1900년 언저리에 니체와 프로이트, 다윈의 활약 등 감성의 시대로 접어들기 시작했고, 히틀러는 니체의 사상을 적극적으로 활용했다. 모더니즘은 세계 곳곳을 식민지화하는 데까지 나아갔는데, 비이성적인 자민족 중심주의가 부흥하고 열강이 세계대전을 벌이려면 그보다 극단적인 주관주의와 대중주의, 포스트모더니즘에 가까워져야 한다. 히틀러와 나치의 새로운 경향은 당시 국민에게 모더니즘보다 진보적이라고 느껴졌을 것이다. 실존주의 철학자 하이데거도 나치를 지지했다.

나는 궁금했다. 생물학, 심리학, 물리학, 복잡계 등 과학 분야는 이미 관계의 시대로 전환을 보여주고 있었다. 더구나 컴퓨터와 인터넷이 대중화되었고, 연결의 가치와 중요성을 모두가 피부로 느끼고 있다. 하지만 그 저변에 담긴 의미심장한 변화, 패러다임의 변화 같은 것은 과학계 내부를 제외하고는 느껴지지 않았다. 왜 그럴까? 그래서 나는 강영균과 상담하기 전까지 변화를 인식하지 못한 것이다. 어쩌면 과학계가 아닌 인문학적 분야와 관련해서 그런 변화에 저항하는 요인이 있는지도 모른다는 생각이 든다. 그건 무엇일까?

스마트한 사람들

에어컨이 잘 작동하는 카페에서 지영과 이야기를 나누고 있었다. 그녀는 2017년 여름에 박사 학위를 받았고, 졸업식 며칠 뒤에 만났다.

"이제 뭘 할 생각이야?"

"당장은 다음 학기에 교양 수업 두 개를 맡았어. 물론 얼마 벌진 못하지만 나는 장기적으로 보고 있으니까."

"멋있다. 네가 드디어 강의를 하는구나. 장기적으로는 어떤 계획이 있어?"

"사실 뚜렷한 계획은 없어. 정교수가 되기도 어려울 것 같고. 나는 논문도 쓰고, 언젠가 책을 쓰고 싶어. 나만의 콘텐츠를 가지고 싶다는 생각이 있어서."

"책 좋지. 넌 연구하는 타입인가 보구나. 난 또 결혼 계획이 있나 했는데. 벌써 우리 나이가 얼마냐."

"야, 그런 말 하지 마. 너까지 스트레스 줄래? 지겹다 진짜… 나는 결혼 생각이 전혀 없어."

지영은 약간 화난 투로 말했다. 나는 좀 당황했다.

"미안해… 주변에서 결혼 문제로 뭐라고 했나 보네. 그냥 무시해. 나는 아무 생각 없이 한 말이야."

잠시 싸늘하던 공기가 지나가고 지영이 말했다.

"그런데 정민이 너는 언제 졸업할 거니? 너희 학교도 박사 학위 받을 수 있는 한계 기간이 있지 않아? 얼마 남지 않았을 텐데…."

"맞아, 십 년 안에 따야 하니까 2020년 2월 졸업이 한계야. 그래서 요즘 고민 중인데… 따긴 따야겠지?"

"당연히 따야지. 못 할 것도 없을 텐데, 왜 계속 늦추는 거야? 나는 네 계획이 제일 궁금해. 혹시 어떤 비밀스러운 계획이나 고민이라도 있는 거야?"

얘가 뭔가 눈치를 채고 있는 건가? 나는 잠시 생각했다. 지영에게라면 이제 다 말해도 될 것 같다. 어쩌면 그게 나한테 도움이 될지도 모른다.

"그러면… 이제는 말할 때가 된 것 같네. 너한테만 이야기하는 거야. 아무래도 못 믿을 것 같으니까 그 이야기부터 해야겠다. 내가 아직 돈을 벌지 않으면서 독립해 사는데, 생활비가 어디서 나오는지 알아? 용돈을 받는 것도 아니야. 이상하지?"

나는 운석을 주운 이야기를 들려주었다. 이제는 돈이 많이 남지 않아서 월세를 낼 만큼이라도 벌어야 하나 고민 중이라는 말도 했다. 나는 요즘 고등학생 논술 학원 강사나 과외를 생각하고 있다. 그리고 외계인에 관한 모든 비밀을 털어놓았다. 내 말이 끝나자 지영이 말했다.

"네가 궁극적 지혜를 찾고 있다는 말은 오래전에 들었어. 근데 그게 외계 행성에 보내기 위해서라고?"

"응, 그래서 나는 학위에 별로 관심이 없어. 궁극적 지혜를 찾기 위해 계속 공부해왔지."

"네가 외계에서 왔다니까 드라마 같네. 하지만 꿈이었다고 하기에 운석을 주운 건 상당히 이상한 일이고. 네 말을 안 믿는 건 아니야. 믿어볼게. 너는 원래 신비로운 아이였으니까. 그래도 박사 학위는 따는 게 좋아."

"그래, 그럼 그렇게 할게. 기본 요건은 충족했으니까 학위 논문만 잘 쓰면 될 거야. 아직 주제도 확실히 정하지 못했지만…. 그리고 내가 분홍색 공책에 쓴 내용을 너한테 알려주고 싶어. 자세한 이야기는 길어서 지금 다 말할 수 없지만, 다음에 꼭 알려줄게. 사람들에게 필요한 좋은 지혜를 알아냈거든. 그 내용을 가지고 네가 언젠가 책으로 써도 좋을 거야. 나는 그걸 사람들에게 알릴 생각이 없으니까. 음… 강영균이 걸리긴 하네."

"아니야. 네가 정말 다른 별로 떠나면 슬프겠지만 그 뒤에 내가 책을 쓰든 알아서 할게. 그 내용은 네 것이니까. 그 내용으로 학위논문을 쓰는 건 어때?"

"내가 볼 때, 논문으로 삼을 만한 내용은 아니야. 논문을 쓰려면 기존에 유명한 연구들과 밀접하게 연관되어야 할 것 같아. 너무 나가서도 안 되고. 다음에 만날 때 내가 그 공책을 가지고 올게. 너한테도 흥미로운 이야기가 될 거야."

나는 학위논문을 쓰기로 했다. 강영균에게 영향을 받아서 자유의지와 인과관계에 관한 내용이었다. 두 달 뒤 지영과 다시 만날 때 분홍색 공책을 가지고 나갔다. 나는 카페에서 그 공책을 보여주며 과거부터 이성의 시대, 현대에는 최근까지 감성의 시대, 이제부터 관계의 시대가 유력하다고 설명했다. 그 변화는 서양 특유의 지혜인 주관주의를 깨고 동양의 지혜 쪽으로 가까워지는 커다란 변화라고 말했다. 내가 서양철학에 치중했다면, 지영은 나보다 동양철학에 열린 사람이다. 지영이 말했다.

"그러니까 과학계를 빼고 그 변화가 아직 일어나지 않고 있다는 거지? 그 이유가 뭔지 궁금하다고… 어쩌면 서양에서는 자존심이 상하거나 지배력의 약화가 두려워서 막고 있는 것일 수도 있겠지."

"나도 그런 생각을 해봤는데, 너무 음모론 같아서 말이야. 다른 결정적인 이유가 있지 않나 하는 직감이 드네."

"같이 생각해보자. 나도 흥미로워졌어. 그런데 내가 몇 년 전에 특이한 책을 봤어. 대강 훑어보긴 했는데, 그 책이 요즘 서양의 어떤 변화를 말해주는 것 같아서 도움이 될지도 모르겠네. 리처드 세터스텐이 쓴 《20대=독립은 끝났다!》라는 책이야. 서양이 전통적으로 독립성을 중시했다면, 그게 변하고 있나 봐."

"그래? 나도 그 책을 읽어볼게. 고마워."

《20대=독립은 끝났다!》는 맥아더 재단이 후원한 '성인 전환기와 공공 정책에 관한 맥아더 리서치 네트워크'의 연구 결과를 토대로 한 책이다. 2000년대에 스무 살을 맞이한 미국 밀레니얼 세대의 특징을 다루는데, 지은이가 주목하는 특징은 일차적 가정에서 독립을 늦추고 부모의 지원을 받는다는 점이다. 서양에서는 관계성보다 독립성을 중시하고, 성인이라면 독립해야 한다고 생각한다. 이 책은 사회 환경의 변화와 치열한 경쟁으로 교육열이 높아졌고, 그 때문에 독립이 늦어지고 있다고 분석했다. 그리고 부모가 많이 개입하고 오래 돌보는 것이 필수가 되어가고 있다고 한다. 동양적 경향에 가까워진 것이다. 저자는 전통적인 독립성의 가치가 줄어들고 '상호 의존'이 중요해지고 있다고 분석했다.

이 책을 읽고, 나는 주목할 만한 활로를 발견했다. 그것은 개인의 이익이다. 미국의 밀레니얼 세대는 자신의 이익을 위해 독립을 늦추고 있다. 그것이 서양의 전통적 가치인 독립성과 충돌할 수 있지만, 부모나 타인의 도움을 받는 것이 본인에게(어쩌면 부모에게도) 더 이익이기 때문이다. 과학적인 학문 분야는 객관적 진실을 추구함으로써 관계의 시대를 보여주었지만, 포스트모더니즘 철학은 이미 객관성과 진실을 무시할 준비가 되어 있다. 그래서 과학계가 그러든지 말든지 파급력이 떨어진다. 포스트모더니즘 시대는 단지 과학자나 엘리트의 말이라고 다수가 따르는 시대가 아니다(모더니즘 계몽주의 시대에는 따랐다). 그러나 자신의 이익이 달린 문제라면? 무엇이 더 자신에게 이익인지에 따라 바뀔 것이다.

어떤 사람이 더 스마트해진다면, 특정한 이념이나 철학의 방식대로 행동하기보다 자신의 이익이 무엇인지 파악하고 그쪽으로 가려고 할 것이다. 이것이 시대의 변화를 이끈다. 포스트모더니즘의 중심에 있던 세대가 아닌 지금의 세대, 즉

MZ세대는 과거에 물들지 않은 마음으로 환경 변화에 빨리 적응했다. 모든 사람이 얼마든지 더 스마트해질 수 있겠지만, MZ세대부터 그런 변화가 두드러질 것이다.

미국 밀레니얼 세대의 변화에서 보이듯이, MZ세대는 사회적 관계와 상호 의존의 중요성을 알고 있다. 그것이 자신에게 이익이기 때문이다. 한국에서 2017년쯤부터 젊은이들 사이에 '인싸'라는 단어가 유행했다. 아웃사이더의 반대인 인사이더가 되고 싶어 하는 경향이다(반짝하고 사라지는 유행이 아니었다). 이전까지 인사이더는 오히려 좋지 않은 이미지였다. 주관주의 시대, 개성과 독립성의 시대였기 때문이다(아무리 동양이어도 국제적 흐름에 발맞추었다). 이 무렵 '인싸템'이 유행했는데, 손잡이를 누르면 토끼 모양 귀가 위아래로 움직여 재미있고 귀여워 보이는 모자가 대표적이었다. 이런 아이템을 사용하는 데는 타인의 호감과 인기를 끌어서 인싸가 되고자 하는 의도가 있다. 본인은 그 모습이 보이지 않는다. 오직 남과 관계를 통해 자신의 이익을 얻고자 하는 것이다. 1990년대 젊은 가수들과 비교하면 2010년대 이후 아이돌 그룹은 멤버나 주변인 사이에 불화가 확연히 적다. 이는 서양에서도 마찬가지다. 자신의 이익을 위해 주변 사람과 잘 지내는 게 좋다는 것을 깨달은 모양이다.

주관주의가 강한 사람은 자기 생각(의지)대로 이루어지기를 바란다. 자기 생각대로 이루는 것을 통제력이라 한다. 통제력은 특히 서양에서 중요하게 여겨왔다. 버트런드 러셀은 서양철학의 역사를 정리한 《서양의 지혜》에서 이렇게 썼다. "살아남는다고 하는 문제는, 첫째로 인간이 자연의 힘을 자기 자신의 의지에 따르도록 해야 한다는 것을 의미한다." 서양적 사고에서는 통제력이 이렇게 중요하다.

서양의 원자론적 사고, 즉 개체의 분리는 통제를 위해 필요한 측면이 있다. 어떤 대상을 다루기(통제하기) 위해서는 그 대상을 분리하고 고립시키는 게 낫고 수월하다. 과학기술의 동기와 목적은 주로 자연에 대한 통제였다. 과학적 연구에서 보통 독립변인을 찾는다. 예를 들어 어떤 병을 일으키는 인자를 독립변인으로 가정하고 그것을 찾아 제거하면 병이 나을 수 있었다.

문제는 개인의 통제력이 과연 그의 결과적 이익과 같은가하는 점이다. 사실 통제가 아니라 조화나 외부의 도움을 통해서도 이익을 얻을 수 있다. 통제력이 그 사람의 이익과 완전히 일치한다면, 모든 사람은 통제력을 추구하는 매우 강력한 욕구(동기)가 있을 것이다. 그러나 내가 논문을 쓰면서 찾아본 동기 심리학 연구에 따르면 그렇지 않았다. 통제력을 크게 원하지 않는 사람도 많다. 통제력이 결과적 이익과 다른 경우가 많기 때문이다. 예를 들어 내가 롤렉스 시계를 가지면 좋겠다고 생각했고 그 목표를 이루었다고 해서, 결과적으로 예상만큼 나에게 행복을 주는지는 분명치 않다(사회환경에 의해서도 바뀔 수 있다). 다르게 했을 때 의외로 나에게 이익이 되는 경우가 많다. 통제에는 계획 세우기와 통제의 과정에 힘든 노력과 비용이 발생한다. 그래서 통제 과정을 다른 능력자나 전문가에게 맡기고, 자신은 그저 따르는 것이 결과적으로 더 이익인 경우도 많다.

고사성어 새옹지마처럼 생각지도 못한 것이 결과적으로 자신에게 더 이익이 될 수 있다. 최근 유행어 가운데 "오히려 좋아"라는 말도 있다. 자기 생각과 의지가 정말로 최고인지 확실치 않다. 행동 경제학에서 밝히고 있듯이 주관이나 주관적 감성은 믿을 만한 것이 못 된다. 게다가 실제 환경은 복잡계까지 작용한다. 이제 우리는 예측 불가능성과 외부의 개입도 긍정적으로 볼 수 있다. 얼마 전만 해도 레스토랑에서 메뉴를 주문할 때 조리 방식까지 각자 선택에 따라 최대한 세밀하게 주문했는데(서양에서 특히 이런 주문을 많이 했다), 요즘은 '셰프 특선 메뉴'처럼 경험자에게 맡기는 방식이 유행이다.

사람들이 스마트해지면 통제력에 집착하기보다 결과적 이익에 초점을 맞추게 된다. 그리고 사람들은 점점 더 스마트해지는 것으로 보인다. 최근에 뇌피셜이라는 신조어가 생겼다. 주관적 생각의 문제점을 꼬집는 말이다. 이제 수많은 지식은 그 자리에서 스마트폰으로 검색해 찾아볼 수 있다. 사람들은 마치 지능을 아웃소싱 한 것처럼 인터넷과 스마트폰에 기대어 스마트해졌다. 난관이 닥쳤을 때 해결 방법을 즉각 찾을 수 있고, 의심스러운 이야기는 이전에 비해 검증하기 쉽다. 그 기구를 통해 학습과 자기 계발도 편리해졌다.

스터디나 토론하기 적당한 카페에서 지영과 만났다. 나는 자신의 이익 추구가 궁극적인 방향이고, 사람들이 점점 똑똑해지기 때문에 자연스럽게 변화가 일어날 것이라고 말했다. 신세대는 이미 많이 바뀌었고, 변화는 시간문제일 뿐이라고. 내 말을 듣고 지영이 말했다.

"그건 굉장히 중요한 사안이야. 하지만 기존의 문제가 해결되지는 않네. 왜 시대가 빨리 바뀌지 않는가에 대한 설명은 아니잖아. 그동안 내가 한 가지 실마리를 찾은 게 있어. 바로 개인주의가 문제야. 너도 개인주의를 좋아하지 않니? 신세대도 개인주의를 좋아해. 기성세대보다 개인주의적이라 할 수 있지. 그런데 개인주의는 주로 서양 문화고, 동양의 철학과 문화는 개인주의와 상반된다고 알려져 있어. 이 문제는 어떻게 해결할래? 개인주의를 버릴 수 있어?"

그녀의 질문에 나는 잠시 생각하고 말했다.

"음… 치명적인 질문이네. 장점이 많고 사람들도 원하니까 개인주의를 버릴 순 없는데… 그렇다면 개인주의가 뭔지 따져볼 필요가 있겠다. 그 개념이 좀 모호하니까."

"그렇지. 내 생각에 이 개인주의에 관한 문제가 관계에 대한 저항으로 작용할 수 있을 것 같아. 이건 사적인 문제뿐만 아니라 공적인 문제지. 내가 조사를 좀 해봤는데, 개인주의와 상반된 개념이 뭔지 알아?"

"공동체주의? 아니면 집단주의?"

"정답은 집단주의야. 공동체주의는 좀 더 포괄적인 개념이라서 개인주의와 반대인지가 명확하지 않아. 벤담과 밀의 공리주의, 애덤 스미스의 《국부론》처럼 개인주의와 겹치는 부분도 있을 수 있지. 개인주의와 완전히 상반되는 개념은 집단주의야. 그런데 내가 사회심리학 개론서를 살펴봤더니, 서양 사람들은 개인주의적이고 동양 사람들은 집단주의적이라고 많이 말하더라. 좀 이상하지 않니? 동양이 집단주의라니… 집단주의는 개인이 집단을 위해 희생하는 건데, 과연 동양 사람들이 그런 쪽일까? 더구나 현대인을 대상으로 연구한 건데 말이야."

"나도 동양이 집단주의라는 데 의심이 들어. 너무 이분법인 것 같은데?"

"그래서 자료를 더 찾아보니까, 그에 반발하는 주장이 외국이나 국내에 많았어. 동양은 정확히 말해서 집단주의라기보다 관계주의라는 거지. 그래서 이분법이 아니라 개인주의, 관계주의, 집단주의라는 삼분법이 있어. 실험과 조사를 해봐도 동양인은 관계를 중시하지 꼭 집단에 치우친 건 아니라는 결과도 많고. 하지만 그것도 관계적 집단주의라고 부르면서 집단주의에 가깝게 보더라고… 과연 관계주의가 집단주의에 가까운지 그 문제를 풀어야 할 것 같아."

"그러네. 개인주의, 관계주의, 집단주의라… 그 문제가 해결이 안 되면 시대적 변화를 용납하기 어려울 수 있지. 개인주의를 버릴 순 없으니까."

지영이 좋은 문제 제기를 했다. 나는 어떤 실마리를 찾을 수 있을 것 같다.

"한 가지 방안이 있어. 아까 내가 사람들은 자신의 이익을 추구하는 쪽으로 가고 있다고 했잖아. 그게 개인주의 아닐까? 앞으로 자신의 이익을 추구하는 똑똑한 방법은 관계를 이해하고, 연결을 만들고, 더 잘 이용하는 것이라고 했잖아.

그렇다면 개인주의와 관계주의가 합쳐지는 것 아니야?"

내 말에 지영이 맞장구쳤다.

"맞아, 나도 그런 생각이 들었어. 개인주의가 뭘까 다시 생각해보자. 개인주의는 자신의 이익을 최우선으로 하는 게 아닐까? 타인의 이익이나 집단의 이익보다 말이야. 관계를 맺고 잘 활용하는 것이 개인의 이익에 도움이 된다면, 관계주의와 개인주의가 합쳐지는 거지. 이게 옳은 관점 같은데?"

나는 흥분했다. 문제가 술술 풀리고 있었다.

"맞아! 관계주의의 반대인 분리주의가 되면 오히려 개인에게 손해야. 타인과 관계를 맺거나 타인의 도움을 받지 않고 혼자서 하는 게 최대 이익이 아니야. 그건 명백한 사실이지. 더구나 사회적 연결이 적고 사회적으로 고립되면 매우 불행해진다는 연구 결과가 많아. 외로움과 고독은 불행한 거지. 똑똑한 사람이라면 관계를 잘 이용할 거야. 그것이 진정한 개인주의지. 진정한 개인주의자는 관계주의를 가진 사람이야. 그 사람은 분리주의를 거부할 거야!"

"호호, 흥분했나 보다. 맞아. 그런데 '그것이 진정한 개인주의다'라는 말이 약간 독특하게 들리긴 한다. 내용적으로 이상은 없는데, 왜 그 말이 약간 어색할까? 아무래도 개인주의라는 단어에 어떤 선입관 같은 개념이 있어서 그런 것 같아. 어쩌면 네가 말한 것처럼 분리주의 같은 개념이 담겨 있다고 전제하기 때문이 아닐까?"

"오호… 그러네. 내가 봐도 뭔가 석연치 않은 점이 있어. 개인주의라고 하면 서양에서 탄생한 어떤 고유한 것을 지칭한다고 생각할 수 있으니까. 서양의 특징은 분리주의지. 그러니까 서양에서 흔히 생각하는 개인주의는 분리적 개인주의였던 거야!"

내 말에 지영이 대꾸했다.

"그럴듯하네. 개인주의는 개인이 각자 분리된 상태를 뜻할 수도 있으니까. 그런데 개인주의가 꼭 그걸 지칭할 필요가 있을까? 정리해보자. 분리를 추구하는 개인주의를 분리적 개인주의, 관계를 잘 이용하는 개인주의를 관계적 개인주의라고 부르면 그 둘은 충돌해. 그렇다면 진정한 개인주의는 뭘까? 아무래도 사람들이 개인의 이익을 최우선으로 한다면 관계적 개인주의를 택하겠지."

"음… 그렇다면 관계의 시대로 바뀌어도 충분히 개인주의가 될 수 있다는 결론이 나오네. 오히려 이익적 측면에서는 진정한 개인주의지. 문제는 개인주의라는 단어의 개념에 아직 분리주의 개념이 남아 있다는 점이야. 그건 아무래도 프레임에 불과한데, 그렇게 안 쓰면 되는 것이지. 분리주의 프레임을 고집하면서 '분리주의가 아니면 개인주의가 아니다!'라는 억지를 부리지 않으면 되는 거지."

내 말에 지영이 빙긋 웃었다.

"그러고 보니 개인주의는 영어로 individualism이잖아. 개인은 individual이고. 표면적으로 이 말은 '더 분리할 수 없는 것(dividual의 부정)'이란 뜻이지. 마치 원자처럼. 서양 언어의 특징이 분리주의 프레임을 강화하고 있네. 안타깝다고 해야 할까…."

표면적 언어에 따른 고정관념과 프레임이 개인과 관계를 모순적인 것처럼 만들고 있었다. 나는 지영에게 고맙다고 말했다. 그녀의 도움과 협조, 우리의 협력으로 문제를 해결해 가고 있었다. 지영은 개인주의와 관련해서 자료를 더 조사해보겠다고 했다.

나는 논문과 관련해서 자율성에 대해 조사해보았다. 관계와 함께 구글에서 검색하니 '관계적 자율성'이라는 용어가 있었다. 1990년대부터 페미니즘 계열 학자들이 주장하기 시작한 개념인데, 기존의 자율성 개념은 서양의 원자론적이고 남성적인 개념으로, 자연스럽지 않고 오히려 비합리적이라는 것이다. 참고로 자율성이란 자기 행동을 스스로 선택하고 남이 시키거나 통제하지 않음을 의미한다. 기존의 서구적이고 남성적인 자율성 개념은 분리적 자아를 가정하는 반면, 그들이 주장하는 관계적 자율성은 개인이 타인과 연결되기에 타인을 돌보고 공감하는 데서도 개인의 이익이 생긴다고 본다. 그래서 자율적이 된다. 이는 자연과학적으로 타당하다. 동물은 자기 행복을 위해 겉보기에 이타적인 행동을 한다. 저명한 영장류학자 프란스 드발은 어미가 자식에게 젖을 주는 행동은 자신의 자원이 줄어드는 손해처럼 보이지만 만족감과 행복을 얻고(아마 그로 인해 건강도 좋아질 것이다), 그것은 순전한 이타심이나 자기희생이 아니라고 말한다. 관계적 자율성을 페미니즘 학자들이 먼저 주장한 이유는 타인(가족)을 돌보고 자식을 양육하는 일을 많이 하고 공감을 잘하는 여성들이 자율성이 부족한 이등 시민 취급을 받는 서양의 주류 분위기에 반기를 들었기 때문이다.

다음에 만났을 때, 나는 지영에게 관계적 자율성에 대해 이야기했고, 지영은 자신이 찾아본 논문에 대해 말해주었다. 어떤 논문에서는 연구자들이 중국인을 대상으로 누구의 이익을 가장 우선하는지 조사해보았는데, 자신의 이익이 최우선이었고, 다음으로 (가족 같은) 가깝고 친밀한 사람의 이익, 마지막이 집단(내집단)의 이익이었다. 즉 관계를 중시하는 동양인도 자신의 이익이 가장 중요했다. 이런 순서는 미국인이나 영국인에게도 마찬가지로 나타났다. 이런 연구와 다수의 다른 연구를 바탕으로 사회심리학자 콘스탄틴 세디키데스와 로웰 가트너는 이익과 동기의 측면에서 '개인적 자아〉관계적 자아〉집단적 자아'라는 보편적인 본성이 있다는 삼 층 위계 이론을 제시했다. 이는 문화와 지역에 상관없는 인간 본성의 발현이다. 주목할 만한 부분은 개인주의적이라고 알려진 서양인을 대상으로 한 실험에서 가까운 사람(관계)의 이익을 중시하는 측면이 집단의 이익에 비해 높은 반면, 자신(개인)의 이익과 비교에서는 격차가 매우 적었다는 점이다. 이로써 관계적 자아는 개인적 자아에 가깝고, 집단과 멀다는 점을 알 수 있다. 즉 관계주의는 집단주의가 아니라 개인주의에 가깝다.

관계주의는 서양 문화에 따른 분리적 개인주의 관점에서만 억지로 집단주의에 가깝거나 그에 편입된다. '분리되었는지' 기준으로 판단했기 때문이다. 그러면 서양에서는 과거에 겪은 집단주의나 전체주의의 악몽이 떠오를 수 있다. 많은 사람이 개인주의에 장점이 많다고 생각하고, 그에 상반된 집단주의의 부흥을 꺼릴 것이다. 하지만 엄밀히 보면 분리주의나 주관주의와 개인주의는 다르다. 개인주의는 관계를 통한 자신의 이익 추구, 관계적 자율성이 포함된다. 이기적인 동시에 관계적인 것이 가능하다(MZ세대 혹은 스마트한 사람들은 이를 안다). 오히려 분리적 개인주의는 개인이 바랄 만한 것이 아니다. 그렇다면 무엇이 진정한 개인주의인가?

영국 정부는 2018년 1월에 고독부 장관을 신설했다. 고독과 외로움의 사회적 문제를 심각하게 인식하는 것이다. 지영은 개인주의에 관해 조사한 것을 토대로 논문을 써보고 싶다고 했다. 나는 좋은 생각이라며 칭찬했다. 어차피 나는 새로운 논문이나 책을 쓰고 싶은 마음이 없으므로.

관계와 손절의 자존감

박사 논문이 통과되었고, 2019년 여름에 학위를 받고 졸업했다. 학위가 내게 딱히 쓸모 있어 보이지 않지만, 어차피 2019년까지 박사과정에 있을 수 있고 이듬해부터 공식적으로 학생이 아니기에 취득하는 것도 경험 삼아 나쁘지 않다.

앞으로 삼 년… 나는 완전히 자유로운 몸이 되어 마흔이 되기 전까지 마음껏 숙고해볼 것이다. 그 뒤의 일은 그때 정해지겠지… 지금은 생각하지 않는다. 문제를 대부분 해결했다고 생각했지만, 아직 뭔가가 남았다는 기분이 든다. 그래서 분홍색 공책에 적는 일을 계속 미루고 있다. 무엇 때문에 찜찜할까?

중요한 것은 어떻게 하면 행복한 삶을 살 수 있는가이다. 나는 유튜브에서 자존감에 대해 설명하는 것을 종종 보았다. 자존감을 높이는 방법에 관한 책이 베스트셀러가 되기도 했다. 신세대는 자존감에 관심이 많아 보인다. 내가 알기로 자존감은 서양인이 높고 동양인은 낮은 편이다. 주관주의와 깊은 연관이 있기 때문이다. 자신을 믿고 사랑하고, 자신의 장점을 인식하고, 자신이 세상의 중심이라고 생각하면 자존감이 높아진다. 나르시시즘과 유사해서 둘을 구분하자는 유튜브 영상도 많다. 나르시시즘은 이기주의와 자신에 대한 과장, 착각을 동반하는 것처럼 온갖 나쁜 것으로 구성되고, 자존감은 그렇지 않다고 하는데, 굳이 자존감의 좋은 점만 들어 구분하려는 것 같기도 하다. 자존감에 뭔가 좋은 점이 있어 보이긴 한다. 어쩌면 동양인이 자존감이 부족한 편이기 때문에 더욱 관심을 보이는지도 모른다. 자존감이라는 말 자체가 전통적으로 동양에는 없었고 현대에 새로 생긴 단어다 (자존심과 자신감은 있었지만, 자존감과 다르다).

남아 있는 문제가 자존감인지 모른다. 관계의 시대라도 자존감은 필요할 것이다. 생각해보니 실존주의도 문제다.

나르시시즘의 부작용을 뚫고 자존감의 장점이 있는 것처럼, 실존주의의 막 나가는 부작용을 뚫고 거기에도 장점이 있어 보인다. 게다가 주체성도 문제다. 이 세 가지는 매우 밀접한 연관이 있다. 주체성에서 자존감과 실존주의가 나왔다고 할 수 있다.

우리는 왜 자존감과 주체성, 실존주의를 원할까? 이것이 어떤 식으로 행복을 만들고, 이것이 없으면 우리는 왜 불행해지는가?

관계의 시대는 독립성에 대한 기대가 줄고 이를 덜 추구하는 특징이 있다. 그러면서 그 반대인 의존성이 살아난다. 의존은 특히 서양철학적 사고에서 금기로 여기는 개념이다. 우리는 관계를 통해 타인에게 도움을 받고, 관계를 활용한다. 여기까지 어느 정도 쉽게 받아들이지만, '타인에게 의존함'을 긍정적으로 받아들일 수 있을까? 나는 그럴 수도 있다고 본다. 타인에게 도움을 받는 것과 의존하는 것은 많은 경우에 정확한 구분이 불가능하다. 예를 들어 미국에서 밀레니얼 세대가 독립을 늦추고 부모의 도움을 받는 것은 부모에게 의존하는 현상으로 볼 수 있다.

자존감, 주체성, 실존주의의 장점은 의존성의 문제점과 연결되는 것으로 보인다. 의존성에는 물론 단점도 있고, 자존감과 주체성, 실존주의는 의존성의 단점을 없애는 장점이 있다. 한국의 신세대가 자존감에 관심이 많은 것은 관계와 의존에서 생기는 부작용 같은 단점이 겁나기 때문인지도 모른다. 그 부분은 자신에게 손해이므로 피하려 한다. 가스라이팅*이라는 용어가 최근에 신세대를 중심으로 널리 알려졌다. 그리고 '손절'이라는 신조어가 등장했다. 손절매라는 주식 용어에서 파생된 말로, 손절은 '특정인과 관계를 자발적으로 끊는다'는 뜻이다. 외국에서는 이와 비슷하게 unfollow라는 신조어가 등장했다. 절교나 절연이라는 단어가 친교나 친목과 관련되어 있다면, 손절은 개인의 이익과 관련이 있다.

헤겔이 제시한 '주인과 노예의 변증법'은 의존이 얼마나 무서운지 짐작하게 만든다. 주인은 자신의 노예에게 생산 활동을 전부 맡기고, 이런 상태가 계속되면 주인이 노예에게 의존하게 된다. 그러면 결국 주인의 정신이 노예에게 종속되고 의식이 역전되어 주인의 자유가 줄어든다고 설명한다. 의존은 주인이 노예에게 종속되고 관계가 역전될 정도로 끔찍한 문제를 낳는다… 서양철학은 이렇게 보았다.

그러나 의존성은 우리의 선입관만큼 나쁘거나 특이한 일

---

* 주로 주변 사람에게 당하는 세뇌 유형의 가혹 행위

이 아니다. 모든 사람은 삶의 많은 부분을 타자에 의존하고 있다. 우리는 직접 농사짓거나 옷을 만들지 않는다. 많은 사람은 농사짓고 옷 만드는 방법을 모르고, 농부나 옷 만드는 사람에게 의존하고 있다. 우리가 과거보다 국제적 소식이나 외국의 사건 사고에 예민하고 관심을 가지고 많은 영향을 받는 이유는 외국에 더 의존하기 때문이다. 짜장면과 피자를 왜 스스로 만들어 먹지 않는가? 우리가 많은 것을 스스로 하지 않는 이유는 분업이 효율적이기 때문이다. 분업은 개체 입장에서 의존성을 높인다. 그것이 개체 입장에서도 이익이고 좋다. 미국에서 이십 대가 부모의 도움을 받으며 빨리 독립하지 않는 이유는 스스로 돈을 벌어 학비를 마련하는 것보다 시간적으로나 전반적으로 효율적이기 때문이다. 레오나르도 다빈치도 부자들의 후원을 받으면서 연구와 작품 활동을 했다. 의존도 자신의 이익을 위해 주체적이고 자율적으로 선택할 수 있다.

어떤 실존주의자가 "나는 남에게 의존하기 싫고, 남이 전혀 내게 개입하지 않았으면 좋겠어. 내 생각과 판단이 부족하더라도 내 판단대로, 내 감성대로 살아갈 거야"라고 말한다고 가정하자. 이런 모습도 실존주의일 수 있고, 지금까지 실존주의가 주로 이랬다. 이런 사람은 행동 경제학에서 관찰하는 비합리적인 피험자가 되겠지만, 그들이 실존주의자라면 그래도 좋다고 할지도 모른다. 다만 그들이 대개 착각하는 것은 자기 생각이 자신만의 주체적인 것이고 타인의 개입이 없다는 것이다. 그들은 이미 타인에게 개입 받고 있다.

행동 경제학자 리처드 탈러는 《넛지》에서 공익적 목적으로 자유주의적 개입주의를 활용해야 한다고 주장했다. 예를 들어 남자 소변기 중앙에 파리 모양을 붙여 소변이 밖으로 튀는 것을 줄이고, 주입식 건강 캠페인 대신 건강에 좋은 채소를 판매대 정면에 배치하는 등 어떤 조작을 통해 사람들이 스스로 선택했다고 느끼게 만들어서 특정한 행동으로 유도할 수 있다. 이 방식은 광고계에서 오래전부터 써온 것이다(미디어 분야 학자들도 그렇게 말한다). 주입식으로 따르라고 하는 게 아니라 엔터테인먼트화하고, 시청자의 감성에 호소하고, 잘 보이는 지면을 편집해 스스로 선택했다고 느끼게 만드는 것은 오래전부터 홍보와 프로파간다 전략이었다. 우리는 언제나 타인의 개입을 받고, 우리의 주관적 경험은 얼마든지 타인이 조작할 수 있다.

자기 생각을 믿는 경향에는 그것이 '진짜 자신'인지 불분명하다는 함정이 있다. 감성은 더하다. 그것이 오롯한 자기 감성이라고, 자신의 주체적이고 실존적 선택이라고 생각하는 것은 착각이다. 정신이나 감성이 조작되고 지배되는데 내 정신, 내 감성이니까 실존이고 좋은 것이라며 착각하는 것이다. 이런 착각은 나치에 대한 지지 같은 것으로 나타날 수 있다. 주관적 감각에 덜 의존하고(행동 경제학의 교훈), 자기 이익을 위해 스스로 타인과 연결되고, 타인의 개입을 의식적으로 인정하는 사람이 현명하다. 이것 또한 진정한 실존이다. 타인에게 의존해 사는 것도 실존이다. 심지어 기생충도 실존일 것이다.

이제 나는 트란인에게 보낼 글을 쓸 준비가 되었다. 맞아, 트란인은 다른 별에서 많은 도움을 받으며 살아왔다고 했다. 그들의 높은 기술력도 외부에서 얻은 것이다. 그들은 의존성이 커 보이고, 어쩌면 자존감이 낮을지 모른다….

자존감이 부족하면 자신의 존재가 희미해진다. 자신의 존재란 대체 무엇인가? 사람은 종교를 위해 살기도 하고, 이성을 위해 살기도 하고, 감성을 위해 살기도 하고, 관계를 위해 살기도 한다. 하지만 자존감과 진정한 실존을 위해 그래선 안 된다. 그것은 '나 자신'이 아니기 때문이다….

2019년 12월, 나는 마침내 분홍색 공책에 쓰기 시작했다.

사람은 관계를 통해 많은 이익을 얻을 수 있고, 개인은 자기 이

익을 위해 자발적으로 관계를 맺으며, 타인의 도움을 받는다. 이는 개인의 자율적 선택이고, 개인의 자유를 늘리는 것이다. 개인의 주체적 결단이기도 하다. 자신을 믿고 자신을 사랑하는 주체성은 폐쇄적인 주관주의에만 있는 것이 아니라 타인과 관계를 맺는 자신에게도 있다. 타인과 타자의 개입은 자기도 모르게 언제나 일어나고 있기에, 타자를 배제한 순수하고 오롯한 주관은 존재할 수 없다. 자신의 이익이 뭔지 알고, 이를 위해 다양한 수단을 활용하는 것이 가장 좋다. 타인과 타자에 의존하는 것도 좋은 방법이다. 다만 정신은 타인에게 지배되지 말아야 한다. 그러면 오판에 이르거나 불행해지기 때문이다.

행복 추구의 넓은 개념과 동기의 구현은 자신의 이익 추구로 볼 수 있다. 즉 궁극적인 것은 자신의 이익이다. 자존감도 그것을 위한 것이다. 자존감과 주체성, 실존주의의 필요성은 자신의 정신 건강과 이익을 지키고 좋게 만드는 데 있다.

트란인이 의존성으로 인해 자존감이 부족하다면 그럴 필요가 없다. 의존성이 큰 자신도 실존이고 훌륭한 자아다. 자신을 사랑하기 때문에 타자에 의존하고, 그런 자신을 사랑할 수 있다. 즉 의존성이 강한 성향이라도 자존감이 높을 수 있다. 의존성이 강한 자신을 불쌍히 여기거나 비하하는 것이야말로 자존감을 낮추는 일이다. 그런 자신도 사랑하는 것이 자존감이다.

이제까지 긴 여정을 돌아보면, 나(자아)를 찾는 여정이었다. 종교적인 나, 이성적인 나, 감성적인 나, 관계적인 나. 진짜 나는 무엇일까… 현명하고 똑똑해진다는 건 이 모든 것을 이용해서 나의 이익을 늘리는 것이다. 그러면 '나'는 무엇인가가 문제가 된다. 종교, 이성, 감성, 관계는 '나'가 아니다. 이것은 모두 나의 수단이다. '이것을 위한 나'가 되어선 안 된다. 이것의 노예가 되어선 안 된다. 내가 찾은 순수한 나, 진짜 나는 '나를 위한 나'다. 트란인은 나(자기 자신)를 위해 살고 있는가?

몇 달이 지났고, 지영은 개인주의의 문제에 관한 논문을 학술지에 게재했다. 개인주의는 자유주의 이데올로기와도 깊은 연관이 있다. 개인주의 문제는 동서양 문화 충돌과 이데올로기 갈등의 공통분모였다. 한편 나는 이제 다른 계획을 세우고 있다. 사람들은 기댈 곳이 필요하다. 기댈 것은 충분한가? 대체 무엇에 기대야 하는가? 각자 나름대로 누군가에 그리고 무언가에 기대고 있겠지만, 뭔가가 더 있었으면 좋겠다. 많은 사람이 외롭고 혼란스럽고 불행해 보이기 때문이다. 하지만 아직 막막했다.

4월 어느 날, 느닷없이 강영균에게서 전화가 왔다. 만나서 밥을 먹고 이야기하고 싶다고 했다. 나는 반가워서 그러자고 했는데, 뭔가 중요한 일이 있어 보였다. 간단히 밥을 먹고 맥주를 마시러 갔다. 술집에서 그가 말했다.

"오랜만에 정민 군을 만나고 싶기도 했지만, 꼭 물어보고 싶은 것이 있어서 보자고 했어요…. 제가 천문학 연구소에서 일하다가 얼마 전에 알게 되었는데, 정민 군이 운석을 주웠더군요. 사생활이니 비밀이겠지만, 저는 관계자라서 알게 된 거예요. 맞죠?"

"네… 2010년 11월쯤에 운석을 주웠어요. 무슨 문제가 있나요?"

"그게 문제는 아니고요… 제가 어떤 짐작을 하게 되었는데, 퍼즐이 맞춰졌어요. 정민 군은 다른 사람들과 다르죠? 본인의 생일도 모른다고 하고, 내가 인류의 궁극적인 지혜를 찾고 있다고 하니까 자신도 그렇다면서 그걸 물어보고…. 혹시 정민 군은 외계에서 보낸 사람이 아닌가요? 지구인을 관찰하고 연구하면서 궁극적 지혜를 찾아 전달하라는 임무가 있지 않나요? 혹시 그 별 이름이 트란 아닌가요?"

나는 그의 말에 깜짝 놀라 멈칫하면서 어떻게 대답해야 할지 고민했다. 자칫 어떤 위험이 생길지 몰랐다.

"아니에요, 그럴 리가 있나요. 하하."

"흠… 뭔가 숨기는 것 같은데요. 이렇게 하면 솔직히 말할지 모르겠네요. 사실은 내가 그런 사람이거든요. 나도 그런 임무를 가지고 태어났어요. 그래서 인류의 궁극적 지혜를 찾아왔죠. 이런 나에 대해서 더 자세히 알고 싶으면 솔직히 말해요. 괜찮으니까요. 이건 나와 정민 군 사이의 비밀이에요. 위험을 끼치려는 것도 아니에요."

"저, 정말이에요? 그럴 수가… 맞아요, 제가 그런 임무를 가지고 있어요. 그런데 교수님은 어떻게…."

"정민 군은 어떤 집에서 자랐나요? 외계인 부모가 있었나요, 아니면 어느 가정에 입양되었나요?"

"저는 성당에서 자랐어요. 수녀님이 갓난아기인 저를 발견해서 길러주셨어요."

"어려운 환경에서 용케도 잘 자랐군요. 경제적 어려움이 생기니까 트란에서 운석을 내려준 것이겠고…. 나는 외계인 부모가 있었어요. 그런데 나중에 알고 보니 진짜 부모가 아니었어요. 나한테 임무를 주고 감시하려고 한 보호자였지요. 나를 실제로 낳지도 않았어요. 나는 실험실 같은 곳에서 아기로 만들어졌고, 그 보호자들은 인간의 모습으로 변신한 거예요. 나는 반항심이 생겼고 실존에 대한 고민을 많이 했어요. 우리 집에는 금덩이가 많았어요. 트란에서 보내준 금으로 생활했거든요. 나는 그 금을 훔쳐서 집을 나왔어요."

"그런데 괜찮았어요? 그들이 쫓아오지 않았어요?"

강영균은 회한에 찬 표정으로 잠시 생각하더니 말했다.

"나는 강하게 저항했고, 그들을 쫓아버렸어요. 그리고 한동안 그 임무를 따르지 않았어요. 단지 사람으로 살고자 했지요. 나는 공부에 흥미가 있어서 계속 공부하고 있었어요. 그 일은 점점 잊히는 듯했지만, 평범한 사람이 될 순 없었어요. 나는 계속 공부해야 하는 운명인 것 같았어요. 다른 쪽으로는 전혀 일이 풀리지 않았지요. 그래서 사주팔자에도 관심이 생겼고요. 정민 군은 트란에서 어떻게 그 임무를 알려주었나요? 임무의 성과는 어떤 식으로 그들에게 전달하지요?"

"저는 너무나 생생한 꿈을 꾸었어요. 트란인이 우주선에서 내려와 저에게 그 임무를 알려줬어요. 좋은 삶을 위해 어떤 지혜를 가져야 하는지 알아보라고. 그리고 분홍색 공책 표지에 TRAN이라 쓰고 내용을 적으면 전달된다고 했어요. 지금까지 어느 정도 써놨고요…. 교수님은요?"

"그랬군요. 저는 그러지 않았어요. 그 보호자에게 말하면 되는 거였던 것 같은데… 아니면 그가 어떤 방법을 알려줬겠죠. 그런데 보호자가 사라지니 이제 어떻게 전달할지 몰라요. 정민 군과 비슷하게 공책에 정리는 해놓았는데, 그것이 전달되는지 모르지요. 그 공책을 저한테 보여줄래요? 어떤 내용인지 궁금하군요."

"보여달라고요? 음… 그래도 될지 모르겠네요."

"아무래도 겁이 나는가 보군요. 무서워할 것 없어요. 다음에 만날 때 그 공책을 들고 와줄래요? 아니면 그 내용을 사진 찍어서 저한테 휴대폰으로 전송해주세요. 나도 내가 쓴 내용을 찍어서 보내줄게요. 나는 내용이 좀 많고 복잡할 거예요. 온갖 잡다한 이야기를 써놔서…."

"저는 다만… 트란인의 허락 없이 그래도 될지 걱정이 돼서요. 시간을 좀 주실래요? 고민해봐야 할 것 같아요."

"꼭 사진을 보내줬으면 좋겠네요. 아니면 공책을 들고 오던지요. 우리가 앞으로 잘될 방법을 같이 찾아봅시다. 혹시 정민 군은 나중에 트란으로 돌아가는 건가요?"

"제가 알기로는 그래야 할 것 같아요. 임무를 잘 수행하면 마흔 살이 되는 2022년에 돌아갈 수 있어요. 트란인이 그렇게 말했어요."

"내후년이네요. 그러면 정민 군은 82년생 개띠군요. 하하. 저는 58년생 개띠예요. 2022년에 저도 같이 돌아갈 수 있으면 좋겠네요."

"같이요?"

"네, 내가 최대한 도울게요. 나는 이제 나이가 많고 몸도

쇠약해졌어요. 삶이 너무 힘들어요. 하지만 내가 돌아갈 수 있을지 모르겠어요. 지은 죄가 있거든요. 속죄하고 싶어요. 잘 생각해보세요. 간절한 부탁이에요. 모든 부분에서 내가 도움을 줄게요. 경제적으로도 도와줄 수 있고요."

"…예전에 상담에서 교수님의 이야기가 많은 도움이 되었어요. 그 도움을 받아서 공책에 쓰기도 했고요. 그런데 너무 갑작스럽고 충격적인 일이라 좀 두렵고, 어떻게 해야 할지 난감하네요…."

"괜찮아요. 용기를 가져요. 협동하면 더 잘될 거예요."

한동안 마음이 복잡했다. 과연 강영균과 협동이 도움이 될지, 귀찮을 뿐이거나 오히려 나에게 손해가 될지 모를 일이다. 그가 불쌍하니까 받아줘야 하나, 아니면 그와 손절 해야 할까? 강영균은 분명히 나에게 큰 도움을 준 사람이다. 그것만 따져보면 같이 하는 게 맞다. 하지만 그는 트란인에게 버림받은 사람 같다. 맞아, 그가 버림받을 짓을 했고, 그 대안으로 내가 보내진 것이다. 트란인은 그가 이십 대일 때 나를 여기로 보냈다. 그렇다면 그와 엮이는 것이 좋은 일일까? 트란으로 같이 가고 싶다는 부탁이 부담스러웠다.

강영균이 내 휴대폰으로 사진 파일을 전송했다. 그가 쓴 공책의 내용인데, 일부분만 찍었다고 한다. 획기적이거나 감동적인 내용은 없었다. 짧은 잠언이나 아이디어 노트 같았다. 다만 나에게 들려준 객관성에 대한 이야기가 눈에 띄었고, 니체처럼 힘과 권력의 문제에 관심이 많아 보였다. 딱히 도움이 될 만한 건 없었다.

강영균이 나에게 도움을 주고 싶다며 다시 만날 시간을 정하자고 연락했다. 공책을 보여주기 싫으면 안 보여줘도 된다면서 이런저런 이야기를 나누고 싶다고 했다. 나는 그와 적어도 한 번쯤 더 만나서 이야기해볼 필요가 있다고 생각해, 약속 날짜와 시간을 정했다. 이번에는 점심에 만나기로 했다.

지영에게 전화를 걸었다. 강영균과 만난 일을 이야기하고, 어떻게 할지 고민이라고 말했다. 그녀는 신기하다며 놀라워했다.

"신중해야 할 것 같아. 너무 갑작스럽고 이상한 일이네."

"그렇지? 그런데 나는 실제로 그 사람한테 많은 도움을 받았거든. 너한테 말했잖아. 어쩌면 또 도움을 줄지도 모르는데, 거절해야 할지 고민이 돼. 그 사람 없이 혼자 할 수 있을 것 같기도 하지만… 그 사람이 간절해 보이기도 하고."

"조금 생각해볼게. 음… 그 사람이 정말로 많은 도움이 될지는 알 수 없는 일이야. 그게 필수적인지도 모르겠고. 문제는 그 사람이 너를 위해서 이러는 것일까? 아닐 거야. 그건 확실해. 어쩌면 마음속으로 너를 싫어할 수도 있어. 그렇다면 네 뒤통수를 칠지도 몰라. 나는 약간 느낌이 안 좋은데⋯. 일단 하자는 대로 하지 말아봐. 좀 더 경계할 필요가 있어. 네 공책을 보여줘도 될지는 잘 모르겠어. 하지만 조심하고 여차하면 손절 해. 원한을 사게 하지는 말고 조심스럽게. 까딱하면 스토커가 될지도 모를 일이야."

"좋은 생각이야. 그렇게 할게."

"이번 토요일 점심에 만난다고? 정확히 언제, 어디서?"

"용산역하고 연결된 대형 쇼핑몰이 있는데, 거기서 만나기로 했어. 열두 시에."

"아, 거기 먹을 곳도 많고 영화관도 있잖아. 굉장히 오래 전에 가봤는데, 요즘 더 좋아졌다더라. 그럼 그 사람이랑 만난 뒤에 곧바로 나랑 만나자. 두 시 어때?"

"좋아, 우리도 이제 만날 때가 됐지. 그럼 그날 두 시에 거기서 만나자."

나는 용산역에 있는 쇼핑몰에서 강영균과 만났다. 분홍색 공책은 가져오지 않았고, 휴대폰 사진으로 찍었다. 그가 간절히 보고 싶어 하면 상황에 따라 보여줄지도 모르겠다. 강영균은 약간 절뚝거리면서 걸었다. 얼굴빛도 그렇고 건강이 안 좋아 보였지만, 살가운 미소로 나를 대했다. 그가 비싼 초밥을 사주겠다고 했는데, 친절이 부담스러워서 간단한 걸로 먹자고 했다. 우리는 돈가스를 주로 파는 식당으로 들어갔다. 음식을 먹다가 내가 말했다.

"건강이 조금 안 좋아 보이시네요. 괜찮으세요?"

"괜찮아요. 평소에 앓던 지병이 잠깐 도진 거예요. 저는 오래전부터 편두통과 허리 통증이 있었어요. 오늘이 저기압이라 더 심해진 모양이에요. 일 년 전에 위암 판정을 받았어요. 다행히 초기라서 레이저로 떼어냈는데, 재발할지 모르는 상태라서 계속 검진을 받아야 해요. 제 몸이 점점 망가지고 있는 것 같아요. 슬픈 일이죠…."

"정말 안타깝네요. 건강하셔야 할 텐데…. 그래서 그러셨군요."

"네, 솔직히 말하면 그래서 정민 군한테 부탁하는 거예요. 나는 지금까지 너무 힘들게 살았어요. 이제 건강도 안 좋고요. 내 인생은 공부 외에 아무 일도 할 수 없었어요. 나는 돈도 벌지 못하고 결혼도 못 하고 명예와 지위도 못 얻어요. 너무 외롭고, 아무런 행복도 느끼지 못하게 되었어요. 우울증이죠. 트란인들이 나를 만들 때 그렇게 세팅한 것 같아요. 임무를 수행하지 않으면 쓸모없는 사람이 되고 불행해지는 거죠. 후천적으로 그들의 방해가 있었는지도 모르고요. 정민 군은 나처럼 되지 않게 조심하세요."

"그러면… 제가 어떻게 해야 하는 건가요? 제가 어쩌길 바라세요?"

"정민 군은 나처럼 되지 말고, 꼭 트란으로 돌아가야 해요. 그 전에 트란인에게 나에 대해 말해주세요. 나와 상담한 것이 정민 군에게 도움을 줬다고 했죠? 그 공책에도 썼다고 했는데, 트란인을 만났을 때 직접 말하거나 그 공책에 나에 대해 써주세요. 내가 큰 도움을 줬고, 같이 트란으로 돌아가고 싶다고요. 그런데 너무 염치가 없네요. 이제부터 내가 더 많이 도울게요. 확실히 돌아갈 수 있게 최선을 다할게요. 그러니까 꼭 부탁해요."

"흠… 저는 공책에 한 귀인이 어떤 내용을 알려줬다고 썼어요. 거기에 주석을 달게요. 그 귀인이 강영균이라는 사람이라고. 같이 트란으로 돌아가고 싶어 한다고 쓸게요."

"정말 고마워요… 그런데 내가 같이 가길 바란다는 식이 아니라, 정민 군도 그걸 바란다고 써주실 수 있나요? 부탁이에요…."

좀 난감했다. 내가 왜 그렇게까지 해야 하지? 대답하지 못하고 있었더니 그가 말했다.

"아, 그건 좀 성급한 요구인 것 같네요. 미안해요. 뭘 쓰든 정민 군의 자유니까요. 앞으로 천천히 의논해봐요."

강영균과 나는 쇼핑몰에 있는 카페로 자리를 옮겼다. 나는 두 시에 이곳에서 친구와 약속이 있다고 말했다. 그가 말했다.

"그래요, 그런데 지금 우리가 만나는 것도 트란인들이 보고 있을지 모르겠네요. 나는 가끔 그들이 나를 감시한다는 생각이 들어요. 그렇지 않아요?"

"그럴지도 모르죠. 하지만 제가 트란인에게 들은 바로는 항상 감시하지는 않는대요. 우리의 만남은 특별하니까 어딘가에서 보고 있을 수도 있겠네요. 좋아할지 싫어할지는 모르지만…"

"흠… 그런데 그 공책을 나한테 보여줄 생각은 없어요? 내가 보면 더 많은 도움을 줄 수 있을 텐데요. 사실 내가 도우려면 그걸 꼭 봐야 해요. 두려워하지 마세요."

"음…"

나는 잠시 생각하다가, 그 정도는 괜찮겠지 싶어 휴대폰에 저장한 사진을 그의 휴대폰으로 전송했다. 강영균은 휴대폰으로 그 내용을 한참 들여다본 뒤에 말했다.

"훌륭한 내용이네요. 하지만 그 후 아무런 소식이 없는 걸 보면 그들이 아직 성에 차지 않았나 봐요. 더 많은 내용이 필요하겠네요. 지금은 어떤 계획이 있나요? 혹시 생각해둔 게 있어요?"

"요즘은 사람들이 기댈 만한 것은 무엇인지에 대해 생각하고 있어요. 예를 들어 새로운 철학이나 종교 같은 것이요. 그런 막연한 생각만 하고 있어요."

"새로운 철학과 종교라… 좋아요, 나도 도움이 될 수 있을 것 같아요. 앞으로 협동해서 그 문제를 풀어봅시다."

나는 아무리 협동하더라도 그 문제를 풀 수 있을 거라는 생각은 들지 않았다. 혼자 도전해보는 게 낫겠다고 생각했다. 트란인이 우리의 만남을 좋게 볼 것 같지도 않았다. 강영균이 가방에서 두툼한 흰 봉투를 꺼내 탁자에 올려놓았다.

"받아두세요. 많이 넣었어요."

"이게 뭐예요?"

"돈이에요. 내가 도움을 주고 싶다고 했잖아요."

"저는 받을 수 없어요."

나는 그 돈을 거절했다. 지금 강영균은 자발적 을이고 나는 갑의 위치, 권력자가 되어 있었다. 하지만 그러기 싫다. 나는 솔직한 마음을 털어놓았다.

"죄송하지만 앞으로 저 혼자 해보고 싶어요. 공책에 교수님이 알려줬고 같이 그 별로 가길 원하며, 그렇게 해달라는 말은 쓸게요. 이것으로 된 거 아닌가요? 트란인이 허락하지 않았으니까요. 교수님은 왜 굳이 계속 저를 돕고, 협동하자고 하시는 건가요?"

"정민 군이 그 말을 써준다고 해서 내가 같이 갈 수 있는 확률이 커 보이지 않기 때문이에요. 그들은 굉장히 냉정해요. 나는 더 속죄해야 해서 정민 군과 트란인에게 더 많은 도움을 줘야 할 것 같아요. 그래서…."

나는 어쩔 수 없다고 했다. 둘 사이에 평행선이 그어졌다. 시간이 흘러 이제 헤어져야 하는데, 그가 내게 보여주고 싶은 것이 차 안에 있다고 말했다. 우리는 카페에서 나와 쇼핑몰 지상 주차장으로 갔다. 주차장에 들어서자마자 지영에게 전화가 왔다. 십오 분 일찍 쇼핑몰에 도착했다고 한다. 나는 지금 사 층 주차장에 있다고 조금 뒤에 보자고 했다. 강영균의 차 앞에서 내가 말했다.

"몸이 안 좋은데 운전하셔도 될까요?"

"괜찮아요. 나는 취미가 운전이에요…. 아, 그런데 집에 두고 왔나 보네요. 어떡하죠? 아현동이라 여기서 가까운데 같이 가지 않을래요? 올 때도 내가 태워줄게요. 두 시 십 분이면 여기 올 수 있을 텐데요. 친구는 잠깐 쇼핑하면서 둘러보고 있으라고 해요."

"음… 제게 보여주고 싶은 게 뭔데요?"

"엄청난 보물이에요. 보면 아마 놀랄 거예요. 어서 타요. 시간도 없는데."

"죄송해요. 더는 도움을 받을 수 없어요. 친구가 기다리고 있어서요. 그럼… 안녕히 가세요."

나는 이제 끝났다고 생각했다. 조금 찝찝했지만 뒤돌아 걸었다. 정면으로 야외 풍경이 보였다. 나는 경치를 바라보며 넓은 주차장을 걷고 있다. 갑자기 뒤에서 비명 같은 괴성이 들렸다.

"정민아! 뒤에!"

지영의 목소리 같다고 생각하면서 돌아보았는데, 강영균의 자동차가 내 뒤에서 엄청나게 빠른 속도로 달려오고 있었다. 그 순간 나와 거리는 이 미터 정도. 나는 잽싸게 옆으로 피했다. 나와 거의 일 센티미터 간격으로 차가 지나갔다. 굉음을 내며 돌진하던 자동차는 정면의 난간까지 뚫었고, 앞바퀴를 허공에 내민 채 멈췄다. 지영이 내게 달려와서 말했다.

"괜찮아? 다친 데 없어?"

"나는 괜찮아…. 그런데 저 차, 위험해 보여."

강영균의 자동차는 뒷바퀴마저 땅에서 조금 떠 있고 앞으로 기울어졌다. 밑은 허공이다. 나와 지영이 그 차에 좀 더 다가갔는데, 운전석의 강영균은 정신이 들었는지 움직이는 듯했다. 하지만 허공에 떠 있는 앞바퀴가 돌아갈 뿐이었다. 자동차는 아주 조금씩 위아래로 기우뚱거리며 겨우 중심을 잡고 버티고 있었다. 내가 어쩔 줄 몰라 하며 말했다.

"그 사람 차야. 어떡하지? 119에 신고해야겠어!"

그때 어디선가 흰색과 회색이 얼룩진 오리류의 큼지막한 새가 날아와 그 차의 보닛에 내려앉았다. 그 무게로 차는 조금 더 앞으로 기울어졌다. 한 마리가 더 날아왔다. 점점 기울 어지던 차는 결국 무게중심을 잃고 아래로 추락했다. 새들은 날아갔고, 자동차는 콘크리트 바닥으로 떨어졌다. 쾅! 소리 가 났고 내가 내려다봤을 때는 주변에 자동차 파편과 뒤집힌 차의 바닥이 보였다. 강영균은 그렇게 숨을 거뒀다.

강영균의 죽음을 목격한 충격에서 아직 벗어나지 못하고 있을 때였다. 나를 깨우는 듯한 소리에 침대에서 나왔다. 검 은 창밖을 보니 멀리서 우주선이 다가오고 있었다. 가로등 불빛 외에 주변은 모두 정지된 것 같았다. 나는 놀이터 쪽으 로 걸어갔다. 우주선은 전보다 화려하고 아름답게 오렌지 색, 분홍색, 초록색 광채를 내뿜었다. 우주선 아래쪽 해치가 열리며 분홍색 긴 외투를 입은 트란인이 내려왔다. 그가 말했다.

"너에게 좋은 소식을 전해주려고 왔다."

"무슨 일이죠?"

나는 침울한 얼굴로 말했다.

"네가 보내준 내용이 우리 트란인에게 감동을 줬다. 그것은 우리 자신을 돌아보게 했고, 우리가 찾던 해답에 가까웠다. 우리 별에서는 네가 임무를 잘 수행했다고 보고 귀환을 결정했다. 많은 트란인이 너를 기다리고 있다. 원하면 지금 당장 같이 떠날 수도 있다."

"그렇군요… 하지만 지금은 곤란해요."

"그럴 줄 알았다. 이곳에서 여러 가지 정리할 일이 있겠지. 언제 떠날지 네가 정해라. 최대한 너의 마흔 번째 생일까지다. 다만 신중하게 정해라. 지금 정하면 그때는 반드시 돌아가야 한다."

"원래 제 계획대로 마흔 번째 생일에 돌아갈게요."

"정말인가? 너무 늦게 가면 너에게 손해일 수도 있다. 지금 많은 트란인이 너를 보고 싶어 한다."

"하지만 저는 여기서 할 일이 많아요. 잠시만이라도 제 친구를 도와주고 싶어요. 어쩌면 트란에도 도움이 될 수 있는 일이고요."

"너를 구해준 그 여자를 말하는 모양이군. 네 마흔 번째 생일은 앞으로 이 년도 더 남았는데, 정말로 그때 돌아가겠는가?"

"네… 그리고 궁금한 게 있어요. 강영균이 죽은 건 트란에서 보낸 그 오리들 때문이죠? 왜 그런 거예요?"

"그는 큰 죄를 지었다. 우리 대원들을 죽였지. 사실은 죽은 것과 다름없는데 우리가 데려와서 겨우 살려냈다. 살인의 흔적이 남으면 일이 복잡해지니까 우리가 깨끗하게 뒤처리한 거지. 너를 보내고 나서 그를 제거할까 고려하기도 했는데, 그냥 두고 봤다. 그는 너를 죽이려고 했다. 어쩌면 자살하려 했는지도 모르지. 그러니까 그 일은 개의치 말아라."

"그래서 그 사람 대신 저를 보낸 거군요."

"그래. 그는 아기 때부터 지구로 보낸 첫 번째 경우야. 그런데 실패하고 나서 다음에는 우리 보호자 없이 인간이 키우도록 너를 보냈다. 우리가 그를 잘못 키웠을 수 있다고 생각했기 때문이지."

"그랬군요…."

트란인은 내 마흔 번째 생일에 돌아오겠다고 말하고 별자리가 새겨진 밤하늘로 떠나갔다.

에필로그

2022년 10월 이후 정민은 사라졌다. 아마 그의 별로 떠난 모양이다.

정민이 살던 성당 마당으로 챙이 넓은 모자를 쓴 지영이 들어왔다. 건물 앞에는 성당 부설 유치원 셔틀버스가 세워져 있다. 지영은 이곳에 다녔다. 정민은 기억하지 못하지만, 유치원 단체 사진에 정민과 지영이 같이 들어 있다.

지영은 성당 안으로 들어가 천천히 걸으며 과거의 기억과 비교했다. 원장 수녀님을 만나러 온 것은 아니었다. 그저 이곳을 오랜만에 둘러보고 싶었다. 정민은 사라지기 얼마 전, 원장 수녀님을 만났다고 했다. 정민은 원장 수녀님에게 외국으로 떠난다고 말했다.

지영은 밖으로 나와 계곡 쪽으로 걸어갔다. 그녀는 이 계곡에서 벌어진 일을 정민에게 들은 적이 있다. 좀 더 걸어가자 넓은 자갈밭이 나타났다. 정민은 아마도 이 부근 어딘가에서 원장 수녀님에게 처음 발견되었을 것이다.

지영은 물가에서 조금 떨어진 큰 바위에 걸터앉았다. 그녀는 토트백에서 세월의 흔적으로 속지가 누렇게 변한 분홍색 공책을 꺼냈다. 공책을 훑어보다가 눈물 한 방울이 종이에 떨어졌다. 그녀는 가방에서 라이터를 꺼냈다. 한 손에 공책을 들고 다른 손으로 라이터를 켰다. 그렇게 잠깐 가만히 있었다. 손가락에 힘이 빠지자 불꽃이 꺼졌다. 지영은 공책과 라이터를 다시 토트백에 넣었다.

가을이 깊어 숲은 아름다운 색깔로 변했다. 지영은 높은 곳에서 경치를 둘러보고 싶었다. 멀지 않은 곳에 국내에서 보기 드문 초원 같은 언덕이 있다. 멀리 산과 들, 아파트 단지와 그녀가 다닌 초등학교까지 보이는 곳이다. 지영은 그곳으로 올라갔다. 높고 파란 하늘에서 시원한 바람이 불어왔다. 지영은 모자를 벗었다. 그녀는 언덕 풀밭에서 한 손에 공책을, 다른 손에 모자를 든 채 경치를 바라보았다. 긴 머리가 바람결에 휘날렸다.

지영은 사람들에게 희망과 기댈 곳을 주는 새로운 지혜를 전파할 준비가 되어 있었다. 그것은 현실적 말로 이루어져서 종교 같지 않아 보이지만, 정민은 종교로 봐도 된다고 했다. 종교, 이성, 감성, 관계는 모두 유용성이 있다.

작가의 말

소설 속 정민이 나를 찾아왔듯이 인류 문명의 발전 혹은 흐름도 나를 찾는 여정이라 할 수 있다. 물론 집단적인 나가 아니라 개인의 나를 뜻한다. 아마도 그 이유는 궁극적으로 세상은 내가 사는 것이기 때문이리라. 사춘기에 나의 정체성을 찾으면서 급격히 성숙해지듯, 나를 먼저 찾은 문명은 먼저 발전했다. 그 문명은 이성과 감성의 시대를 이끌었다. 그 문명의 철학은 주관주의 경향이었다. 이성과 감성은 내 안에서 발견한 것이다. 아이러니한 점은, 그 선진국 사이에서 20세기에 전체주의와 집단주의가 부흥했다. 아직 진정한 나를 찾지 못했고 엇나간 것이다. 나의 주관에 대한 무한 긍정으로 치닫는 주관주의는 나의 해답이 되기에 부족하다.

인간은 이기적 존재면서 사회적 존재다. 이기주의는 전자일 뿐이지만 개인주의는 둘의 교집합일 수 있다. 21세기에 '나'는 사회적 관계를 통해 나의 이익을 더 늘릴 수 있다는 것을 깨닫게 된다. 인터넷 환경도 커다란 역할을 했다. '주관이 나고 관계는 내가 아니다'라는 편협한 관념이 점차 사라지고, '나를 위해' 관계가 필요하다는 것을 깨닫게 된다. 네 번째 지혜는 관계를 활용하는 지혜라고도 할 수 있지만, 궁극적으로 나를 위한, 나의 이익을 위한 지혜다. 이것은 당연해 보이지만, 놀랍게도 그동안 이념이나 주관에 가려져 있었다. 최근에 떠오른 관계뿐 아니라 이성과 감성, 심지어 종교적인 것까지 (통합해서) 일종의 수단으로 쓸 수 있다. 이것이 '나'를 더 잘 찾은 것으로 보인다. 지금이 '관계의 시대'라는 것은, 강영균이 노란색 세상이 노란색이라는 걸 알려면 외부와 비교해야 한다고 말한 것처럼, 시대적 흐름에서 과거와 비교를 통해 파악되는 개념이다. 전통적으로 관계를 중시한 동쪽 변방의 내부적 시각에서는 그 세계적 변화를 잘 눈치채지 못할 수 있다. 하지만 이제 변방에서 벗어나 세계적 주류의 시각에서 바라보자.

나는 18년 전 출간되지 못한 첫 장편소설 파일을 열어보았다. 최근에 나의 가장 중요한 깨달음은 문학작품을 쓰는 데 많은 공부와 단련된 기술이 필요하다는 것이었다. 이에 관해 일깨우고 조언해준 모든 분께 감사하다.